我把一切告诉你1

一本上午看了，下午就能用的职场小说

万里依然 著

中信出版集团 | 北京

图书在版编目（CIP）数据

我把一切告诉你①／万里依然著．—北京：中信出版社，2012.1（2025.1 重印）
ISBN 978-7-5086-3105-9

I. 我… II. 万… III. 长篇小说－中国－当代 IV. I247.5

中国版本图书馆 CIP 数据核字（2011）第 213511 号

我把一切告诉你①
WO BA YIQIE GAOSU NI ①

著　　者： 万里依然
策划推广： 中信出版社（China CITIC Press）
出版发行： 中信出版集团股份有限公司（北京市朝阳区东三环北路27号嘉铭中心　邮编 100020）
（CITIC Publishing Group）
承 印 者： 北京盛通印刷股份有限公司
开　　本： 787mm×1092mm　1/16　　**印　　张：** 15.75　　**字　　数：** 280千字
版　　次： 2012年1月第1版　　**印　　次：** 2025年1月第64次印刷
书　　号： ISBN 978-7-5086-3105-9/I · 258
定　　价： 29.00 元

网　　站：http://www.publish.citic.com　　服务热线：010-84849555
投稿邮箱：author@citicpub.com　　服务传真：010-84849000

第一篇

徒手打市场，两年成新贵

“要成功，先发疯，头脑简单往前冲”

1994年开春，我从北京化工大学毕业，满怀希望地冲进人才市场，放眼一望，嚯，学子们挤满了招聘现场。最后，我发现针对我所学专业的只聘一人！班里还有百八十人在“嗷嗷待哺”呢，从专业学问和心气上咱都拼不过他们，得，赶紧转行要紧。主意已定，我踏上了曲折的应聘之路。

虽然专业差、没经验等客观条件让咱屡战屡败，但咱不胆怯，依旧猛打猛冲。碰巧，一家市场类报社招编辑。我不管三七二十一拥上前去。主考官问：“编辑已招满，广告业务愿意干不？”

“愿意！干啥都成！”我豁出去了，只要有份工作就行。

“你认为拉广告诀窍是什么？”考官不动声色。

“像袁世凯一样，见人说人话，见鬼说鬼话！”

……

最后，考官问道：“你还有什么问题？”

“啥时候我可以开始？”

“等通知。”面试不过几分钟，便把我痛快地打发走了。

三天后，喜讯传来。再次见到报社考官，才知他姓杨，是报社广告部老总。杨总和蔼地问道：“蓝小雨，你好粗心，把学生证丢下不管了？”

“不是粗心，是故意的。”

“哦？为啥？”一句话，引起了杨总的兴趣。

“我故意扔下学生证，取证件时，还有机会再见到考官，即使没被录取，说话也能随便些，这样我好打听不录用的缘由，多听听人家的意见和建议，为下次面试多作准备。”

跟发现了一个宝贝似的，杨总拍着我的肩膀笑着说：“呵呵，有意思。看来你有信心，求上进，是棵苗儿。但你没经验，专业也不对口，更要珍惜机会。广告业发财机会多的是，只要努力，有你笑的那一天！”杨总的谆谆教导很让我受用。

几年以后，我从国内某著名乳制品巨头分公司的小部长起步，最后跃升为董事长助理，同时担任企划总监、广告总监、工程总监、设计总监之职，手下猛将如云，横跨四大领域，成为了职场达人。

令我印象深刻的是，当年跟我一同进报社的新广告员共47人，有高谈阔论的，有指点江山的，有嘻嘻哈哈的，有低头不语的，还有像我蔫呆发傻的。办公室里人头攒动，一片闹哄哄的景象。仅培训了两天，大概讲了些广告、报价等基础知识，全体新人便正式上岗。报社考核森严，每人月度销售任务是5万元，提成按业绩的20%计，底薪300元，俩月累计没完成8万元，立即走人！当时我心中一阵窃喜：“20%的提成？就是说拉到10万元广告，报社给我两万元？干！往死里干！”报社犯傻？当然不是，广告要是好拉，顶多5%的提成。重赏之下，必有勇夫，要不一次能招来47个业务员进行淘汰赛？

那时我根本不懂广告，跟一张白纸相仿。我真着了大急，一边找书充电，一边请教身边的高手。今天问双通栏和半版的本质区别，明天问中缝广告该找哪类客户。总之，脑子跟混沌初开一般。当然，头一个月肯定颗粒无收啦，也就自然而然收到了一封社里的警告信。我看都没看，随手撕个粉碎，扔进了垃圾篓！靠，我能轻易举手投降？别逗了。

尽管我早来晚走，不停地打电话，但没几个客户喊我过去谈广告，即使过去见到客户，也只是寒暄而已。广告业绩？唉，洗洗睡吧。经过一个月的不断反思，我忽然顿悟了：盲目打电话，全是蜻蜓点水，没点交情，他们能救我于水火？只有选择恰当的潜在客户，天天拜访，才有成功的希望。

我找来很多同城报纸，查看广告，最后锁定了一家天津保健制鞋公司。那家公司卖的是“必 × 神鞋”，一种带保健功能的皮鞋。他们刚进京，急于打开市场。从打第一通电话开始，我算驻扎在他们分公司了，每天必到，除了推介报纸，就是陪聊，甚至还陪下象棋、打桥牌。要成功，先发疯，头脑简单往前冲！对，我就是这么想的。

混熟后，他们市场部高总觉得我大学刚毕业，找工作不易，就替我想了一个办法：“小雨，对于你们报纸，实话说，我们定位为二线媒体，广告可投可不投。但看在你整天跑来忙活的分上，给你个建议。公司广告业务一律要老板签字，不如找个机会你亲自去跟我们老板说说你们报纸？只要老板点头，我们这边没二话。”

“好呀，但他什么时候能来？”

“最近应该来一趟，我们这边也有工作要赶着跟他汇报。”

听话得听音儿，我明白高总也不想承担啥责任，只想做顺水人情。唉，只要有人肯帮忙，还在乎帮多帮少？没过几天，高总私下告诉我：“老板今天到北京考察市场，住翠宫饭店。我跟老板提了一句你们报纸，明天上午他可能有时间，你赶紧去见见我们老板吧。”

放下电话，有点儿兴奋和紧张，我头一次去见大公司老板，心虚。思想前后，琢磨出了一个法子：自己搞不定，那就借助外力！

我找到杨总，开门见山地央求他：“杨总，必 × 神鞋的老板今天到北京，他们市场部建议我去见他们老板当面沟通，我没啥经验，怕介绍不清，耽误了广告的事儿，要不明天我陪您一起去见见他们老板，行不？”

杨总知道我跑那里跑得很辛苦，又听说是跟老板亲自谈，知道广告有戏了，于是爽快地答应下来。

第二天我很早就来到饭店，在门外傻等了俩钟头，终于等到了见一面的机会。当时我心里就暗下决心：当广告决策人真好，我一定要成功！当然，10年后有很多人在北京凯宾斯基饭店，也很想见我一面，不为别的，因为咱手里握着一个多亿的广告费。那时候的我，已被央视戏称为“国内最敏感的100个男人”。

必 × 神鞋的老板是一位操着天津口音的魁梧中年人，很有老板范儿。唉，刚见面打完招呼，人家的气场便把我给震翻了。一个大学刚毕业的家伙，能见过什么世面？我太过紧张，手心、脑门、后背全是汗，原本准备好的说辞竟给忘得干干净净！张口结舌？猜对了。

而杨总老练沉稳，他不紧不慢地拿出我们的报纸，一边讲解报纸，一边分析保健鞋市场，以及报纸和公司宣传如何结合。杨总的话真是摆事实讲道理，很快勾起了对方的兴趣，他们二人的对话开始互动起来。看着杨总侃侃而谈，我又是佩服又是羞愧，心底不免有了对比：对不同的客户说不同的话，杨总这才叫见人说人话，见鬼说鬼话。好，一年后，看咱的！

有杨总支持，有必 × 神鞋天津分公司帮衬，加上我的努力，商务谈判顺利。很快，必 × 神鞋的半版广告出街了。我内心很感慨，不仅因为自己保住了饭碗，也是因为辛勤耕耘后，哈，谷物满仓。

头一回开张，便拿回10万广告费！靠，提成足足有两万！拿到厚厚一沓薪水，沉甸甸，分量超出想象，激动、陶醉、兴奋、憧憬、幻想等思绪夹杂在一起涌上心头，简直无以言表。唉，好没出息，拿钞票的手感觉在通电，颤抖得厉害。要知道，当时北京人均工资才1 000多块，咱两个月薪水就顶人家一年的年薪，而且这才是刚开头，能不热血沸腾，豪情万丈吗？

如果说失败是做事的妈，那成功就是他爹！我心里清楚，首仗胜利是个偶然，有必要做个总结：

第一，苦干要加巧干。不学习专业知识，想在报社扬名立万？不可能。

第二，一切为客户着想。杨总事前关注了保健鞋市场，谈判时他多半时间在跟客户畅聊市场销售与广告推广策略，所以客户认可他。

第三，精诚所至，金石为开。做事情就要做透彻、做扎实，否则必败。

第四，勤于思考、善于动脑才是成功之道。遇见困难主动求变，所以才想到邀请杨总，明智。

第五，借船出海是上策。没有团队帮衬，一事无成。

这次必要总结为我打开了事业上的窗口，看到了外面湛蓝蓝的天空，阳光已然洒进心田。

如今的我正在国内新兴的RFID（射频识别）高科技行业进行创业项目，三年时间，公司年销售额从零跃升到1 500万，业已成为行业内知名设备供应商。当然，取得这些成绩离不开上述总结。

有美妙前景刺激，有明确的学习目标，我开始更加玩命地工作。白天骑辆破自行车，围着京城二环、三环疯跑——必须完成每天拜访8个客户的任务。北方数九寒冬，冷风嗖嗖，简直能把身子吹透，狂风吹过，令人窒息，头发更是被吹得根根竖立，见客户前，得先跑去卫生间拿水拍拍头发，不然似怒发冲冠状还谈个屁合作。每次摸黑回到报社，头等重要的事儿就是使劲抱住暖气片，前心贴完贴后背，缓上半小时才能开口说话。

晚饭后，我就在办公室自学广告，甚至还把行李从家里直接搬进报社的破宿舍，就是为了多学多问。冬天，宿舍暖气跟没有差不多，西北风呼呼从门缝、窗缝往屋子里灌，冻得我跟老爷爷走路似的；夏天躺在凉席上，仍感觉自己像是块铁板牛柳。电风扇？算了吧，跟电吹风没啥区别。从小到大，咱从没吃过这样的苦头。唉，顾不了许多，玩命学吧，否则很快就要滚蛋了！

我也想师从名师，细嚼慢咽地学，但没办法，报社是干活出业绩的地方，不是全职培训学校。就这样边学边干边实践，边干边学边提高。同期试水的47个新业务员，几个月后只剩小哥我一人。没啥好奇怪的，想凭借报社二线媒体的身份拉到广告，光吃苦没用，光耍嘴皮子没用，光拼价格没用，这考验的是一个人的综合素质和能力。终于，咱经受住淘汰赛，转正成为报社正式合同工，并且有了业务组长头衔，手下管着4个新来的同事。但我不知足，还想百尺竿头更进一步。

先免费干点儿有建设性的事儿，客户才愿意答理你

泰国红牛饮料大举进京，据说准备拿8 000万广告费砸开市场，这在当时广告圈里简直是轰动新闻。无数媒体蜂拥而至，连我们社长、杨总都亲自披挂

上阵，虎口夺食去了。只有我按兵不动——不是不想动，而是没法动。社长身居高位，广告折扣和配送资源自然有优势。我愿意当绿叶？屁话。我像花豹趴在大树上一样，在等待树下路过的羚羊，当然这需要耐心和机遇。

两个月过去了，报社各路神仙都没能撬动红牛，看着红牛广告铺天盖地地在各大权威媒体上反复投放，广告部上下全是一副泄气嘴脸。也难怪气氛压抑，红牛不投放我们报纸，说明我们已经被大客户认定为二流报纸，说出去都丢人。在市场竞争环境下，红牛投放谁，谁就是一流媒体，这就是市场标杆。

红牛的举措影响“太坏”，迫于市场压力，社长只得张榜悬赏——能拉来红牛者，提成奖励30%！嚯，开天辟地头一遭，给出了天价提成悬赏！可跃跃欲试的揭榜者最后都灰头土脸而回，听说是因为社里去的人太多，人家红牛的广告代理公司已经开始往外轰人了。

我每天按时搜集整理《北京晚报》、《北京青年报》和《购物指南》上的红牛广告，认真做笔记，写心得体会，不为别的，就为了研究透红牛。终于有一天，我发现红牛广告出错了！红牛是一种具有提神醒脑功能的功能性饮料。那篇广告是一个白领小伙儿喝完红牛，开始跨栏奔跑，以表现活力充沛。奔跑没问题，可他抬左胳膊应该迈右腿啊，但他是抬左胳膊抬左腿，跟小狗跑一样，行话叫“跑顺”了，别人跑顺无所谓，但红牛可不成，咱有意见。

嘿嘿，我找同事要来联系人的信息，抄起电话，打到红牛广告代理公司的媒体部，开门见山，直入主题：“红姐，您好，我在一家报社工作，今天看到晚报上的红牛广告，发现了一个小小的错误……”接听电话的媒体总监姚红——姚总——听说自己广告有这等错误，忙找出报纸查看，发现果真如此，对我自然很是感谢。于是我见机行事，自报家门，希望上门一谈。

红姐的女人气质着实迷人，幸好那时我情窦未开，处男身份，所以表现还算正常。见面后，我把红牛在平面媒体上的投放策略做了一个梳理总结，同时提出建议，很快得到了红姐的响应。她没想到，我能仔细观察红牛几个月的投放，甚至能说出广告公司投放思路的转变，脉络清晰，意见中肯。于是又把我介绍给策略总监苏总，苏总也认可我，于是二人又将我引见给大老板。嗯，一个下午收获颇丰。

半个月后，我签下了60多万的红牛广告大单，轰动全报社。社长握着我的手，激动得恨不得收我做小弟。杨总脸上也有光，晚上请我去吃海鲜大餐。哦，头一次见到澳洲龙虾长啥样儿，真漂亮！我忍不住用筷子轻轻摸了摸。

红牛成为我十大客户之一，作为奖励，自己花8 000多元买了部西门子手机，是个一斤多重的大砖头，在当时也算稀罕物。我故意挂在皮带上，好嘛，皮带上还挂着Zippo火机和汉字寻呼机呢，这下特像个战士！嗯，够怪，够拉风，够风光。

事后，忽然想起必×神鞋广告来。记得那天广告刚发布完，我第一时间送报过去，高总似乎有些不满："小雨，我要提个要求。"

"您说。"

"你看啊，下半版是必×神鞋广告，但上半版还有一条哈慈五行针的保健信息，都是做保健器材的，这玩意儿不是冲了我们的广告了吗？"

"哟，对不起，我回头跟编辑部说说，以后一定避免！"

我心里郁闷：靠，把广告稿往报社一交以为完事了，屁！

没过两天，高总电话追来了："你们报纸广告效果很一般，到现在才接了不到10个电话，剩下全是拉广告搞赞助的！小雨，我们投入8 000元，不会打了水漂吧，这跟当初你描述的广告前景完全不一样啊，到底是怎么一回事？"电话里，高总说话好不客气，连声质问。

啊?!我们报纸的广告效果有那么差劲吗？不会吧。我心里不免咯噔一下，但嘴巴却赔笑道："高经理，您别急，从传播心理学分析，报纸广告一般在连续刊登4期以后，效果才能达到最佳。现在很多读者刚看到咱们广告，对于陌生品牌、陌生保健概念，他们心里也许有所顾虑或者不在意，也就还没产生打电话的冲动。呵呵，等咱们软性新闻和后面广告陆续刊登出来，形成铺天盖地之势，那就能逐渐打消目标消费群的戒备心理，效果自然会释放出来。"

“那你快请编辑过来采访啊。”

“好。按照咱们的广告计划，这期发布半版广告，下期是双通栏，再下期是半版软性新闻报道，我想这个周末，再带编辑……”

“什么？还等到周末？小雨，做事情都是赶前不赶后，最好明天就派编辑过来。”高总似乎不太开心，生硬地打断了我的话茬。

“好，好，我马上安排。”

……

放下电话，脑子好乱：唉，幸亏头两天看书，才暂时堵住了高总的嘴巴。但效果为啥差呢？要是不能帮客户拉动销售，这，这客户不就丢了？高总说效果不好……不可能啊，真要效果不好，为啥那么多客户还在做广告？

我百思不得其解，只好求助杨总：“据高总反映，说咱们报纸广告效果很差，他是在诈我吧？”

“你怎么回答的？”

“不是新闻稿还没上吗，我叫他耐心点儿，4次广告后效果才能打出来。”

“呵呵，有进步，回答不错。实话说，平面广告的效果由三方面因素决定。第一，客户品牌、产品性价比和针对人群；第二，广告创意和版面设计；第三，报纸发行量和读者群购买实力。”

“杨总，您能说细点儿吗？”我赶紧掏来纸笔，虔诚记录着杨总所说的广告金科玉律。

“首先，必×神鞋只是三线品牌，产品的保健概念又是新概念，消费群接受需要过程，况且必×神鞋受众面是花钱谨慎的老人群体，这是他们的弱势。其次，必×神鞋广告版面设计庞杂，一眼望去，眼睛都不知道往哪儿看好，这又不是在状元榜上找名字，谁有动力从头到尾去读长篇大论？”

“是啊，我也注意到设计不好看，也许他们怕消费者不能全面了解，想把保健概念说得更充分些？”

“你懂什么！产品最好只说一个能打动消费者的卖点。谁想在广告上面面俱到、说全说完，那就什么也说不清楚，喧宾夺主！哼，他们怕浪费哪怕一寸版面，把内容全塞进去了，消费者会有兴趣看下去？回头见到高总，跟他提个建议，阐述产品概念要找准消费者最大需求，语言要精练、形象，容易记忆。”

我刷刷点点在本子上记录着，心里还不住感叹：幸亏今天来问杨总，不然还蒙在鼓里不知所以然呢。

“实话说，我们报纸发行量对外号称30万份，是一线都市强势报纸，但实际只有15万份，培训时大家都知道。报纸发行量还不够一线数量，多少也影响广告效果。综合分析，品牌弱势，设计劣势，我们也不够强势，三点都不占优，他还想要广告效果？难哦。”

那时我天真幼稚，以为报纸发行量真有15万份，谁知一年后进入报社核心层，才知道报纸的真实发行量——9万！当时埋怨地看了一眼身旁的杨总，他却嘿嘿偷笑。

“啊？那，那怎么办啊？”我马上急眼了。

“别急，提成不是白拿的，你要替客户想办法。我有两个办法。首先，他们广告再发布时，你先让同事帮你打反馈电话。”

某些弱势报社有个潜规则——业务员当电话托儿。一则广告刊登后，业务员怕效果不好，都会请同事帮忙打点儿咨询电话，造出广告效果不凡，受到消费者追捧的声势。我也曾被人拖去当电话托儿，所以对于杨总的建议，马上心领神会：“好，下周我请几十个同事帮忙，非把丫的咨询电话打爆不可！”

“对，不打电话则已，要打就干脆给他打爆！你再跟他们建议，把第三期刊登的半版软文，提前到第二期发布，配合同期双通栏硬广告。你知道，通过新闻报道的方式，可以潜移默化地给消费者洗脑，引导保健概念，打破戒备心理，而硬性广告能树立大品牌形象，给大家消费信心。上次我曾跟他们老板建议过，但他们不听，想一上来就用大版面的硬广告冲击市场。呵呵，在京城大牌云集的地方，一夜之间就想把品牌建起来，可能吗？”

“明白。但编辑部那边我还不熟，要不您帮我协调协调？”

“行，我给你安排采编，你负责明天约好客户。”杨总爽快地吩咐道。

“好，我这就去办。”

在一个多月的广告刊发期里，我像杨总的影子一样，完完整整学了一溜够。有了广告实践，我又举一反三，只要遇到看不懂的广告，就跑去请教高手。但我发现这种学习方法有些不对路，因为每个人说的都不一样。于是我改变学习策略，找一个广告，分别请教不同的人，当听完几个人的理解和观点后，再反复对比思考。拜真理越辩越清晰所赐，我已渐渐入门。嗯，为学到真本事大声叫好吧，因为没有必 × 神鞋广告的实战，我是不可能在红牛广告上取得成功的。

从智取红牛案例上看，成功的销售前提是必须为客户利益着想，首先免费做点有建设性的事儿，客户才能对咱感兴趣，这是销售的一大诀窍。如果开篇便谈生意，十之八九会谈崩，因为客户在广告人的强力熏陶下，早已油盐不进。从此，我坚信这条业务原则，无时无刻不先想着如何给客户更多好处。这真是颠扑不破的真理，我开始了真正的收获。

敞开心扉

法国科学家法伯曾做过一个著名的“毛毛虫”实验。这种毛毛虫有一种跟随习惯，总是盲目跟随着前面的毛毛虫，法伯把若干条毛毛虫放在一个花盆的边缘上，首尾相随，围成一圈，并在花盆周围不到10厘米的地方撒上一些毛毛虫爱吃的松针。毛毛虫开始一个跟一个，绕着花盆一圈圈地爬。一连7天，毛毛虫都不停地团团转，最后终于因为饥饿和筋疲力尽而亡。

结论：在那么多的毛毛虫当中，只要有一只稍微与众不同，便会改变命运。人们太习惯走别人曾经走过的路了，而悟性和举一反三的本事才是一个人真正应该具备的本事。要是当初我跟其他人一样，直扑红牛而去，会有收获？洗洗睡吧。

死守一个出气口儿，最笨的方法，最聪明的推销

报社有个开发客户原则：不论是谁，对于三个月没有实际开发成效的客户，必须换人重新开发。所谓换手如换刀，客户不是终身负责制，不讲究广告员对客户从一而终，这为的是砸掉大锅饭，逼大家玩命干活。说实话，这个原则在管理上有成效，但对于打工者来讲则过于残酷。没办法，报社也要生存。

SH家具城，号称《购物指南》十大客户之一，每月必定投放两三个彩通，但我们与此绝缘。报社有无数豪杰都栽进SH家具城，说破了嘴皮子，没用，人家打死不投。

这天，杨总在广告部例行会议上，又拿SH家具城说事了："广子，你那个SH家具城开发进展如何？"

"老样子，他们办公室营主任还是软硬不吃，见不到菲总。"

"嘿，广子，客户放到你手上都多久了？怎么连个看门的都迈不过去？还谈个屁广告？甭等了，现在谁愿意接手SH家具城？"杨总在广告部很强势，说一不二。

"杨总，给我吧。"我赶紧兴奋地举手喊道。

"小雨，你手上客户不少了，忙得过来吗？"

"嗨，杨总，一只羊也是赶，两只羊也是放，多一个少一个无所谓啦。"

"雨兄，别说我长他人威风，灭自家的锐气。SH家具城可不比红牛，报社有多少能人，三年愣没啃动这根骨头！SH家具城好像天生仇视咱们，说话可不是一般难听哦。"广子见杨总一上来就把自己的客户拿掉，很不爽，又见我不知死活地跳来抢客户，自然要发一通牢骚。

我飒然一笑："呵呵，杨总，广子，我分析SH家具城有俩特点：第一，他们是活跃客户，《购物指南》十大客户之一，有钱的客户总比没钱的好谈；第二，SH家具城不投咱们，可能因某些缘故，解开疙瘩就好办。"

"好，SH家具城暂时交给你，广子，一会儿你把客户资料移交给小雨。但丑话说在前头，小雨啊，规矩你懂，没实效照样下马！"

"杨总您放宽心吧，我今天就会会这帮神仙去。"我把胸脯拍得啪啪山响，

一副拿不下来誓不罢休的劲头。

广子却在旁不住冷笑摇头。我扫了他一眼，也回应了一个冷笑。还没出门呢，气势上咱不能先输。

其实，那些刁蛮客户，对二流媒体天生就有轻蔑感和优越感，总摆出一副高高在上的姿态，牛皮哄哄的。靠，老子还真不服这劲儿！别人不是搞不定“扎手客户”吗，我来搞定，既挣薪水又挣面子，物质与精神双丰收！那时年轻气盛，桀骜不驯，短暂的成功叫我天不服、地不服，就想在同事们面前拉风猛拽，甚至还许下一大宏愿，要跟集邮票一样，攒齐报社十大广告客户于一身！SH家具城具有十大潜质，赶紧抢到手再说。

会议一散，带上资料，我骑上山地车直奔SH家具城。SH家具城在玉泉营附近，是一座超大家具城，拥有6座展馆，在京城赫赫有名。我在家具城里七拐八绕半天才找到综合办公室，远远看见办公室大门口贴了一张纸，走近一瞧：“谢绝××报社广告人员上门推销！”哟，这不是在说我们吗？我被气乐了。

在门口转了半天也无良策。现在推门就入？想了半天只好悻悻离开。广子见我蔫头耷脑袋的样子，马上跑来打趣：“雨兄，你是吉星高照之人，红牛都不在话下，SH家具城算什么啊！哇噻，这么快就搞定合同了？干脆管你叫牛哥得了，哈哈。”

我无心理会这厮，径直去找杨总商量对策，无果。夜已很深，我一个人呆呆坐在办公室，思绪纷乱，毫无头绪。SH家具城像只刺猬，真不知该如何下口！唉，前面的人没起啥好作用，要不人家门口干吗贴上谢绝我们入内的通知？《购物指南》也没起啥好用作，不然怎么搞得跟天敌似的？现在这些内因外因联手做成了一锅夹生饭，吃起来真痛苦！我该如何是好？

想到第三天，我决定还是采取“笨办法”。第一个月每到周六日，当其他客户休息时，我便拿着本子到SH家具城上班。目的就一个：找SH家具城经营上的问题。思路跟攻克红牛如出一辙，先关怀客户，再说广告。只不过现在更辛苦，需要亲身到现场做市场调研。我在家具城四处乱窜，还乔装报社记者，拿着专用采访本到处采访目标人群，又是记录又是拍照。很快，一个月哗哗过去了，咱发现了SH家具城经营上需要改进的15个问题，呵呵，有了进攻的弹药。

对于这位神秘的菲总，我有想法。据说SH家具城的人一听说是广告投放的事，就往菲总身上推，但此人报社从来没人见过，好令人生疑！难道他是被SH家具城虚拟出来的广告总监，以此既搪塞其他广告人，又不得罪媒体？还是真有其人，真管其事？客户狡猾异常，不可不防。可怎样才能知道菲总的真实身份呢？很自然，我把目光落到了营主任身上。打通所有环节都要从营主任这里下手！

我把SH家具城经营和广告投放所存在的问题一一罗列出来，然后附上解决办法，请杨总过目修改。接着，再次干起擅长的勾当。我挂通电话："营主任，您好，我是SH家具城的一个消费者，最近购物发现贵公司经营上还存在一些小问题，想向您反映反映。"

"好呀，谢谢您，您说吧，我们虚心接受您的建议和批评。"

"那就不客气啦。第一，我发现SH家具城销售员都习惯坐在沙发上迎客，叫人看了不舒服，缺乏待人礼貌。虽然家具城沙发多，但这不是给他们坐的，要坐也该是顾客。百货大楼售货员同样8小时站班，可没发现谁坐着干活。这点您最好管管，提高服务质量，该从第一印象入手。"

"哟，谢谢您的提醒，我们马上改进。"

"第二，我发现家具城早上开门时，甲醛味道过浓，有时眼睛都睁不开。这不是变相向消费者说：'喂，警告：甲醛可能超标！大家都闻到了吧。'所以建议提早一小时开始排气换气，等顾客进门时，迎接他们的是新鲜空气，而不是要把大家熏跑。"

"呵呵，怎么称呼您？建议太好了。"电话那头营主任的声音明显热情起来。

"不客气，您叫我小雨就成。第三，家具表面还算干净，但不能乱摸。有一次我无意在柜子里摸了一下，一手灰，扫兴。这不是告诉消费者：'喂，别乱摸，小心我身上有灰！'打扫卫生要留意犄角旮旯，别因一点儿小事把客户吓跑了，得不偿失！"

"第四，我发现家具城外面的停车场坑坑洼洼，地上有些砖头要么没了，要么松动，但一般开车来的客户都是有钱的主流客户，如果他们从停车就开始感觉不爽……”

……

当我说到第七条时，咱手机“碰巧”响了，只好跟营主任无奈地说：“呵呵，营主任，真对不起，我得接个电话，正好明天我还要去SH家具城附近办事，不如我们见面再聊？”

对方自然是求之不得，非常爽快地约好了时间。嘿嘿，咱见面目标达到了！

但当我和营主任聊完出门时，我一点儿都不开心。营主任告诉我，SH家具城的一个股东跟《购物指南》一位高管是好友，不仅能拿到超低折扣，而且广告效果好，所以双方建立起长期战略合作伙伴关系。之所以不给我们广告，是因为我们前任同事在人家面前口吐莲花，甚至三年前有个素质低的广告员因拉不到广告，怀恨在心，找来各报社记者故意在家具城寻衅挑刺，大肆曝光SH家具城负面新闻，由此双方结下了很深的梁子。

营主任还把资料柜抽屉拉开，好嘛，一大堆名片里居然有1/4是我们同事留下的，难怪人家门口贴出警示呢。我听完营主任的抱怨，脸上不是一般的发烧。但营主任感谢我所做的幕后工作，答应把建议推荐给菲总，而这个菲总不仅不是虚拟人物，而且非同寻常——她是大老板的媳妇，据说貌若天仙。很好理解，甲方广告部的大佬不是老板红人就是亲戚。看来营主任所说应是实话。

可菲总能见我吗？忐忑中过去了大半个月，SH家具城仍扮乌龟。广告部会上，广子又开始吊我口味：“雨兄，听说你最近天天往SH家具城跑，快把人家门槛踢破了吧，还在营主任跟前瞎转悠？晕了不？需要人工呼吸不？哈哈。”

其实，我这心碎的，捧出来跟饺子馅似的。虽然心里比谁都急，可没拿回广告，嘴硬不起来啊，只能暂时低头认㞞。开完会，我一个人站在报社门口，让风好好吹吹已经锈住的脑子。怎么办？傻等？硬闯？还是另谋出路？虽然营主任把菲总办公室电话悄悄告知，但贸然打过去，只能起到事倍功半的效果。而且关于双方结下梁子的事，杨总告诉我好像有过耳闻，只不过他那时还没进报社，而且当事人早已辞职。唉，内有解不开的仇疙瘩，外有实力强大的竞争对手，菲总又躲在幕后指挥，我是有力发不出啊。

远远看见同事小林走来，忽然灵机一动：要不学小林的歪招，拿重磅负面报道吓唬客户，敲点儿广告出来？可转念又觉不妥，上次SH家具城有豪气，根本不吃那套，照样渡过危机。再说这等下三烂的手段咱也不齿啊。唉，这也不行，那也不行，出道近半年，头一次真犯难了！现在广告部都盯着我呢，百花园里数我最红，大海里冲浪数我最飘，这脸咱丢不起。可如何走出眼前的困境呢？晕！

冷风拂面有效果，冷静下来，我笑了。靠，老子就是有小强的劲儿，撵不走，踩不着，干不掉，生命力旺盛着呢！经过两天精心谋划，我决定再次主动出击。SH家具城旁边有一家东方家具城，规模和名气虽然没SH家具城大，但无形中已经对SH家具城的生意构成了威胁。靠，对他是威胁，对咱就是机会。我要以迂为直，从外围给SH家具城施加压力。

东方家具城是小姜的客户，已经跟进俩月仍没起效。于是我说服小姜，由我和他结为拍档，共同攻关，提成和业绩一人一半。很快，我把写给SH家具城的建议书改吧改吧，变成给东方家具城的建议书，广受好评。我又为东方家具城精心策划了一个促销活动，目标假想敌是SH家具城，并附上了广告投放策划书，同时申请到报社新闻部的特别支持。客户对促销方案有兴趣，而且觉得媒体投放主次分明，比较合理，于是双方一拍即合。很快，东方家具城广告与新闻开始铺天盖地地出现在我们报上。当然，媒体投放主力我故意放在《北京晚报》和《北京青年报》方面，我们报纸只负责打个下手，借船出海而已。

我们报纸的广告效果虽不如《购物指南》，但亦非孱弱，咱也是一份有市场竞争力和号召力的报纸。很快，在三家媒体联手宣传的攻势下，SH家具城明显感觉到客流分流，而东方家具城人气猛然暴涨。靠，咱要的就是这效果：呵呵，菲总，你心中真有泰山？没曾想SH家具城反应迅速，他们马上克隆竞争对手的促销策略，甚至奖品更丰厚，并联合京城三大报发布广告，大打门对门竞争，市场瞬间进入白热化格斗状态，场面好不火暴。

唉，时间又匆匆过去半个月，愿望落空，菲总依旧没答理咱。他们火暴，我这边却好冷清。只有小姜热情地摆下感谢饭，可咱要的不是饭，而是面子和提成啊。

豁出去了，一招不成，再使一招。我委托小姜帮忙冒充记者，趁周六、周日人多时，专门到SH家具城采访面带怒气的消费者。运气不错，还真划拉到几位准备投诉的消费者。整理出来采访稿，我又请编辑帮忙润笔。嗯，似乎大功告成！

我将新闻稿“热心”地呈到营主任面前：“主任，您上次那套暗红色休闲装很衬您的皮肤，整个人英姿飒爽。今天这套咖啡色西装与众不同，呵呵，敢穿咖啡色西装的人，很有品哦。”

“哟，还记得我上次穿什么衣服？呵呵，小雨记性不错呀。”

“别说穿衣戴帽了，我还记得上次咱们无意中说起，您现在喜欢听单田芳讲的《张作霖传》。”不是说男人一丝不苟的吸引力仅次于女人的一丝不挂吗，我只不过拜访完客户，把很多谈话内容记录到本上，下次见面时提前温习一遍，寻机会再抛出来，好给客户留个印象。

“呵呵，对，对。”看样子，我表现不错，营主任似乎被夸得挺高兴。

“对了，主任，报社最近打算搞一个关于质量和售后服务的专题报道，昨天我在编辑部发现有SH家具城的负面新闻，赶紧疏通关系，稿子缓发。我建议SH家具城尽快帮人家解决问题，等处理完，这片儿乌云就散了。”

营主任自然感谢异常。

可又傻等一周，眼看快到三个月大限，菲总还是神龙见首不见尾！我私下曾找机会问过招商部，他们也都说菲总主管广告，只是不常来，但车牌、手机、办公室和行踪一律无可奉告。我也曾请人用公用电话反复给菲总办公室挂电话，可除了没人接还是没人接。难道是营主任蒙我？他到底把建议书和负面新闻报道送给菲总了没有？或者根本就不存在什么菲总？不行，还得另想对策，傻子才坐以待毙呢！

再次谋划，我决定学习北极熊捕捉海豹的策略。厚厚的北极冰层上，散落着一些冰窟窿，这是海豹的出气口。北极熊在出气口间徘徊，期待能抓获不时上来换气的海豹。但海豹也不白给，能通过熊行走时冰层的震动，觉察其方位，并选择恰当的出气口。于是北极熊改变策略，坚守一个出气口！熊的“不动”立刻威胁到海豹的安全，因为海豹对冰上的情况一无所知，选出气口时就得和北极熊赌一把。由于海水浮力，海豹一旦露出水面，想马上返回是不行的。如果出气口边恰好趴着北极熊，唉，歇了。但北极熊的运气也好不到哪儿去，一只海豹拥有的出气口有十几个，想搞点肉吃需要格外卖力，一天，两天，三天……漫长的等待无时无刻不在考验着熊的毅力，所幸，它每周都能享受一次海豹大餐。北极熊知道，最笨的法子往往最聪明。

我要学北极熊，紧盯营主任！我采取了三个步骤：第一，向杨总申请延长客户保护期至春节前；第二，继续拉拢营主任，打铁要打透，此时再攻其他线上的人，已然来不及；第三，前面我动作太过频繁，估计惊了客户，现在应该收敛，只是送报和聊天，把关系搞得再熟悉些，人心都是肉长的，我就不信营主任是铁石心肠的人！从面相上看，他只不过有些谨小慎微罢了，但绝不是什么奸人。于是，我每周照常送报，不聊广告而改谈圈子逸闻。就这样，我在客户门口又“趴”了一个月，离春节还剩30多天。广告进展？嗯，可按厘米计算。

报社里渐起冷嘲热讽的声音，连杨总都坐不住了，几次喊我问话，但见我还是那样信心满满，也不好再多说什么。其实我比谁都急，只是不能表现出来。我相信包括北极熊在内的掠食动物们都知道，笨办法往往比所谓的聪明办法更管用。坚持，坚持，再坚持吧，如果SH家具城最后丢了，毛都没吃着，那只能说我笨。

就这样又过了漫长的两周。一天接近中午时，忽然接到营主任的电话：“小雨，恭喜你！呵呵，菲总想见你，今天下午4点或者明天上午10点有空吗？”

“有！我下午准时到！”接完电话，头晕，心跳，哆嗦，是被幸福冲击的。

疑云已然散去，SH家具城确实有个主管广告的菲总，营主任确实把建议和新闻报道递交上去了。好，抓紧千载难逢的机遇，一把搞定SH家具城！为此，在谈判前我作了精心准备。

下午见到菲总，哇噻，非凡女子，身材挺拔，模样秀丽，皮肤白皙，美丽不可方物。多年后，我和湖南卫视李湘洽谈合作时，觉得她们能PK一下。现实中的李湘比电视上的形象漂亮三倍，魅力逼人心魄，可见菲总也是非一般的美丽。菲总很客气，笑意盈盈地和我打了声招呼，便单刀直入：“雨经理，您确实为SH家具城费心了，非常感谢。当我拿到建议书和新闻报道时，觉得您跟过去一些同事不一样，热情诚恳、有水平。但不瞒您说，我还想花点时间再观察观察您，看您是否真心想为SH家具城提供服务。呵呵，请不要见怪。”

等我以最快的速度表完决心，菲总不紧不慢地问道：“雨经理，还有个问题，您能用一句话给出我们在贵报投放广告的理由吗？”

“好。第一，为了SH家具城与《购物指南》举行年度广告谈判时，能获得更低折扣；第二，增加SH家具城广告传播平台。”这番话早就酝酿二百遍了，我打赌能见到菲总，所以死活没跟营主任提及，为的是给对方带来思维冲击。看，赌中了！

当然，菲总还以为我要大谈特谈报纸优势呢，没曾想出乎意料，她兴趣来了：“哦，您的说法新鲜啊，呵呵，能详细解释一下吗？”

“现实情况是，第一，SH家具城是《购物指南》标杆广告客户；第二，我们和《购物指南》是竞争对手，SH家具城广告投放策略是舍我们而只投《购物指南》。三年下来，他们报社早吃定SH家具城了。综合两点分析，假设您和《购物指南》的年度广告谈判不顺，您扬言减少投放或转投我们，我认为光口头威胁无效，应该有实质性动作。比如在谈判前，突然在我们报上投放几个通栏，《购物指南》上下自然会感到紧张，他们并不知您在作秀，还以为SH家具城的广告投放策略发生了变化，为达到完胜目的，估计《购物指南》会在谈判中大幅让步。唉，说白了，我们报纸就是谈判磨刀石。此外，SH家具城从来没和我们有过合作，不妨借机测试一下报纸广告效果，一箭双雕。”

“雨经理，您很聪明。这说法已经酝酿很久了吧，呵呵，难怪营主任夸奖您。贵报最近市场发展势头不错，东方家具城曾投过，我们侧面有了解。好，看在雨经理真诚为我们服务的情面上，过去的事儿不提了，SH家具城愿意和你们报社合作……”

中国文人关于喜事的总结太经典，这回咱总算知道“久旱逢甘雨”是啥滋味了，可谓终生难忘。剩下的事情水到渠成，春节前SH家具城跟我签订了20万元的广告合同，五一前又补签了20万元。SH家具城一跃成为我的十大客户，而营主任对我信任有加，和我成为了圈内好友。

从此，广子离我远远的，而杨总靠我近近的，他琢磨着要把所有硬骨头都交给我来啃。但我拒绝！光SH家具城就快把我牙崩飞了，要再来两根硬骨头，我得做副拐杖杵着走路了。我没有被40万大合同和广告部的掌声冲晕头脑，经此一战，我深知自己远未达到攻无不克，战无不胜的境界，甚至心态还曾有过动摇。靠，“集邮”可不是一条发财路，我险些栽在骄狂上面，这次踩了狗屎运，遇见能识人赏宝的菲总，但难免下次不撞南墙！总结完毕，我决定改弦易辙，那些硬骨头叫牙口好的家伙去啃吧。

我发现了销售四大狠招

不到两年时间，我便新晋成为报社年度广告销售状元，提成近百万。有人嫉妒，有人羡慕，还有人在背后下绊子——偷我的客户通讯录，跟客户告阴状、传小话，故意低价抢客户，甚至诈称我已辞职……总之，无数下三烂招数都在斗争中涌现。他们能得逞吗？靠，这状元可非浪得虚名！

三国马谡在诸葛亮南征孟获时曾进言：攻心为上，攻城为下；心战为上，兵战为下。对此，我深有体会。每到周五下午，我便专心守在电话机旁，挨个给客户打传呼：“祝您周末愉快！××报社小雨。”一开始，连自己都感觉别扭——俩爷们还祝什么周末愉快啊，肉麻！但习惯成自然，什么人会在连续收到几十次周末愉快的短信后，还不动心？岁月是拉近人与人关系的最好武器，半年攻心下来，客户变朋友。这不是三言两语就能离间成功的。如今逢年过节，人人手机装满廉价祝福短信，全是应景之作。而在16年前，大家都还在打传呼时，我就开展了差异化祝福活动，短信话不多，但心诚又实在，暖人心。

别人给客户邮寄报纸，直接把公司、人名和地址打印好贴到信封上，太程序化，没人情味儿。我额外在信封上补句话：“祝您事业步步登高，本报新闻头条……敬请关注。小雨敬。”我知道客户没空看报，顶多瞄眼信封而已。写这话是想提醒兄弟姐妹们，小雨还在关心他呢。也许一次两次没用，时间长了，对客户心态会不会造成潜移默化的影响？事实站到了我这边。

每次从客户公司出来，我第一时间在小本上记录客户谈论话题、所提问题、心情好坏、客户特点、新发现、衣服款式等内容。下次见面前，马上掏出来温习，见面就猛夸客户上次穿的那套衣服如何有品，把人家说得各个心花怒放，笑脸盈盈。客户不笨也不傻，印象不深刻，我能说得那么准？有个好话题暖场，后面自然好谈，上次没说完的话题可以继续说，上次没回答好的问题可以继续答。人家觉得我是用心和他交往，自然高看一眼，这份感情算慢慢积累下来了。当时没合作也没关系，我有的是等他下单的时间。

令人叫绝的是，下次再约这客户，他一般会穿上次夸他的那套服饰。看，人有时很怪，但发现规律后也容易打交道。

我和客户头次见面时，对报纸定位、发行量、报价和折扣仅是粗略介绍一下。以后再见时，只谈圈内的新闻趣事，以及客户感兴趣的话题。比如，客户是位女生，闲聊时发现她想瘦身，于是我就留心减肥方面的报道，一旦发现好文，我会把报纸相关版面抽出来，亲手递到客户手上，就差拿熨斗熨报纸油墨了。这份关怀和用心，客户能感觉到，并且增加了信任感和安全感。销售的核心是什么？首先是推销自己，让客户相信我，只有信我才能信报社。想首次见面就逼客户了解报纸的全部信息，同时再记住自己，呵呵，像做梦不？人家都还不了解你的为人和能力，有什么兴趣和时间去了解产品？一句话，推销顺序切勿本末倒置。

但光用常规思路拉近与客户关系，够吗？我做销售有“一正一邪”两套手法，讲点儿相面术，变个小魔术，都算“邪派”招数，博个好感，逗个乐子，轻松一下商业关系。效果？只有好，没有坏。我上高中时，机缘巧合对看相有了兴趣，从地摊上抱回一堆书回家研究，虽然没搞明白其中的奥秘和道理，但记住了推演“结果”，出门糊弄人没啥大问题。我有一本关于“姓名笔画吉数”的书，比如某人名字是23画，对应的说法就是：“旭日升天，明显四方；渐次进展，终成大业。(吉)”再比如某人名字是40画，对应说法就是：“一盛一衰，浮沉不定；知难而退，自获天佑。(吉带凶)”

每次遇见新客户，我都要翻翻书，如果碰巧他名字笔画是“吉”，靠，第一时间告之！客户听完，高兴之余除了感谢之外，总该记住我点儿什么吧。得，感情又近一层。反之，忘记这事。而我名字的笔画对应是："先历困苦，后得幸福；霜雪梅花，春来怒放。"唉，自己信不？心里甚是忐忑，最后搞得专信"后得幸福"4个大字了！

此外，见客户前，我事先都要准备好一个话题，或者想好要解决的一个问题，在不经意间达到我的目的。比如聊广告效果问题，那我会准备几个话题：第一，京城三大报的性价比；第二，客户反馈意见；第三，报纸实效；第四，媒体组合能达到的传播效果。话题里有事实，有理论，有比喻，有数据，有概念，而交流所要灌输的目标是，表面上说我们是媒体组合里的一个重要"辅助"媒体，是三大报的好帮手，但实际上，希望客户记住的是我们位列京城四大报行列。

客户天天都在见各路媒体人马，他们谁不玩命吹自己媒体如何了得，但广告公司信吗？傻事我可不干。我反其道而行之，先恭维三大报强势地位，肯定客户制定的投放策略无比英明，然后我再贴边站队，借船出海。一个好汉三个帮，何况我们还是主力帮手！他们能明白我的意思："哦，我只要投放四大报，效果有保证。"我采取欲擒故纵之计，表面谦虚低调，甚至能让那三家报纸拿走90%的广告投放量，我，得到10%的比率即心满意足——有，总比没有强嘛。但报社很多业务员一上来就把自己摆到跟《北京晚报》一个层面上说事，结果洗脑不成，反而给客户留下一个"很能吹牛"的印象，到头来往往"四大皆空"。

总之，我用心做事，真心关心客户。那些歪瓜裂枣想捡挂落？尽扯淡。有的人还想用低价方式打压我，因为咱从不靠低折扣取胜，这虽是一大软肋，可他们只看到报价高，却忽略了我为客户提供的贴心增值服务。记得有一回，万通百货店庆广告指定刊登在二版新闻版，晚上我坚守编辑部，当看到二版新闻头条是警方破获杀人越货团伙的负面报道时，我当场表示坚决不行，马上找到新闻部主编协调，陈述利害关系："王总，客户是店庆广告，多喜庆，和负面新闻放到一起很不协调！读者看完破案报道再看喜庆广告，情绪衔接不起来，会严重影响广告效果，大客户不满意，后面的单子……您看，能不能把采访高考状元的新闻稿调到头条来？"协调过程紧张，随时有新情况发生，既要摆平总编，又要协调好各部门主编。编辑部本来从没有广告部的人在这儿指手画脚，我算开了先河，他们不仅感觉怪，而且不爽。呵呵，不就是一个钱字吗，头条新闻千字稿酬远高于其他稿费，既然我损害了采编利益，就要私下打点，嗯，只要客户满意咱无二话。凡是参与人员多少给点好处，时间长了，谁还有怪话？

报纸发行面市后，我第一时间跑到客户跟前表功。当然，讲背后故事的环节必不可少。客户看在眼里，自然对我信任有加。客户高价买的是贴心服务和专业策划。他们要的是放心、顺利，别捅娄子，要的是保证广告效果最大化，至于价格，闭只眼啦。幕后工作劳心劳力，不是人人都能坚持，很多人拿回广告稿，跟大爷似的，往报社一丢就算完事。钱是那么好挣的？洗洗睡吧。

同行的盘外招难不倒咱，可恨的是报社有些人工作不给力，造成巨大损失。那年夏天，我的一个卖“生发养发”的客户刊登了一个彩色通栏广告，我校对完广告稿签字后才离开设计部。但报纸一出来，晕掉！人家广告是消费者在使用产品前是一位秃子，使用后长出一头茂密头发来，可两张照片竟然被对调——使用产品后，消费者以秃头示人！靠，我气冲斗牛，当时就想抄起剪刀、菜刀、刺刀、大刀冲进设计部……

设计部检讨，说什么把图片文件名给起反了，重新调整版面时调图发生错误，虽然最后处罚了相关人员，可我的客户还是丢了。

换作现在，我不会束手待毙。我会跟客户推荐一个将错就错的策划案——猿变人方案！原图上生发前那哥们儿不是头发茂密吗，对不起，戴的是假发。原图上生发后那哥们儿不是个秃子吗，对不起，是原生态模样，是用生发剂的第一天。

第二期广告加以说明即可，图1还是一头茂密头发，字幕“生发前（假发）”；图2依旧是秃子，字幕“无发（开始使用生发剂）”；新增图3，字幕“使用一个月后微微有头发滋生”。第三期广告，前3张图不变，新增图4，使用三个月后头皮上有一些短短毛茬。第四期广告，前4张图不变，新增图5，使用5个月后出现成片短发。第五期广告……就像猿从四肢着地进化到直立行走的人的过程一样，摘掉假发是秃子，难受不？没关系，使用生发剂后，秃子逐渐生发，直至拥有真正的正常的头发。如此，将过失危机变创意策略，客户销售量有提升，而一期试探性广告变成六期广告，报社收入也变相增加。至于那哥们儿的头发如何渐长？电脑作图片处理即可。可惜，16年前俺没这等水平。

上面是我做销售的四大绝招，但有人还用另类"绝招"勾引我。在我踏入广告行业时，媒体圈逐渐泛起一股黑势力，来自不同报社的小鬼纠结在一起，形成黑暗联盟。他们专寻商家晦气，乘人之危敲诈广告费。在小利益集团里的各色人等，耳目众多，只要有报社接到投诉或者暗访发现某品牌有问题，他们仿佛是鲨鱼闻到腥味儿，抱团冲过去，狮子大张口索要广告费。

京城某果茶公司，一年有近亿元销售额，其每瓶果茶容量是300ml，那帮人拿去送检，发现有的包装少了5ml，但产品并没明确标注成300ml±5ml。这些人为了一己私利，找到公司提出200万广告费私了，否则就曝光。人家公司也牛气，根本不理，结果小瞧联盟能量，在被扣上偷工减料的大帽后，果茶公司还是强硬到底，拒不认错，以致得罪消费群，后来再也没在商场超市露面了。

广告3部的小林几次要邀我加盟，但我觉得非君子所为——把良心藏在胳肢窝里挣快钱，没前途也没钱途。不是咱风格有多高尚，而是遇见行业黄金喷发期，想走正途多为以后考虑。当然，随着社会法制的健全，这类违法事件基本销声匿迹了。

4A重要的不是你所在的位置，而是你选择进攻的方向

时间转到1995年开春，我又郁闷了。我希望天天有进步，不满足于过去的业绩，渴望继续获得成功，在广告部独占鳌头！虽然第一年在报社爬到了广告主管的位子，但市场竞争更加激烈。我手上有150多个客户，已经达到一个销售员围住客户数量的上限，如何才能进一步快速提高业绩？经过精心谋划，我决定调整客户群结构，主攻4A国际广告公司。之所以过去没敢碰广告公司，那是因为咱不专业，没底气和人家对话。今非昔比，学有所成，是金子就要到火上检验检验，看看咱成色如何。

经过简单市场调研和咨询，一副广告公司市场全景图展现在面前。北京是4A国际广告公司云集之地，有几十家大型外资广告公司。跨国广告公司的出现，给本土广告公司带来了全新的先进广告理念，成效相当于洗10遍脑。对媒体实力、媒体组合投放策略和评估广告效果，他们全都凭借精准的统计数据说话，一本策划书甚至有一半是用图表和数据在描述广告运动，真正做到了客户投放广告时，心知肚明，明白花掉每分钱的意义和目的，具有很强的震撼力。而当时的本土广告公司既没有统计模型的软件，也掌握不了海量数据，所能做的效果评估大都是“能取得很好效果”、“能达到拉动销售的目的”，全是感性描述，二者水平高低立判。

除了用事实和数据说话以外，跨国广告公司的广告理念和执行力对本土也有革命性的开拓，他们用大量活生生的案例教育了本土同行们。比如，某4A广告公司在给宝洁做电视广告策划时，30秒广告流程是“提出问题——分析问题——解决问题——赞美产品”。宝洁坚持该广告风格，无论广告导演换谁，剧本如何调整，流程和思路不变，从而让产品形象始终如一，深入人心。而对比国内同类产品广告，每个广告片思路、拍摄手法完全不同，有一鸣惊人的大作，但更多的是不知所云的败作，如何跟宝洁几十年稳定的广告教育相比？

所幸，国人聪明、勤奋、领悟能力强，本土广告公司早已不是吴下阿蒙，它们奋起直追，勇于开拓，现在基本能和跨国广告公司掰掰手腕。

认真分析后，我认为进攻4A广告公司有五大好处。好处一，每家广告公司一般代理十几个国际或国内大牌客户，只要谈下一家广告公司，无形中相当于谈下一群企业，效益自然翻倍增加。好处二，广告公司拥有不同类型的客户，广告淡旺季不明显。比如一家公司分别代理饮料和羽绒服企业，饮料客户在春夏季猛投广告，而对羽绒服客户来说秋冬季是投放旺季。我手上的客户群都是直接客户，广告投放旺季时人情维护还好说，而到了投放淡季时人情维护更需用心也更重要。光凭这一点广告公司就占尽优势，至少客户广告偃旗息鼓时，不用我费心费力去维护客户关系了。好处三，广告公司吃的是专业饭，我不必再亲自为客户完成投放策划、广告文案、版面设计和编辑软性新闻稿的工作。

好处四，报社没有谁手里有稳定4A广告公司客户，像一片蛮荒之地，真是机不可失，时不待我啊。好处五，所有活跃外资客户都被4A广告公司垄断，搞定4A广告公司对提高报社声誉和自己在报社的地位有莫大好处。

既然市场那么诱人，没点儿开拓困难当然是不可能的，那可不是一般性挑战。跨国广告公司拥有一个“泛洋文化”的封闭圈子。说个桥段①。有一年情人节，一家4A广告公司的男性老外总监，送给部门女孩一人一枝娇艳欲滴的玫瑰花。送礼题材没问题，但“打开”玫瑰花，扯吧扯吧就变成一条充满诱惑的女性内裤，哦，还是半透明的性感丁字裤。外人看来变态不？但在老外看来，没啥了不起，送的是情调。

4A广告公司职员大都衣着光鲜，中英文混说，他们接受西方广告思维培训，加之自身努力，很多业已成为圈中大腕，手握重磅客户与传播费，是广告圈里最受欢迎之人，受到无数媒体追捧景仰，一般广告人很难接近。

更叫人绝望的是，跨国广告公司实力雄厚，它们从全球数据统计公司AC尼尔森市场调查公司购买大量有价值的数据，比如电视频道的收视率，收视人群面貌，报刊发行量等，从而保证分析的科学性和准确性。正因为这些广告公司通过独立渠道拿到媒体真实数据，所以很多二线媒体面对他们时，原形毕露，神马都成浮云。很多报社里的广告员，出发前雄心勃勃，前仆后继冲击4A广告公司，但大都铩羽而归，鲜有成功，就是因为过不了报刊发行量小、受众窄这一关，而且他们跟4A圈子文化不合拍，人处不熟。

我从来不打无准备之仗，事前请教过很多同事，询问4A广告公司流行的文化和进攻策略，他们的印象焦点大都是4A人业务娴熟、为人精明、说一不二、傲慢、流行圈子文化、难接触等。听明白了，广告部很多人来自五湖四海，操着方言版的普通话，目的性太强，找人家要广告，有草莽劲头。加上业务员收入不稳定，每天在外辛苦奔波，穿着简朴随性，每人文化程度和背景也不尽相同，所以综合素质不可与高级白领相比，感觉融不进4A圈子。

但是，咱有优势啊。首先，真没人当面说俺丑，咱一脸真诚样儿，至少模

① 桥段表示被借用（借鉴）的经典情节或精彩片段。——编者注

样不讨人嫌。还穿休闲服？不，改穿西装。其次，打小在北京大院长大，一口京片子腔儿，他们有优越感？靠，在我面前不好使。咱要装大牌！弱势媒体的广告销售天生弱势，见客户矮三分，所以我不是大牌却要装个大牌样，从谈吐到眼神，从举止到思维，从报价到服务，都要给对方足够的信心感染力，一副强势媒体驾临的态势。一句话，没有大牌销售样，如何跟强势广告人匹配？那还不被人欺负坏了？嗯，憋屈的事情咱不干。最后，自己什么话题都能聊起来，知识面宽泛，说话风趣。贫嘴？嗯，各人理解不同。咱外在和内在的文化特征也许跟4A圈子文化很和谐。

何况咱还会看点手相，变个小魔术，这都是沟通的好手段。比如，当我看到他长了个牛鼻子，说这相貌在《大清相法》中可是标准富贵相时，谁会拒我于门外？对，咱还有“笔画吉数”伺候着呢。嘿，放一万个心，咱会选择性夸人啦。更大的优势是，咱手上的直接客户能养活人，保证业绩不下滑，让我有精力去拓展新客户群。好，我有时间，有想法，有资金，有思路，有干劲，有人脉，还等什么？

我抄起电话黄页，开始电话拜访。我的算盘是先从国内广告公司练手，熟悉与广告公司打交道的流程和特点，找感觉，发现问题及时纠正，然后再向4A广告公司进攻，等融进圈子后再进攻顶级4A广告公司。

令我印象深刻的是，当时公关的第一家是合派广告公司，该公司媒体部丁总接待了我：“雨经理，贵报发行量多少？”

“30万份。”

“嗯，有这么多吗？”

“呵呵，一看丁总就懂行，30万份是报给直接客户听的，好，真人面前不说假话，报纸准确发行量有20万，其中八大城区报摊零售12万份左右，5万订阅量，3万份在远郊区县发行。”见一上来就被人戳穿谎言，我尽量将说话语气放平缓一些。

“雨经理，真有20万？我听说贵报不到10万啊。”

“呵呵，丁总，那是同行戏言。我特意带了几期报刊，请您过目。”说完，我拿出4期报纸，指着上面的广告说：“丁总您看，这期红牛饮料做的是彩色半版，这期是做彩色整版，请注意，两期广告相隔42天。而这期SH家具城做的是彩色整版，这期也是彩色整版，两期广告相隔28天。对于大牌客户，我们报纸发行量如果不足10万，就算我们蒙了客户一期广告，效果一旦打不出来，总不能连续蒙客户一个多月吧？更不可能蒙客户连续投放大版面广告吧？他们会听我们的一面之词？不会啦，他们也是看效果再下单。呵呵，请丁总放心，我们报纸的发行量是有保证的。”

一番话讲完，丁总转移话题：“你们的读者群构成呢？”

“跟《购物指南》读者群差不多，只不过岁数普遍要比他们大一些。”

“有数据或证明材料吗？”

“有。”我把一份报纸市场调查表递过去，“您看，我们报社今年刚委托市场调研公司做的市场调研报告，详尽数据分析是基于5 000份抽样调查表得出的结论。”

丁总拿过表扫了一眼：“呵呵，雨经理，咱们都是干广告的，什么话可要实话实说，你们报纸真有20万发行量？”

……

走出该公司大门，我心情沉重，按说我解释发行量的这套词，可谓独门绝技，千锤百炼，打遍客户无敌手。怎么说了半天，丁总死活就是不信呢？一个劲儿问个没完没了？正想着心事，忽然心里叫唤起来：哎哟！自行车，我的“驹”呢？在门外停车场找了一溜够，啥也没踅摸着。靠，掏完兜才明白，为了进攻广告公司，自己脑子溜号，车钥匙没拔出来，叫人把车顺跑了。天杀的，谁这么眼红我？咱不是还没挣钱嘛！

悻悻走到马路上准备打车，看见车站旁有一个报摊，我过去喊了句：“来份《足球》、《体坛周报》、《环球时报》。”忽然看到自己报社的报纸也趴在摊上，随口又问道：“师傅，这报好卖吗？”

“一般。”

“跟《购物指南》比呢？”

“没得比，差远了。”

我终于搞明白丁总为啥穷追猛打了：我以前客户的广告部负责人不专业，

而丁总这家伙是广告公司媒体部科班出身，吃的就是这碗饭，对媒介的了解当然要深入一些。他肯定问过楼下报摊各大报的销售情况。所以，无论我作何解释，他都不信。

回到报社跟杨总反映情况，杨总脑子好使，马上请报社发行部加大主要客户周边报摊的发行管理工作，采取特别奖励政策，每月给重点报摊发20元辛苦费，请他们多帮忙传口碑。高人提出的改进举措，我是看在眼里，学在心里，到了后来，自然是依葫芦画瓢。

仔细想想和丁总的谈话，最后决定依旧采用先交朋友的策略，混熟后自然无话不谈。还要介绍报纸和广告报价？俗了，他们比我还清楚。

我号称写字楼“推土机”，这可不是徒有其名，是跟《购物指南》报社王牌业务员学来的，那哥们儿喜欢推门就入，宣传自己报纸口若悬河，从未怯场。我也有股百折不回的干劲，脸皮够厚，不怕被拒。一回生，二回生，三回、四回、五回……整整半年时光，光是合派广告的丁总，我就去见了整整不下20趟！熟到什么程度？他想把公司一女孩介绍给俺认识！还谈报纸发行量？去他的发行量吧，反正他给客户呈报的是25万发行量，京城四大报之一！客户投放情况？我开始涉足房地产行业广告，房地产公司财大气粗，自然吃个盆满钵满。

坚冰终于被打破，咱交到了几个圈内好友。有人指导我：“哥们儿，光认识媒体部的人还不成，4A广告公司的媒体督导和做计划的那帮人才是低调的关键人物。你想啊，他们不把报纸做进计划里，购买主管怎么跟你谈合作？”

“哦，对啊，媒体督导不给我们做投放计划，那不歇菜了？但他们不接媒体电话，总是躲在购买主管身后，如何搭上关系？”

“笨！4A广告公司的人互相流动，找人介绍呗，约出来聊聊，认识人就好办。对了，每个大客户后面都有一至几位媒体督导全程服务，你光认识一个督导还不成，还要想办法多结识几位，这样才能把客户吃下来。”

“好，不就是一网打尽嘛，兄弟明白。”

“再提醒一点，小心督导之间的矛盾，比如有的公司你认识A督导，但B督导别去碰，而C督导又可以联系。因为B和A、C互相不对付。你们是可投可不投的小媒体，人家得罪你无所谓，小心被人家拿去撒气，鸡飞蛋打一场空！”

我的感觉是，4A广告公司水好深，里面暗流涌动，要没领航员，非触礁不可。

进攻4A国际广告公司，我是有计划、有步骤地进行公关。我请圈内人给我介绍督导和购买主管，打着别人的旗号，一个发展两个，两个变4个，4个变8个……有共同语言和思维方式，我如鱼得水。首先在人情关上使力气。我基本不给回扣，只送精心挑选的小礼物。我拿到了一批促销纪念品，什么雀巢咖啡杯，万宝路打火机，绿箭钥匙扣，耐克小皮包等小礼品，一路拜访新客户，一路随小礼物而播种下友谊的种子，对，有时还互赠，那段时间我成了“礼品和蜜语的搬运工”。此外，我了解客户爱好，对症下药。除了当礼品搬运工外，我还说动母亲出面，请香港亲戚帮忙代购一些国外化妆品、香水、丝巾、限量版Zippo火机。那时北京人的打扮好像还不够洋气，这些让人心仪的礼物不仅暗合人心、对口味，而且显得我很用心。道理很简单，送钱给人家，拿到手里只谢三天，但限量版Zippo火机得天天用吧，点火就能想起咱，这叫“火烧”友谊，越烧越红！顺便告诉哥们儿：“55周年限量版Zippo火机，好好保存，每年升值20%~200%不等。”送礼送到心坎去，正所谓攻城为下，攻心为上。至于聊天话题，更是五花八门，甚至是见到北京人就和他们一起说外地人如何如何，见到外地人就和他们说北京人如何如何，真应了当初面试时我说的袁世凯的那句名言。靠，我心底里暗自发笑，我籍贯四川，长在北京，怎么说都是我啦。

其次，在商务关上使力气。我能提供特殊广告发布策略，比如基于读者的阅读习惯，打开报纸从上往下阅读，我把通栏广告置顶，于是读者先看到广告后才看下面的文章。这样能大幅提高广告阅读率，算开了全国报纸异形广告发布的先河，客户超满意！后来北京某大报连版权费都没给，直接把咱的创意学了过去。大报也做咱的“山寨”？靠，更令人气愤的是，这只是“山寨”的开始。

不光如此，针对不同客户，我的发布创意层出不穷。有一个外地挺牛的客户，广告公司为讨好他们而欺负我："雨总，我们客户广告策略是非头版不上！要不你想想办法？"报纸头版是报社脸面，哪能轻易卖掉脸面？简直异想天开。一旦头版卖出广告，那就是说报社脸面也有价，讲出来丢人！所以报社死活不答应。但咱也不能有钱不挣啊，那多憋屈自己？咱像受憋屈的人不？很快，我琢磨出报纸打出俩报头的歪招！嗯，乐事来了，那期报纸出现了俩一模一样的报头，一个报头统帅整版广告，另一个报头统领封面文章。报纸发行时，封面文章头版包在外，广告头版放在里；到了客户那儿，我再把俩头版倒过来，说啥也要把广告搞得敞亮些！据说，客户对广告发布形式极满意，打算再上一次，但这回报社打死也不干了，因为众多同行多有不解和嘲笑。唉，那次是我少有地憋屈了一回。

咱开了全国报纸不卖头版的先河，那时人们思想还不像现在这么开放，在当时引起圈内轰动。而2009年，深圳某报纸也搞出俩头版，一个报头下是国美电器店庆头版广告，另一报头是正常封面头版。看到别人也玩双报头套路，我不禁感叹：唉，哥们儿十几年前就玩过了。

不怕贼偷，就怕贼惦记。天下有什么事情能经得住天天琢磨？再笨的家伙也能想几个歪招出来，何况咱还不笨。记得那时候，我整天对着报纸琢磨，天天翻报纸找灵感，看得我跟孕妇似的，总想呕。有了想法还要和广告部、编辑部、设计部协商，因为有些创意太过离经叛道，比如把竖中缝广告变成一条横版中缝，放到报纸中间发布，社长听完，恨不得把我一脚踹到楼下去。所以，光是打通人情关还不行，商务关也很关键，需要创意不拘一格，策略能迎合客户需求，这才能让广告公司和客户都满意。报社竞争残酷，同行如狼似虎，客户胡搅蛮缠，迫使我人情关和商务关两手都要硬，一旦打通两大关节，就像武林高手打通任督二脉一般，焉有不成之理?!

总之，我把浑身本事全招呼上了。每天出门前，编辑好拜访路线，上午三家，下午5家。知道那帮白领小姐们讲究，所以进门拜访前一双爪子洗得干干净净，绝不给人感觉握住的是一只热烘烘、汗糊糊的手，二三十分钟聊完，继续拜访下家，最后往往是披星戴月往回赶。天天如此，辛苦劲儿不提也罢。

奥美是广告圈中的老大，攻克老大自然颇费周章。记忆中奥美接待我的是来自上海的陈小姐，40岁模样，一身黑西服职业装，从里向外透着精神干练，一看就带有海派气质。在交谈中，我发现她头脑敏捷，思路清晰，举止优雅得体，说话轻声细气。而我，20岁出头，人生阅历、工作经历、兴趣爱好跟她相差一大截，和她有什么共同语言？

第一次见完面我就傻眼了。虽然碍于朋友推荐的情面，陈小姐以平面媒体部经理的身份出来跟我见了一面，但双方客客气气将官话说完，便结束了拜访。听说陈小姐虽身在媒体部，但她的权势能影响到督导部，是公关的关键人物。而照这样谈下去，我心里清楚，水泼不进。我喜欢和客户打成一片，维持一种亲密合作的关系，保持斗而不破的局面。眼下，怎么才能和一个40岁的上海女人混熟呢？

想了几天也不得要领。我开始请教高手："红姐，有个事儿想问问您的意见。"现在我跟红牛代理的媒体总监红姐关系很熟。

她听出是我的声音，笑呵呵打趣道："哦，小雨啊，你就天天白使唤你姐姐吧，说，又遇见什么问题了？"

"红姐啊，问来问去，发现还是您厉害，对问题看得透。"

"行了，别拽了，说吧。"

"是这样，那天我去拜访奥美广告，遇见了一位……"

"哦，40岁，精致……一个上海女人跑到北京工作生活，应该还不太适应北方的文化、水土和饮食，她精神上是否感觉缺点什么……嗯，这样，你从两方面入手。一个是巧妙恭维，甜言蜜语夸她穿着。另一个是在精神上关心她，时不时搞点小恩小惠，比如送个文艺演出门票啦；热门电影票啦；遇见风沙天气，马上来条丝巾……"红姐在电话那头，教了我一溜够。

感谢话刚刚说完，就听红姐接着说："先别忙着说谢谢，我也有点儿事儿要请你帮忙。"

"啥事，您说。"

"我表弟在房地产中介公司当经理，他英语还成，最近连帮了几个老外找房，好像酬金还不错，他就想专注做老外中介服务。这块市场大，在北京的老外少说几十万人，又都是挣美元、花美元的主儿，钱好赚，也许以后能干点儿名堂出来。我想问你，能在报社先帮他免费打个小广告，帮忙做点宣传吗？”

“呵呵，才多大点事情呀，瞧您说得好庄重，呵呵。到时请您表弟跟我联系就成，登个免费广告没啥难申请的，先帮他登两期看看效果，行不？”

“呵呵，行，像个办事的人，那就多谢了哦。”电话那头，红姐听我满口应允，很高兴。

问题有了答案，我也满心高兴。奥美可了不得，数一数二的超级大牌！手里的客户个个大名鼎鼎。报社有多少人曾吹响了冲锋号，可全都是光打雷不下雨。好，现在轮到哥们儿我冲锋陷阵啦。红姐说的那两条，其实也没啥技术含量，我怎么把自己给绕进去了呢？明白了，陈小姐本身没啥了不起，关键是她身上的光环太耀眼。人穷志短，马瘦毛长，被丫的唬住了。郁闷。

还没细想奥美的事儿，脑子溜号了：“红姐表弟的工作性质不就是跑腿吗，他有啥核心竞争力？会英语的人大把，这帮人只要接触到老外中介服务，谁都容易独立门户，他能控制客源？房源？业务员？既然上下游都不能掌控，如何谈发展？干得再好也还是个体户。嗯，如果我是中介，如何发财？经过报社填鸭式的学习和残酷竞争，我逐渐养成事事动脑的习惯，本来不该我管的事，也想借机锻炼一下策划的本事，于是我一边喝着咖啡，一边开动脑筋。

很快，我又拨通红姐的电话：“红姐，刚才说起您表弟的项目，我琢磨了点儿道道出来，想跟您再聊聊。”

“呵呵，小雨是热心青年呀，好，好，说吧。”

“我有个建议。他为老外中介服务完，项目不是做完了，而是才刚刚开始。他不要只做一锤子的房屋中介买卖，而应该深挖老外们的真实需求和潜力。第一，跟老外的公司做生意——他们公司需要采购啥？需要什么服务？了解清楚后，再联合相关公司提供无缝对接服务。第二，跟老外个人做生意，比如，有的老外有钱，生活小资，他们租完房，还想装修怎么办？他应该挂靠某家装修公司，然后自己出面接下家装项目。地盘工只会说家乡话，这块业务由挂靠公司来做，他吃佣金，不也能舒舒服服地吃掉吗？再比如，提供保洁、律师、预定出租车等服务，每个项目都有佣金可拿。一句话，做成一单，交个朋友，再吃个碗干盘净！客户始终在他手上，所请来的人只是帮手，而不会成为对手……”

“哦，对，对，这才是正途。呵呵，好，谢谢你啦，我会跟他说……”红姐听完分析，连连表示感谢。

放下电话，虚荣心得到了莫大满足。帮忙的快感倒在其次，主要是得意于自己的思维方法和解决问题的能力。连红姐都认同，显然是有三分道理的。谁曾想，当初我提供好心建议，三年后，她表弟从井中救人，危难中帮了我一把。可见，当策划雷锋，好心有好报！

第二次见到陈小姐，我递上两张《廊桥遗梦》电影票，不扯闲篇，只说了三分钟有关电影介绍便起身告辞。第三次见面，我递上两张《北京大爷》的话剧门票，还是三分钟剧情介绍，希望她有空欣赏带北京文化的轻话剧。接着就是《勇敢的心》、《情书》、《大话西游》、《盗火线》、《楼顶》、《北美职业花样滑冰全球巡演》等电影、话剧、艺术表演门票。不用再送小礼物？那是哄20岁年轻人的，对她无效。半年后，她对我从客气到熟络，话题也多了起来。没谈广告？不用谈啦，人家顺其自然递过一份媒体资料调查表，我填完表，她仔细询问了发行量、读者群面貌和价格折扣，好，完工收摊。像她有20年广告阅历，说那么透干吗，一切尽在不言中，在报社等好消息呗。

半年后，我的客户名单里慢慢写进了奥美、李奥贝纳、达彼思、精信、传力媒体、李岱艾、博达大桥、麦肯·光明、恒美、日本电通、电扬媒体等顶级4A广告公司，在跨国广告公司行业，一举囊括主要资源。我的客户群结构已华丽转身，根据20/80原则，20%的客户贡献80%的业绩，我淘汰、转让掉没潜力的客户群，只留精华，加上新开发的100家4A和国内顶级广告公司，现在客户群由80%大牌广告公司、20%直接客户组成，嗯，一手好牌。当然，这都拜我及时转变思路所赐。客户群包括远期有希望投放广告的客户、中期有计划投放广告的客户、近期马上会投放广告的客户，好比刘帅淮海战役时打的一个比方：吃一个，夹一个，看一个。呵呵，不用再勾画啦，反正是要风得风，要雨得雨。喜报传来，报社为笼络人才，将我破格擢升为社长助理。我有了独立办公室，哈，和杨总平起平坐。

俗话说得好，早起的鸟儿有虫吃。报社同事见我成功开发4A广告公司，马上群起效仿，眼红心热地想跑来分杯羹。对不起，咱垄断了！因为每个广告公司从媒体督导到购买主管再到AE（客户主管），哪条线上都或多或少有朋友在帮忙照应着，两关皆已打通，咱无须多虑。直观表述就是"篱笆扎得严实"！

一些新来的同事眼热我的大客户名单，也纷纷去谈头牌客户。这个说："喂，哥们儿，今天我去找汇丰银行啦。"

那个问："哦？谈得怎么样？"

"他们说计划是上海汇丰做，北京这边只是执行，不过办公室那女的挺帮忙，答应把报纸寄到上海公司的企划部，看看今后是否有合作。"

"哇，汇丰要是一投放，你今年基本不用干活了，呵呵，真不赖。"

我听完心里偷乐：汇丰银行？哼，不要以为头上顶坨屎，自己就是金刚葫芦娃了。人家广告代理在上海，你鞭长莫及。唉，也不掂量掂量报纸成色，连三大报都没捞到汇丰广告，还轮得到我们？再说了，找办公室谈广告？有点意思啊，人家只是客气，不想得罪媒体罢了，几句话打发完拉倒，你还真信？这类客户看得见，吃不着，你先等上三年五载再说吧。

有人不服气，接过话题："哟，你谈汇丰啦，那我们基本想到一块儿去了，前两天我把奔驰和宝马横扫一遍。杨总常说，'谈广告贼不走空'，真要是宝马心疼出钱，我就拿豪车冲抵，到时杨总怎么也要给四个轮子做提成吧，哈哈。"

现在杨总管广告一部、二部和三部，我负责广告四部，都归社长直接领导。两拨人马画地为界，各自培训考核，井水不犯河水。当然也有业绩比拼，为了业绩和面子，甚至还有暗地互相抢夺客户的现象。为此，我和杨总常常打报告请社长做包公，但社长没法根治，也不想根治。他的想法很简单，管它黑猫白猫，能给社里抓来老鼠就是好猫。所以两拨人马平时只是闲扯，没啥具体业务交流。

见不是自己部门的人高谈阔论，我一副看笑话的心态：杨总呀杨总，你也不管管手下人，他们谈头牌有用吗？嗯，你喜欢搓麻，没工夫管也好，赶紧给我腾出市场来吧。顶级豪车只投杂志以求树立形象，几个鸟人还想改变大客户的投放思路？谁理你们？豪车投放思路都是从国外引进来的，嘿嘿，你们生咬核桃，哥几个不怕牙崩了？

我，装傻，无语……

我告诉手下人，广告员最重要的不是所在位置，而是选择进攻客户的方向。人民币上不写这是大客户提成，那是小客户奖励，咱们理想面子放两边，现实摆中间，大家只谈短平快项目。像什么新加坡航空、瑞士军刀、王府饭店、普利司通轮胎、劳力士、宾利等这类客户，勿碰！它们代理关系盘根错节，也许花十分力气才能赚一分报酬，那还不如花费一分力气去赚十分报酬呢。瞄准三大报的客户群，穷追猛打才是上策。嗯，话糙理不糙，他们懂的。

有人拿来报纸请我分析广告。看完内容和版面设计，我能说出来，广告是收费还是免费；大体折扣；客户是否有广告代理，背后可能的故事；客户上半年投放策略是什么，为啥没投我们；下半年突破口在哪儿；客户竞争对手是谁；客户最近有何打算，如何从中渔利……把手下人听得七荤八素。当然，他们赚到钱后也服气。

我手握一堆重量级客户群，又打通了人情关和商务关，心里踏实，吃饭香，睡觉也香，就安心等待广告公司给我下金蛋了。雀巢、达能、青岛啤酒、马爹利、汇源、创维、海尔、西门子、爱立信、诺基亚、多乐士、立邦等大牌客户纷纷在报上露面，而我的小脸都露到天上去了。记得有一次，我拿着奥美代理的香港黄金珠宝协会的彩色半版广告投放回到报社，获得了一片惊呼。梦一般的日子从早上开始，在自己的房子里睡到自然醒。冬天的北京，西北风从早刮到晚，在暖暖的被窝里躺着，想有多舒坦就有多舒坦。枕边手机响起："喂，哥们儿，下午来一趟，上次申报的计划，客户批下来了，今天过来签合同，晚上请客啊。"

听着挺高兴，但这类好事已习以为常。开车到报社晃一圈，便和客户相约吃中饭。下午签回合同，往广告部一丢，有助手小王帮忙盯版面。晚上泡吧，再会会几位4A朋友，边玩边谈，一天下来悠哉乐哉。

小王老家在河北农村，技校毕业，本来他是给杨总开车的司机，后来想跟着大伙学门本事，杨总看他求上进，于是让他做我助理。这家伙长得挺喜庆，内心淳朴，开朗乐观。也许哥俩投缘，我在他面前没傲气，有事没事的时候还主动教他一些广告知识，督促他认真学。由此，我们结下了友谊。那时的我风光无限，但后来大难临头之时，他却成了我的恩人！此为后话，暂且不提。

有钱了，买车买房。当然要孝敬父母，我给家里添置了彩电和音响，又放下一笔钱。父母看俺有出息，那比收到钱物要开心得多。但他们还是有些不放心，一个劲儿叮嘱做人做事都要小心，低调些，尤其是顺风顺水时。我听得烦，顶了一句："妈，您怎么还是那么啰唆啊？我不是混得很好吗？这才哪到哪儿啊，等着儿子孝敬您住别墅吧，用不着担心！"所谓不听老人言，吃亏在眼前，后来的事印证了二老的顾虑。

但当时的我，仅仅才毕业两年，一帆风顺就挣到了钱，真觉得自己做啥成啥，好像人五人六成了个人物。这种自命不凡、骄傲狂放的思想暗暗在心底滋生，唉，不是好苗头！但那时自己没察觉，还以为是自信的表现，这才有以后败走麦城的桥段。真应了老话：月盈则亏，水满则溢，光辉荣耀里往往藏着灾难。

沉住气才能生存

虽然思想变得有些骄狂，但咱还算自律，过去养成的勤奋习惯绝没丢弃，该出力的地方也绝不偷懒。我喜欢学本事，比如感觉文笔不满意，就主动要求免薪加入编辑部，锻炼文笔。我的想法很简单，为客户写新闻稿，文笔立不住就得求人，但求人不如求己，有机会多学一手本事，没准今后还能派上用场呢。我还真没有浪费自己身上哪怕一丁点儿特长，多年后，我开始撰写商战书，而文笔正有赖于当年的锻炼。但广告部同仁却认为我疯掉了，放着广告行业大钱不挣，跑到编辑部干什么？还想出什么样的风头？疯子一个。

编辑经历远不如在广告圈风光，甚至可以说是丢人现眼。首次领到一个采访幼儿园的命题调查，我真是玩命跑稿，洋洋洒洒3 000多字，结果被责编比喻成“头等垃圾稿”！靠，文章写得有那么惨吗？副主编为了不灭掉我的热情，勉强缩编成800字，刊出后我发现文章跟自己好像没啥关系。但不管如何被贬损，我的写作水平在进步，尤其撰写客户关系稿驾轻就熟，这跟钱有关，写起来动力大。

后来有闲时，我又常窜进设计部，站在美编后面偷学电脑设计。我觉得艺不压身，多学本事就多一条发财路。这段学习设计的经历，事后被证明是“救命的学习”！两年后，我在装修设计行业打出名气，离不开在报社设计部的熏陶。当然，咱不白学，经常给设计师傅们送点小零食，夏天一筒和路雪，冬天一支糖葫芦，礼轻情义重嘛。师傅也高兴，指点迷津时自然会多用些工夫，使我听到了他们的经验之谈。总之，抓紧一切学习机会，我像貔貅一样，如饥似渴地光吃不吐。

虽然我在报社广告部屡创佳绩，提成丰厚，但如何才能更快地发财呢？这事有点儿闹心。记得刚吃完中秋月饼，我又干劲十足了，因为咱发现了新商机。哇，不是一般的激动。那年慧聪广告公司成为北京报业的一匹黑马，他们包下《购物指南》大批版面，然后将广告版办成各类广告专版，再将专版切割成一个个小豆腐块，专门刊登各类小广告，一个4×5CM豆腐块，只收300~500块。好嘛，化整为零，无数小商家都能打得起广告了。嗯，天才创意，而且一期报刊广告量猛增到6 000多条信息，极大地提升了报纸信息量。

通过与强势媒体合作，慧聪公司的广告队伍迅速膨胀，旗下800多业务员，遍布整座城市。他们每天出去扫街，在市场上精耕细作，从而垄断了京城大部分小广告客户资源。而《购物指南》更借助慧聪公司的力量，获得了小商家和读者群的热烈追捧，强化了都市类报纸老大的地位，二者的合作可谓天作之合。

为了报社和自己的前途，何不找慧聪广告谈包版？先下手为强，说干就干！我发动圈内人脉，很快就和慧聪商情部老大吴总搭上了关系。其实，聪明人多的是，在我之前报社早有人在打慧聪公司的主意，但不知为何慧聪公司没兴趣。我也冲上去谈了一次，没意外，叫人家给崩回来了。

看来做事不能偷懒，还得从头开始。首先，通过各种渠道了解慧聪公司：

第一，老板郭凡生曾上山下乡当过兵；第二，1992年创立慧聪，公司发展迅猛；第三，现有8个事业部，各事业部老总都是商战的厉害角色，号称慧聪“八大金刚”；第四，郭总创业前专攻当代中国经济学与改革理论研究，8年撰写近百篇、200万字论文，是国内理论界公认的年轻学者。其次，找到关键词：第一，公司发展迅猛；第二，目前员工近千名。我揣摩几天后，有了结论：慧聪公司发展迅速，意味着郭总要不断给企业找到新利润增长点，否则不能持续发展。近千名员工跟在郭总后面吃饭，小本生意能满足千名员工的饭碗？别逗了。

有摸底市场调研和SH家具城谈判策略打底，我信心满满，决定再次拜访吴总。吴总极忙，见我不请自来，有些不悦：“雨总，上次您谈的项目，我汇报过了，对不起，公司目前还不太感兴趣。要不我们再等等？”我当时已是社长助理，在圈内也算有头有脸，吴总自然不好公开轰人。

“呵呵，吴总，您误会了，今天我只想说点关于慧聪的潜在危机，只说5分钟，说完就走。”

从社长助理嘴巴里说出“慧聪危机”的效果肯定管用，吴总果然来了兴趣：“哦，是吗？我们有什么危机？”

“《购物指南》做不起细分行业的广告信息版，所以邀请包版巨头慧聪加盟。表面看，慧聪和《购物指南》捆绑紧密，形成利益集团，但两家真是平等伙伴吗？呵呵，好像不是吧。在商言商，慧聪不过是给《购物指南》打工而已，都是面儿上风光的事，毕竟不能掌控报纸嘛。打个比方，如果慧聪好比长工，那《购物指南》就是地主。问题来了：长工如何给地主打工，才能达到利益最大化的目标？”

开篇乃我精心策划的力作，看见吴总放下笔，我信心大增，侃侃而谈：“今后一旦《购物指南》的包版被慧聪做大，也就是地主家的庄稼长势喜人，甚至长工还在田里挖到啥宝贝，这时地主不会太为难长工，因为还没到收获季节。好，秋收时分，地主发大财，长工发小财，并且特想保守发财秘密。但瘦田没人耕，耕起有人争。第一，地主眼红；第二，其他长工眼红。对于这点，慧聪现在不可不防。《购物指南》现在提供的是处女地，开垦起来多艰辛？可见慧聪这个长工当得不仅辛苦而且危险！等两年生地变熟地，旱地变水田，地值钱了，地主和长工有可能重新谈租赁合同，谈得好自然皆大欢喜，可谈崩了呢？报社会再次拿出广告专版公开招标，价高者得之。而地主开除老长工，还会跟他算工龄、讲贡献吗？老长工会不会成为报社发展的炮灰？对于这点，慧聪未来不可不防。”

“呵呵，雨总，长工理论听得新鲜，好，您说吧，长工该如何给地主干活？”

见吴总面露微笑，我也忙回了一个笑脸：“呵呵，承包我们报纸信息版，只要达到一定数量，就能有效制衡《购物指南》！大家都是都市类报纸，我们也要发展信息版，自然也能培养一批包版公司，慧聪愿意看到竞争对手通过我们报社做大做强吗？如果慧聪承包都市报纸前两强，不仅处于市场垄断地位，而且三方互相制衡，哪家报社也不敢拿慧聪当马仔，随意欺负，因为报社不能承受慧聪投奔竞争对手而造成的损失！一旦发生，会导致报社声誉受损，内部动荡，客户群大批流失，就算是社长，他也不敢承担这等重责啊！”见时机已成熟，我开始说要害了。

“呵呵，雨总，我就猜到您有这套词儿啦。”

“好，我们继续拿长工打比喻。长工如果同时承包两家地主的地，现在您又是所有长工里最勤奋能干的，谁都不希望你跑到隔壁地主家干活，扔下一片荒地给自己，于是地主要想办法笼络长工，方法不外乎给长工加工资、给甜头和给话语权。由此，长工与地主开始平起平坐，甚至从某种意义上说，长工翻身成‘地主’，两个地主开始给‘长工’打起工来，这事不是没有可能发生！”

吴总轻轻点点头，我趁热打铁：“两大可乐公司为啥垄断世界80%灌装厂？他们想法明确，通过控制灌装厂，达到控制灌装饮料市场的目的。现在很多试图尝试包版的广告公司正在观察，慧聪正好趁其不备一举搞定都市报纸前两强，垄断就意味着屏蔽同行竞争，今后同行要想再打入包版行业，要么从您手里买版，要么去包《北京晚报》或《北京青年报》，但它们包版费不是几千块，而是至少5位数起，门槛太高，谁能承受得起？”

吴总没吭气，我继续聊：“《购物指南》和我们在信息版上都是处女地，广告效果还不好说，但两大报联手为客户发布信息，相信读者群覆盖面更宽泛，效果自然有保证。而且手里掌握两大资源，广告政策制定更灵活多变，哪家报社赠送广告，哪家报社广告收费，买A报广告赠B报，买几赠几，套餐优惠，组合降价，等等，思路不一而足，这不全由慧聪决定？试问，哪家包版公司有这等优势？”

吴总保持沉默，没法子，我还得继续说：“慧聪近千名业务员每天奔波在上万商家中间，推荐一份报也是推荐，推荐两份也是推荐，举手之劳，但效果却大不同。第一，客户会认定慧聪一举垄断了两大都市报纸，实力强，信任感油然而生。第二，对那些不认可《购物指南》的客户，慧聪业务员怎么办？放弃还是继续费力公关？现在手上多件武器，谁不欢喜？哪家业务员能有这等必杀器？实在不行，还可打广告发布组合牌嘛，以利诱之，客户必降！第三，业务员看到公司发展，自己收益提升，团队是否更稳定？是否走上一条良性发展道路？”

吴总依然没开口，靠，马上词穷啦，没办法，我只能边想对策边说：“还想提醒一下吴总，包我们版面，慧聪广告流水能提升一个台阶。假设两家公司经营利润一样，其中一个公司年流水100万，而另外一个公司年流水1 000万，您说，要吸引投资，谁更受追捧？就算担心承包我们报纸不赚钱，但有前面那么多好处，这个险不值得一冒？”

吴总眼睛盯着我看，靠，这哥们儿就是不表态！原本以为准备的说辞已万无一失，谁知还是不够用！好在我已不是刚出道的虾米了，咱也能冒充一回大虾。稳稳心神，临时又憋出个观点：“我想，如果慧聪承包我们版面，那我们将如虎添翼，1 000人每天都在强力推销报纸，报社不会日进千里？你们会赔钱？《购物指南》就可借鉴嘛，他们能快速发展，我们就不行？笑话。”

终于……终于，在咱弹尽粮绝时，吴总开口了：“雨总，你今天带来了制衡说、垄断说、发展说和效果说，我认同。好，你带了包版文字资料吗？”

“有，给您。”

“包版价格呢？”

“呵呵，我想问问《购物指南》给您开出的价码。”

“一码归一码，你就说你们报纸。”

“包版价要跟包版的数量、行业、付款条件和年限挂钩，咱们还是把这些条件先落实完，我才好报价，您说呢？”让我先报价？哼，那是不可能的。

吴总没接话茬，话锋一转：“雨总，提个小小的建议，您谈的是大项目，但这份资料准备的，呵呵，草率了些，还不够打眼啊！”虽然人家说话很客气，但听话听音儿，瞬间，我的脸红到了脖子。

从慧聪出来，我知道这场谈判算给吴总洗脑了，心中不免暗自窃喜：他心动了！还要继续烧把火？想了一会，决定一动不如一静，上赶着不是买卖，先静观其变吧。我回社里跟社长简要汇报了一番，看得出社长眼睛刷刷直放光：“雨总，今年谈成慧聪对我们报社很关键，现在《购物指南》发展很快，就是靠慧聪帮他们在市场上推，你务必争取谈成！”话说得容易，可这个世界上，又有多少打包票的事情？何况这是一个超级合同。

过了不到两周时间，特大好消息传来，千盼万盼的吴总电话来了：“雨总，明天上午您有空吗？”

“有，有，请问吴总有何吩咐？”

“好，请问您报社社长或总编，明天能来趟慧聪谈合作吗？”

“没问题，一言为定。”

现在报社上下还无人知晓我的大胆出击，放下电话，我第一时间跑去跟社长报喜，社长听完还没说话，杨总冷不丁插言道：“雨总，你该当场反驳，怎么不叫他们郭总到报社来谈判？唉，到人家地盘上去谈，容易受欺负。”

一句话点醒梦中人，可不是嘛，我被巨大的喜悦冲昏了头脑。走出社长办公室，有了一个总结，也有了一个疑惑：唉，自己还是短练，做事情顾头不顾尾，沉不住气。杨总提醒得及时，但为啥用敌视的口吻教训我？以前没有过啊。哦，你是羡慕嫉妒我谈了一个超级大单？也想跑来分杯羹？靠，做梦！客户是我找的，谈判思路是我出的，合作的路也是我铺的，你又作了啥贡献？还想分红？歇菜吧。

当天下午，社长请杨总和我去他办公室：“我、杨总和你，我们三人组成谈判小组，全程负责与慧聪公司谈判。雨总，你把谈判过程仔细讲讲。”看得出，社长春风满面，不无得意之色。问题是谁不内心澎湃呢？对，只有杨总好像还是那么淡定。

大战前夕，面对千万级超级合同，想着即将拥有几百万提成，我也分外紧张：嗯，巴不得有社长亲自坐镇参与谈判，半路别再出什么幺蛾子，哈，一旦签订合同，拿着提成我要去趟欧洲深度游！

当我把谈判过程和思路完完整整叙述一遍后，社长问：“你知道他们包《购物指南》的版面价格吗？”

“吴总不肯说。但我从他们广告报价和运营成本倒推，包版价应在6 000到8 000元之间。”

“我跟《购物指南》内部人打听过，据说每版不超7 000。”杨总冷不丁插了一句。

社长两只胳膊抱在胸前，看了眼杨总：“杨总，你觉得我们报价……”

“听说慧聪能磨善砍，不如报社采用漫天开价，然后像切色拉米一样，一点点让步。其实是我们更急，但不能表现出来，要沉住气，慢慢跟他们磨、跟他们耗，这场谈判谁表现出志在必得，谁就要吃亏。”

“雨总，你的意见呢？”

“杨总说得对，我觉得如果《购物指南》的包版价是6 000，估计我们4 000能拿下。”站在自己立场，利欲熏心，我只希望全力促成合作，所以想在价格上放水。谁知话一出口，却捅了杨总肺管子。

“4 000？别打哈哈了，赔得裤衩都得当掉！”

“呵呵，雨总，不否认你的勤奋和能力，但跟慧聪谈判，你还要向杨总多学学。”社长也被我的报价气乐了。

闭嘴吧，人家一顿数落，说得有理。后面的讨论变成社长与杨总单独沟通，把我当空气。对于百万以下的谈判，咱经过锤炼，神经上顶得住，可千万级的合同迎面扑来，方寸全乱。当然，听高手密谋策划，也算学习机会难得，刚大学毕业两年多的小屁孩儿，就跟在人家屁股后面学呗。

第二天，谈判小组动身去慧聪公司。一走进大会议室，嚯，对方组成了庞大的谈判组，由郭总领衔，8位事业部老总，两位副总裁，一位法务顾问，12人齐刷刷坐在会议桌一侧，气氛甚为严肃。头一次见到郭总，便被他的个人魅力折服，他个子虽不是很高，但站在那里有三山得配之气度。会上，我诚惶诚恐，大气都不敢出，又有了一些第一次见必×神鞋老板的感受，这场谈判的场面拉得好大，不怪咱没出息，金额实在令人咂舌，惊吓到自己了。

社长所站高度果然不同，不仅将报社长远规划描述一遍，好似一幅宏伟画卷，更在画卷中把我的谈判思路穿插整合进去，果然说服威力更盛。话是敲门砖，慧聪自然不傻，双方谈判进展迅速，很快达成初步合作意向。所有旁支细节都已解决，只是价格双方不断拉锯。

社长是谈判组长，一言九鼎，到了谈判后期，他大包大揽，不给别人任何插手机会。我也想当然：唉，社长也是，还怕我抢了您老的功劳？只要给咱兑清提成，功劳全归您！马上看到鲤鱼跃龙门，那段时间过得好不兴奋，天天盘算谈判成功后，兴许能买辆宝马，跑到长安街拉风去！嘿，晚上都能笑醒！

一个月后，谈判组生猛海鲜般谈回价值4 000万的超级打包合同！合同关键条款包括：第一，慧聪承包5年时间，以后优先续约；第二，每期承包32个黑白信息专版；第三，发布广告完三日内支付当期版费全款；第四，缴纳100万包版押金；第五，报社每期免费提供3 000份样报，2 000份半价报；第六，享受报社其他广告版面5折最低扣点；第七，独家包版公司；第八，报社在报头打出慧聪公司协办字样。

我为自己的眼光和丰厚提成而感到无比激动！心里的小九九早就盘算清楚，即使不按20%提，只按10%也有400万呢。哇，哇，谁在金库面前还能保持泰山崩于前而色不变，麋鹿兴于左而目不瞬？反正我不能。

但事实却走向另一个方向。社长发下话来："你个人开发慧聪虽有功，但功劳主要归报社，没有报社作出巨大牺牲，双方能合作成功？综合考虑到报社实际情况，提成按千分之一提！"

什么，千分之一？ 4 000万合同只提4万?!别扯淡了，天下哪有这般欺负人的道理?!咱彻底怒了！百般争辩、吵闹后，恨不得把社长从地球上抹掉，可结果还是不变！后来有人给我出歪点子，晚上带帮人堵社长家门去！我也真喊了一帮北京哥们儿替我出头，七八条大汉站在社长家的客厅里，我再次申述："社长，不是我想闹，只是觉得报社分配不公！前面有那么多同事去谈慧聪，可连个水花都没看见，但我有本事搞定他们。4 000万合同只提4万？报社对得起我作的贡献吗？"

可社长啥风浪没见过，他能被我拍住？人家只是淡然地说道："雨总，你先别激动。我们报纸每年在进步，有目共睹。要是报纸不行，你一样也不行。所以杨总去开发慧聪，一样能谈成。换句话说，搞定慧聪，只是顺应了广告市场的发展潮流，只能说明你切入时机恰当，运气好，仅此而已，不要太高看自己的本事啦。再说，包版费折合平均只有4 800元，而且慧聪提出前两年要培育市场，出价还不到4 500元，并要求报纸发行量再提高30%，你知道报纸发行量越高越赔本，显然，报社头两年不赚钱，甚至还在暗亏。报社不赚钱如何发提成？……雨总，这样吧，4万元钱就算前期奖金，等三年后，如果慧聪遵守合同继续合作，报社也有盈利，后两年再给你每年兑现20万元奖金。"

靠，报社不盈利，社长肯签订赔本买卖？崔健都在说这个世界变化太快，三年后才兑现奖金？呸，鬼话。不干！继续闹腾："您说的我不同意。运气好？从红牛开始，雀巢、达能、马爹利、西门子、爱立信、诺基亚、多乐士等等这些扎手客户，都是凭运气求来的？为啥只有我能把顶级客户带来，别人却没运气？谈红牛的时候，报社哪位领导没去碰过运气？可结果呢？我费尽周折，为报社谈回来20部诺基亚手机的时候，您又是怎么夸我的……杨总不就仰仗他的六大铁杆客户嘛，那您也请他出手谈谈这些大牌？ 4A圈子谁又认识他……不行，无论如何要按10%提成，每月兑一次！"

"我承认你为报社作出了贡献，多劳多得，你也得到了提成啊，完税后，报社一分钱也没少你的啊。"

……

两边话都说绝了，胳膊能拧过大腿？别逗了，失败方一定是打工仔。社长又发下话来："4万提成，爱拿不拿，不拿走人！"去他大爷的，我当时心高气傲，缺乏城府心机，哪能受得了这等鸟气？俗话说得好，此地不留爷，自有留爷处；处处不留爷，才把爷难住。不是报社同事都嫉妒羡慕咱吗，大不了老子拍屁股走人就是！也许几个月后我们就从合作伙伴变成竞争对手，快意恩仇，在广告市场上再跟这帮不讲信用的家伙们决一雌雄！

事后回想起来，我好愚呀。提成4万，那是社长怕漫天要价，提前给我打的预防针，并不代表报社最终意见，还可以就地还钱嘛，讨薪过程需要不断勾兑感情，要慢工出细活，沉住气才是谈判的关键，毕竟我为报社作出了贡献，谈判大有余地。但我刚出道两年多，又把全部精力放到客户身上，根本不懂这些复杂玩意儿，既没高人教，又没能人指条明道儿。叫我摸黑过桥？对不起，走的不是桥，是钢丝。

总结半天，找到四条失败原因。第一，平时跟社长只谈工作，没有私人情感交流，关键时刻他肯罩着我？没戏。第二，蹿红快，无形中得罪了报社老人。以前我是杨总部下，升迁后与其平起平坐，但没放软身段，在广告部不仅没尊他为老大，自己还拉了山头。杨总肯替我出头？笑话。第三，咬定10%比例不松口，不懂私下圆润协调，不晓得办公室政治，不明白利益均沾的道理。一上来急于求成，金戈铁马，闹出满城风雨的局面，甚至还带兄弟伙儿对社长进行人身威胁，那是叫社长没台阶下。没得下？那就不下了呗。第四，年少得志，骄狂自负，因言语不当等原因，工作中又得罪了一批人，结果部门大部分同行出于不同目的，都不希望我再大把大把捞银子。靠，没民意支持，只有反对意见，能不在慧聪事件上吃爆亏吗？

敞开心扉

喜剧开场，悲剧收尾，怪谁？只怪我阅历浅，没心智。但亏不能白吃！后来，我到一家大集团打工时，吸取教训，上下融通不少，做起工作可谓如鱼得水，这都是拜慧聪事件所赐。

假如时光倒流，现在我会调整思路，在谈判一开始时，紧密联合杨总，将个人提成变成部门既得利益，一个人跟报社斗，势单力孤，但如果团结部门一起游说，社长自然会掂量一番。比如，以广告部名义跟报社谈定一个提成比例，然后我再从提成总额中拿50%，哪怕是40%也成，剩下部分归广告部、编辑部、发行部，做到人人派喜，利益共享，这不比4万提成好N倍？由此可见，当时我的心态和思维模式全被搞拧巴了，欲望太盛，血气方刚，天真无邪，除了有点儿销售本事和抖点儿机灵以外，剩下的个人修行、思维模式、从业心态一无是处，能不败吗？

上天曾给我一个绝佳的致富机会，可惜我没能把握住！对于报社和我而言，两败俱伤。从此，我的事业不再一帆风顺，前进道路上九转十八弯，充满了坎坷，至今仍欷歔不已。

有一些做销售的朋友，或多或少也会碰见类似情况，在此给个建议。与公司强势相比，个人总是弱小且易受到伤害的，所以谈判要抱定一个原则——少挣总比不挣强！要珍惜自己劳动的成功，但不要搞宁为玉碎，不为瓦全的思路，应该采取以退为进的对策：第一，放下身段灵活应对；第二，不逼宫，切勿意气用事；第三，将个人力量转化为团队力量，大家利益均沾。

道理简单。心态稍好的老板在做生意时，只管自己挣多少，而不去看合伙人赚了多少，哪怕是人家比自己赚得多，也不眼红，因为他是自己跟自己比："如果没合作，赚不到一分钱；有合作则自己多赚了不少。"

第二篇

第一次创业

我认为可以共同进步，但却被扫地出门

1996年春节前，我怅然离职，拿上自己的东西一步三回头，缓缓走出报社。天阴阴的，刮着冷风，报社门厅挂着的一对大红灯笼在空中摇摆，仿佛在跟我摆手道别。唉，要过年了，街上时不时响起的爆竹声，听得我心里阵阵酸楚，炸得我眼泪直在眼圈里打转，只可惜炸不掉满肚子委屈。回想起来，青葱少年带着一股锐气撞进报社，从一张白纸变成广告状元，南征北讨，鲜花怒马，最后拿下慧聪天王山，一幅幅成长经历的画卷浮现眼前，一幕幕动人心魄的场景跃然脑海，春天柳絮飘扬，夏日烈日暴晒，秋天阴雨飘落，冬日白雪皑皑，一辆单车天天围北京城跑半圈，整整700多个日日夜夜，我以报社为家，满腔热情，期待与其共同进步，但却沦落到被扫地出门的境地……

报社曾培育、提携了我，让我在京城媒体圈扬名立万，单讲这一点，报社是我事业上的启蒙老师。但有了贡献后，功臣却要遭到抛弃！人和人为什么就只能同困苦而不能共富贵呢？

“雨兄，想什么呢，还不回家过年？”广子迎面走来，似笑非笑，话里有话。

对呀，我要回家，在家洗净征袍，过完年我还要二次下山再战江湖！

回家只跟父母简单聊了几句工作：“妈，我辞职了，打算和几个伙伴创业，现在正在找项目。”二老听完大吃一惊，反复追问，我说出了实情。他们却一个

劲埋怨我性格太冲，不懂低调做事做人的道理，把一件好事办砸了，当下应该重新找份工作，多磨砺几年本事再说创业的事。

我早被周围人奉承惯了，根本听不进半句反对意见，当时的心态是气死小辣椒，不让独头蒜，目空一切。最后被唠叨烦了，我甩出一句："妈，我要是没本事，一年能成广告状元？我现在有团队，有客户，有经验，有冲劲，还怕找不到发财路？您们替我担心啥？在家安心等我创业捷报吧。"

可二老哪有心思等捷报啊，又是一番苦口婆心，一场谈话不欢而散。唉，事后想起，后悔不迭。

没在家歇两天，京城某文摘类报社高层找来，邀我带团队加盟，广告总监一职虚位以待，15万年薪加部门总业绩提成，嗯，看起来薪酬挺美。但我读过报纸后，发现该报以刊登历史或名人回忆录为卖点，读者群大都是中老年人，受困于办报方针，经营似乎有俩问题。第一，报纸与当前市场经济活动割裂，我一加盟，那就是活在历史中，无法与市场紧密联系。第二，80%广告是医疗广告，我不乐意整天带团队去拉医疗广告，心里别扭。

更为关键的是，我大致算了算一年收入。我首先向报社要了2、3、5、9、10这5个月的报纸，涵盖了一年广告淡旺季，有统计意义。我从每月各抽两期，统计出10期报纸的广告量，再根据折扣底价，算出每期报纸平均广告收入。而全年报纸发行52期，则单期广告收入再乘以52期，从而得知报社全年广告收入，也就是500万元吧。拍拍脑袋想了想，即使我能让广告收入翻番，我的收入也就是500万元×2倍×5%（总业绩提成）+15万（年薪）。看到预估收入后，泄气，因为还不如在上家报社多。没办法，只好礼貌回绝。

香饽饽不愁没人要，另外一家都市类报纸的大佬也发来邀约。此人来头不小，到后来在全国都鼎鼎大名，他叫赵强！新闻界首次评出"中国十大策划人"，正式将策划人群体推上历史前台，叶茂中、李光斗、赵强、王志刚等人位列其中，中国策划业大幕由此拉开。赵强南征北战，历经很多著名商战，上演了众多营销奇迹。他创造了"地毯式轰炸"、"围魏救赵"等多种营销战术，被人们称为"滴水不漏的营销高手"，曾历任婷美内衣集团总裁、广东格兰仕集团助理总裁等职。2001年，赵强创造了名人掌上电脑整合营销案例，获得中国营销界最高荣誉“金鼎奖”，并代表中国企业首次登上美国营销年会论坛，该案例被传播大师舒尔茨先生作为成功个案在全世界广为传播。

赵总那时是报社老总，他曾几次邀请我们团队加盟。考虑再三，我决定加盟。不为别的，就凭赵总一番话打动了我：“你一人带领团队能完成报社1/3多业绩，功高震主倒在其次，垄断客户资源才可怕，谁想被卡脖子？你们社长之所以决绝，那是迫不得已。如果慧聪每年的广告包版费再算到你头上，报社过半业绩是你干出来的，到那时谁是社长？是你还是他？因为有慧聪托底帮衬，他就有赶走你的底气，你的客户群并非铁杆，客户广告效果只要有保证，那人家可是认报纸不认人。分化瓦解后，你也拿不住报社什么！”

靠，当初自己才从大学毕业一年多，只知埋头苦干，没啥社会阅历，单纯得似打工妹，根本想不到这疙瘩上来。嗯，一语令我茅塞顿开，我认为跟赵总干，准能学到真本事。

从此，我开始了第一次创业生涯。

做就做自己的生意

当时北京广告业经过几年高速发展，一些本土广告代理公司为了求生存，从大而全的业务代理逐渐蜕变成只代理某一报刊广告业务。又经过几轮竞争，市场进一步细分，这些以代理某报为主营的广告公司，纷纷又演变成专门代理某个行业广告的代理公司，而报社为了配合客户需求，也大都特意编辑一些行业专版。于是，很多报纸都开辟有行业专版。

我和几个哥们儿，还有小王，一起创办了一家广告公司，当然主要出资人是我。小王这哥们儿够义气，不顾杨总挽留，摔门辞职，说什么也要跟着我打拼，这点我很念他的好，所以在我出任公司法人代表时，也送了8%的股份给他，权当是报答他对我的支持。嗯，当时大家梦想好大好大，个个摩拳擦掌，都想在京城报业圈里闯出名堂来。尤其是我，是在激愤中离开报社的，更想通过非凡业绩向原来报社上下人等示威。自从我们精英团队加盟赵总的报社，不仅引起圈内关注，连社长赵总都屈尊宴请了两回，倍儿有面子。

虽然我们承包的报纸是典型二线媒体，在都市类报纸中只能位列第三位，广告量跟《购物指南》没法比，但原来我供职的报社仅高速发展两年就对《购物指南》形成了冲击，为什么赵总带领我们团队，就不能翻身闹革命？

如何跟报社紧密合作？这时，我不走寻常路的思维特性又发挥了作用。别家广告公司做的是专版广告，只是做广告而已，而我提出要做行业专刊，希望将采集行业信息与广告业务一起承包下来。为避免和三大报形成正面抗衡，经过缜密策划和市场调研，采用排除法，剔除汽车、房地产、通信、商场等行业，我们找到市场缺口，决定只专注做家居专刊。三大报对家居行业关注度还不够，正好切入进去吃肉。

专刊特色？有。团队高手云集，大家翻阅了很多报纸杂志，发现有些行业专版挂有权威协办机构。嗯，有启发性。咱也在北京城找行业机构吧，对了，要找的协办单位名头要响，但又不能收协办费，类似全国牙防组那样的成名机构就歇了吧。功夫不负有心人，团队有人将当时还在胡同里办公的北京装饰协会、北京木材加工协会"隆重推荐"出来，再邀约意大利家居协会和西班牙家居驻京办，中外四大协会联手，以半官方力量充当协办单位，增加专刊权威性。

赵总够意思，我们先期承包了报社8个黑白版，每版包版价只有3 000元。由于是周报，每周只需向报社缴纳2.4万元包版费，压力不大。

我们《家居专刊》的出版规模和信息深度已远超过三大报的家具专版，行业内先机在握。两年的报社历练，让我深知发行对广告的促进作用。圈里有句行话——"一编辑，二发行，三广告"，就是说，一份报纸最重要的是编辑，其次是发行，有了前两点保证，最后广告才有戏。于是，团队首先在发行方面下工夫。靠报纸原有发行量？洗洗睡吧！赵总跟我说有10万份销售量，但我心里清楚，那是给个安慰奶嘴。我估计不超5万份，就这么点发行量，广告打出来还想要效果？省省吧。

咱广告知识可不是白学的，很快我想明白了一件事：想购买家具的消费群在哪里最为集中？答案简单，家具城和建材城。和哥几个谈完想法，大家一致决定在京城40多家装修建材、家具城里建设自己的发行网点，大规模增印专刊，免费定点、定时、定向派发。

没钱做报箱柜？有办法。我去拜访了甘总——一家家具公司的老总。我们有交情，他的成长离不开咱的贡献，光是优惠他们的软性新闻稿，我在报社就没少讲故事，开了不少后门为其申请，嗯，这份人情现在很值钱。熟人见面自然高兴，他一边恭喜我事业有进步，一边递烟倒茶。很快进入正题："甘总，我们准备出版一份《家居专刊》，除随报正常销售外，还打算在北京40多个家具建材市场免费派发，方便消费者熟悉市场动态，了解家具建材的品牌和促销活动。您想，不了解家具市场的人去逛家具城，手里拿到专刊后，上面不仅有鉴别家具质量好坏的指导文章，还有各大家具城和建材品牌的打折信息，简直就是一报在手，信息全有……"

"哟，小雨，你这点子好！针对性很强，别家还没搞过吧。"

"对，正因为市场有需求，又没相应服务，我们才决定创新一回。呵呵，甘总，您不总说我是您的福将吗？要不咱们再合作一把？"

"好呀，怎么合作？"

我简要介绍完报纸，接着边拿图纸边说："我想请您帮忙做80套报箱柜，喏，这是设计图。您看，1.4米高、1.6米宽的报箱柜，报纸放在柜子上面，柜子正面印'《家居专刊》，免费赠阅'字样，其他三面印您公司标志和广告口号。回报条件是我们按报箱柜总报价的两倍赠专刊广告。当然，新闻稿还是老规矩。"

"哦，实物冲抵广告费。"甘总微微点点头。

"有两重广告效果收获。第一，正常发行渠道帮您做宣传。第二，所有家具和建材城都有您的广告，报箱位置一水儿处在人流量大的黄金位置，广告载体醒目，针对性强且持久。之所以订购80套，是因为大型家具建材城经营面积大，而且还分楼层，我们怕读者没找到专刊投放点，所以要放三套报箱柜，方便读者取阅……"

交情归交情，生意是生意，甘总认为双方值得合作，没过几天便通知我去签订合同。再次有了一种深刻的感觉，印刷报纸就像在印人民币，打几个广告就能节约4万元支出。当然，别说抵几个报箱了，租赁的办公室没空调，我照样拿广告版面换来实物。嗯，为自己的创意喝彩吧。当派送渠道建起来后，由小王负责渠道发行，他挺用心，事事亲历亲为，也让我省心不少。

首次创业，我和团队热情似火山喷发，一手策划出“专业发行渠道”和办“行业专刊”两大新招，在当时算是创举。几个月后其他报社开始“山寨”，人家也是以专刊面貌出街，通信专刊在通信市场里派报，汽车专版就在驾校派报，大抵上都源于此。

两大新招固然不错，但都是花钱买卖，挣钱套路又在哪儿？团队力量厉害，哥几个群策群力，一个理事单位的策划方案出笼了。再接再厉，我们把很多家具城和企业都拉进专刊理事单位里来，每家入会门槛5万元到10万元不等，门槛不高，但却享受200%广告回报。SH家具城和东方家具城给力，他们率先做了市场表率，好嘛，仅此一项收入，专刊一年的营销费用就有了着落，剩下拉回来的广告就是毛利。凭借三大措施，眨眼间专刊已发展成京城最具专业水准的家居专刊，广告很快打开了局面，这在当年媒体圈并不多见。

家具城和建材城不傻，众多卖场为啥一多半入会？道理简单：第一，每期专刊在周末人气最旺时派发；第二，京城40多家商场驻点派发4万份，覆盖面高达90%，处于垄断地位；第三，专人负责派发，确保广告的市场达到率。有这三点保证，无论哪个家具城举行促销活动，逛其他家具城的消费群瞬间都能知晓。像烽火台传递信息不？呵呵，太像啦。《家居专刊》干的事情就是撩拨客户神经，这对没举行促销的家具城杀伤力颇大，典型的拉一个打一片套路。谁不想拉住客流？在专刊上刊登促销广告就是捷径。大家为了200%的超级回报，为了不被竞争对手占到便宜，呵呵，他们还能有什么其他应对招数吗？

家具企业和建材企业也不傻。隔壁家具公司在专刊投放广告，对四周没投放的企业会不会形成冲击？至少一线销售员会向领导嘟囔几句：“看，竞争对手在专刊上猛做广告，消费者拿报纸慕名前往，人家是名也赚了、钱也赚了，我们为什么不动动？”嗯，专刊策划方案杀伤力真不小。

当然，为了拉住读者群，在专刊信息报道方面，行业协会紧跟市场发展潮流，市场抢购潮、引领时尚潮、掀起环保潮等一系列专题报道新鲜出炉……很多重磅经典文章均出自行业协会之手，读者会不热捧？

一句话，那时网络初建，信息传递渠道不快捷，短信群发业务不普及，想在家搜集打折信息？没戏。但消费者只要走进京城任何一个家具城，手持《家居专刊》马上就有斩获，当前市场最全面的家居导购信息，最火暴的促销折扣，全在专刊上，按图索骥，所有购物信息手到擒来。

我要干的就是把事情彻底做透、做扎实，圈起篱笆垄断市场资源。对于配合专刊的客户，我们大力宣传，引导消费群关注；对于"调皮不上路"的客户，找点同行业绩说道说道。终于，《家居专刊》拥有了庞大的目标消费群，完备的派发网络，初具规模的理事单位，这三点就相当于卖场和品牌都被专刊捆绑到战车上。想不做广告？问问市场答应不？

但仅凭专刊就能笑傲江湖？不，绝招还没使呢。那天我去拜访4A广告公司，看到桌上摆着本时尚杂志，随手拿起来翻了翻。外资广告商够豪气，在杂志广告发布上有创新，一口气做了四个版打通的横版拉页广告，我马上就有联想：全开报纸幅宽106厘米，专刊为啥不做一个高45厘米，幅宽106厘米的超级异型报纸?!

想到就执行。正版是1996年欧洲杯冠军德国队全家福，照片是从新华社买的高清晰度照片，很有视觉冲击力。呵呵，我脑袋快掉进钱眼里去了，居然开发出头版最底下一条5厘米高，106厘米长的广告位，好拉风！谁见过报上有1米多长的广告尺寸？我们的宣传口号是《世纪珍藏》，只要是喜欢足球的消费者，一定是会将其贴在墙壁上，压在玻璃板下，广告天天被人看，品牌形象有保证，但广告位仅此一条，赶紧抢吧！好嘛，那条广告卖出8万天价！正版有着落，背版也不能闲着，咱跟慧聪学，将版面划分成若干个豆腐块，全部回馈理事单位，免费赠送广告专栏，一家分一块，皆大欢喜。报纸发行时，不随报赠送，1.5元的综合成本是要收回的，报贩子也乐得搭顺风车，5元一张特卖，贵了？不，我们的报纸引发了市场的巨大轰动，基本属于疯抢。当然，我们在家具城也有派发，把理事单位哄得好开心。

后来，电影、足球、娱乐等题材纷纷出笼，这是《家居专刊》的拳头产品，人见人爱，花见花开，车见车载。广告收入呢？闷头数钱吧。

总之，我天天琢磨营销策略，两个多月站稳脚跟，又向报社申请承包了4个彩色版，包版费4 500块，由此，专刊形象和广告收入两全，喜上眉梢。当年《人民日报》评选全国媒体50大创新举措，我的两件策划案荣幸入选，名噪一时。有意思的是，我通过运作《家居专刊》，对室内设计产生了浓厚兴趣，喜欢琢磨空间设计，这对今后我在家装设计领域大展拳脚，起到了很好的促进作用。嗯，有缘分。

时间过得飞快，我感觉本事渐长，内心膨胀，有点小马乍行嫌道窄，大鹏展翅恨天低的意思了。正在摩拳擦掌之际，赵总辞职，他要去开创自己的一片新天地去了，临走前，他向马社长推荐了我们团队。

令人欷歔的一个消息传来，我原来供职的报社出了状况，慧聪与他们合作不痛快，是报社诚信问题——和我退出报社的原因一样，仅仅几个月光景，双方便解除了合约。报社元气大伤，市场口碑急转直下。再后来听说社长有偷税漏税嫌疑，被人举报，搞得社里人心惶惶。几件事叠加，报纸委靡不振，再也没了风光。

本来我一颗红心，诚心实意对待报社，把报社看成第二个家，经过广告部努力，报社业绩翻番，从社长添置的S级奔驰就能感觉到。但他能绝情对我，也就能对其他功臣下狠手。哼，钱要一起赚，个人能搂得完吗？

而慧聪老板郭总经营有道，在学术上仍孜孜探索，所撰写的研究成果备受企业家和学术界推崇，被誉为中国家族企业的管理大师和思想教父。到了2003年，慧聪国际资讯在香港成功上市，一夜之间诞生了126个百万富翁。作为慧聪元老级创始人之一的吴总，非常赏识我，也曾两次邀我加盟，但我当时在报社过得有滋有味，哪里肯跳槽，于是错过了当上市公司股东的机会。这样千载难逢的机会俺曾经错过几次？答案是……靠，共三次！后悔不？唉。

想到巅峰就不走寻常路

马社长看我们专刊做得风生水起，非常欣赏团队的进取精神和做事风格。既然赵总另谋高就，那就要找接班人来顶岗。机遇来了，几轮商榷，社长有意让我们以公司名义整体承包报社经营权。什么概念？原来我承包的是4个彩版外加8个黑白版，现在鸟枪换炮，不仅可以承包报社32版，还可申请扩版，更主要的是自己从偏安一隅的地方诸侯，扶摇直上九万里，变成“中央集权领导者”，拥有经营权，就能向同行竞争叫板，未来……靠，上哪儿去找这种好事？

双喜临门，有家投资机构看中我们团队，愿意投资2 000万，希望把报社打造成一股媒体新势力。几次聊天，投资机构的林总都鼓励我先干起来：“雨总，社长给你们提供了一个大舞台，好好干，你带团队在前面尽管敞开来跑，我在后面做坚强后盾……我们资金随后到位。”虽然林总相貌丑陋，但他的投资我却喜欢得紧，唉，人穷志短，看在钱的分上，就别要求相貌似周润发了。所以当时我把他看成实现自己梦想的恩人。

有投资方在背后给咱撑腰，尽管有新闻出版等规定，我们拿不到报社新闻编辑权，但感觉合作条件还是颇具诱惑力。第一，我们负责报社广告部、经营部、设计部、发行部，社长负责新闻编辑部；第二，每月给编辑部按合同支付管理费、编辑薪酬，再刨除房租、印刷费、税、提成、办公费用等项开支，剩余利润归我们；第三，签订7年承包期……哇，我们飞龙在天，居然成为报社经营方！我的野心像小草一般疯长起来，梦想未来和三大报掰掰手腕，也能成为年收入过亿的大报。

于是，在极度信心的鼓噪下，我们在中国大饭店对面租了一层办公室，足有800多平方米，那可是在长安街黄金地段。排场大不？嗯，倍儿有面子。接着大肆招兵买马，扩编广告队伍，对于广告高手，给出他无法拒绝的待遇，提成25%~30%。望着账上趴着的几百万资金，充满活力的销售团队，再加上颇有潜力的客户群，虽然出道仅三年，但每年步步登高，谁不自豪？坐在大班椅上，我不亦乐乎，感谢社长和林总给了我一座大舞台，真应了央视那句广告词：“心有多大，舞台就有多大。”我风光置办下第二套房，打算半年后再换辆越野吉普。这是我近20年创业生涯中的第一个高峰。可惜，还没轮到我在山峰上表演呢，悲剧却要上演了。

行话讲，报纸经营成败在于编辑思路和新闻报道。可是编辑权压根儿就不归咱掌控啊，怎么办？嗯，憋出个主意，我开始游说社长："咱们报纸风格富有文化气息，似乎不太符合商业发展潮流，为了报社更快成长，应该学南方某些报纸的办报方针，多报道社会负面新闻，搏读者眼球，报纸才能热卖。"社长支持我的敢想敢干，马上付诸实施，他命令编辑部调整报道方向，组织记者采访调研相关社会问题。很快，《北京大学生就业难难难》等极具冲击力的文章纷纷露面。要知道，文章写在1996年，那时新闻界没有今天开放，首都管理尤其规范。头条一出街，社长开会回来只说了一句，"报社今后要调整报道方向"。

"社长，要不学《购物指南》的贴近市场，引导潮流的编辑思路？"我不甘心。

"小雨，人家编辑思路已然成型，并且有规模和市场效应，我们作为跟随者能跑得过他们？不能啦，你还是听我的思路吧，报纸坚持偏点文化的市场定位，这才能在市场上长久立足。"

唉，思路分歧巨大，谈不下去了。但咱不是一个受憋屈的人，就算是在八卦炉里，也要炼双火眼金睛出来。现在炼哪个方面呢？体育新闻？娱乐新闻？没消息渠道，没知名专栏作家，炼不出来。汽车版？地产版？商讯版？商业味儿太浓，人气都不够旺，炼起来够呛。健康版？美容版？时尚版？搞不过专业杂志，只针对女性读者群，男性群体怎么办？哎哟，这，这怎么玩啊。

我不喜欢走寻常路，想了几天，恍然大悟。既然新闻报道权控制不住，那咱就来干征婚娱乐栏目，老少皆宜。这不属于社会新闻吧，社长手再长，总不能管到这块来吧。好，马上召集团队讨论栏目运作。

我首先发言："报纸征婚大都是红娘式介绍，这玩意儿老套俗气，缺乏互动。大家看看，我们如何改进，把征婚的事儿变成大众关注的事件？"

会上众人各抒己见："哥们儿，你说征婚缺乏互动，我举双手同意。但平面媒体是静止的，如何互动？每期推出的男女嘉宾无法互动，读者群跟嘉宾也无法互动啊，要动也得等下期才能动，这矛盾如何解决？”“干脆票选嘉宾！读者评出人气王也算一种互动。”

“票选？又不是选明星，根本聚集不起人气，最好搞点好玩儿的、刺激的活动。呵呵，要不搞了个亲嘴大赛？”

我被小王的调皮话气乐了：“去，去，去，小王，你丫想和谁亲嘴？我琢磨咱们和婚介公司联合，他们负责提供嘉宾，我们把嘉宾组织起来搞一个主题征婚活动，然后在活动中踅摸新闻点。”

有人接过话茬：“要搞就来狠的，报纸再扩8个彩色版，全部是105克铜版纸印刷。大家想想吧，男生的笑容，女生的身段，那实景拍摄效果才能打出来！”

“哥们儿，费用是不是太高了？”小王有点咂嘴。

我意气风发又说起了大话：“不要考虑费用，我同意加8个版。林总不是说了嘛，咱们先在前面打仗，他在后面做支援，不给林总做点儿赚钱的样子出来，靠，也许人家会小瞧了咱们本事！咱们账上还趴着几百万，不缺钱，现在缺的是策划。”

一句话点燃了头脑风暴会，团队开始围绕主题活动展开热烈讨论……

团队不走寻常路，精彩创意横空出世！我们做的是婚恋类栏目，取《情感白皮书》之名，每期邀约4男4女，一水儿白领，对，登台前还有专门化妆师伺候着。在酒吧浪漫环境中，大家围坐专谈一个敏感话题，同时单身男女进行真情表白和爱情速配。想起来了，栏目本质类似后来湖南卫视的《玫瑰之约》或江苏卫视的《非诚勿扰》。

说干就干。不久，我请来两个有想法、有闯劲的编辑。由于混迹过4A广告圈，接触过很多白领，我说动他们现身，欢聚畅聊时，只要男女间有心动感觉，马上现场表白，而且一旦牵手成功，嘉宾将收获一份个性礼物和祝福。为什么要专门请4A人？我，故意公私不分，关键时刻一起招呼吧，把解决个人情感和广告生意混在一起搞，广告公司与报社感情很炙热？嗯，不次于恋爱。

为了博得大众眼球青睐，俩编辑比我猛！栏目话题火暴，什么《畅谈一夜情》、《处女情结》、《先有情还是先有性》、《你会接吻吗？》、《办公室玩暧昧》、《情人与红颜知己》等敏感话题粉墨登场。做主持人的编辑是小美女，模样俊俏，白领也个个光彩照人，一时间俊男美女云集，而栏目文字风趣给力，再配上大幅彩照，一个字，牛！放开想象力吧，那是1996年的事儿，多有前卫精神，想想就带劲。

我信心爆棚，想立刻打造出几大金牌娱乐栏目，以此拉升报纸可读性。只要栏目红火，在冠名、赞助、特约嘉宾等方面，有的是广告金矿等咱挖掘。不出所料，几期报纸打出了名声，发行量有拉动迹象，广告商也有些蠢蠢欲动。记得一天有个业务员跑来说："雨总，今天公交车上，看见一个大叔拿着咱们报纸看征婚，一边看一边笑，看得可投入呢。"嗯，我听得更投入。

我再接再厉，在发行上也动足脑筋。当时北京一个大型珠宝商城刚开业，位置差，名气小，客流少。我和一个哥们儿跑到珠宝城献计献策，双方一拍即合。合作内容是我们负责给珠宝城打广告，珠宝城拿出缅甸翡翠挂件做奖品，冲抵广告费。但一个普通实物抵广告的方式，我却玩出了新花样——《买报纸送珠宝》！读者凭我们报纸就可到珠宝城免费领取一份翡翠挂件。哇，那时谁见过免费拿珠宝的机会？疯了去。很快，报纸刚上摊便立刻脱销，甚至一块钱一份的报纸被报贩子私下炒到5块！就这供求关系还没摆平呢。

通过创新合作平台，达到了三赢新境界。报纸发行量猛增不说，同时回馈取悦了读者群，而珠宝城似乎还更占便宜，他们得到了梦寐以求的客流量，而且他们更狡猾，把兑奖点故意设到商城顶楼，读者兑完珠宝，乘扶梯下楼时总要闲逛一下吧，这就巧妙留住了客户群。所谓缅甸翡翠奖品，行话叫B货，都是便宜的残品挂件，对外宣称50元一个挂件，其实成本不过两元。

看着报纸发行量直线往上蹿，我雄心勃勃，按捺不住欲望的滋生，晚上股东开会，大伙更是群情激奋，扬言甩开膀子大干一场。好嘛，每期报纸从5万印量跨越式直接冲高到15万，别说主八城区了，连外八远郊区县都有报纸的身影。我要以此为契机敲开市场大门，狠狠打击竞争对手的嚣张气焰。虽然还没赚到钱，但不耽误我的显摆：靠，媒体圈的大佬们，快来看看吧，现在是谁在做报纸？不是马社长，是我啦。

小王忠心耿耿，曾有提醒："别人赞同你，但我保留看法。报纸新增10万印量，而且还从32版扩充到64版，广告和发行费相加再与印费冲抵，我们每期要明亏几万，如果加上100多人的薪水、提成、房租水电、管理费，每月起码赔掉几十万！这还不算新创的房产、汽车和通信专刊的亏损。扩大发行量虽然是好事，但广告上量有12个月滞后期，我们能熬到收入暴涨的时刻吗？老大，你真是想明白了？"

我拍着小王的肩膀，哈哈笑道："熬？呵呵，你太没信心啦。我有四大理由可保成功。第一，眼下都市类报纸《购物指南》一枝独大，不能力敌。想跟《购物指南》掰手腕，就必须装大牌，否则在4A圈里抬不起头来。原来咱们供职的报社在慧聪撤场后，人心涣散，业务节节下滑，他们遗留的市场空白谁来填补？我们不抓住时机狠冲一把，必被同行瓜分！第二，行话有三年养一报之说，那是细水长流的活法，靠的是逐渐积攒市场口碑，讲究循序渐进，但咱们资金再精打细算也没法养三年报，与其养不起，还不如大胆拼一回，争取短时间砸开市场，所谓富贵险中求，你该明白吧。第三，即使没完全砸开市场，只要出现曙光，谁不想拣现成果子吃？类似林总这样的强援必到。第四，现在是淡季，正好打下发行基础，等春节广告旺季来临，嘿嘿……虽然咱们冒险采用狐假虎威策略，但毕竟狐狸是获利方，我们只要成功装一年大牌形象，广告商必然认可我们的市场地位！到那时，呵呵，我们就能从狐狸变成老虎了。"

"我可没你那么乐观，雨哥，我就搞不懂，你说姓林的老是光说不练，为什么现在还不投钱？"

"哥们儿，这问题咱们讨论多遍啦，你怎么总是疑神疑鬼？我还是坚持俩观点：第一，人家不知道咱们的本事和人品，如何敢贸然合作？第二，项目还没看到挣钱曙光，如何敢蹚这趟浑水？嘿，不过话说回来，这位林总有点意思啊，不是十拿九稳的事情他不出手。好吧，等砸开市场，多的是投资方跟咱们合作，到时谁条件好我们就跟谁走，哼，没准后悔的是林总！哥们儿你说呢？"

小王若有所思回道："老大，你说什么就是什么吧，我只是觉得玩命投钱砸市场，太过冒险，万一创业失败连个还手机会都没有。”

“哈哈，小王，你跟我合作也一年多了吧，我失败过吗？只要兄弟我一出手，什么客户不被荡平？什么事情不被攻破？不瞒你说，我正谋划拿30万到《北京晚报》和交通台打一通品牌广告呢。呵呵，哥们儿，做事要有自信哦。”我扬扬得意。

钱在哪儿？

我们报社的经营已颇有生气，金牌栏目看点十足，读者追捧，发行出彩，报纸供不应求，各行业专刊全面出击，气势逼人。我松了口气，准备开动渔船，到渔场大肆捕鱼了。但渔船刚出港，不巧，暴风雨不请自来。嗯，麻烦像八月十五钱塘江大潮一般，夹风带雨呼啸而至，水天一色间，我，就是那个开船小子，劈波斩浪，忽上忽下，眼见每个巨浪都恨不得把我直接打到水底……

第一个浪头打来——报社上级主管领导提了意见，王牌栏目被拿下！社长顺便告知：“雨总，今后不要再给报社添麻烦了。”话题触及社会道德底线？看看现在报刊、网络公开谈论性话题，只能说咱生不逢时。失去了王牌栏目，刚建起的读者群眨眼间土崩瓦解，诱饵没了，广告商还会上钩？歇菜吧。对于彻底失去文字编辑权，我没有半点思想准备，仿佛一夜回到解放前，好悬没被这第一个大浪打蒙。

刚被打得晕头转向，第二个浪头又来势凶凶——市场“山寨”行为愈演愈烈。竞争对手跑来釜底抽薪，他们有样学样，在报摊放眼望去，家家都在买报送珠宝！靠，心哇凉哇凉的，后悔一万遍！珠宝城不会吊死在一棵树上，当然希望继续扩大客源。当初为什么没签订独家条款呢？最少也该签订一个半年独家协议啊。唉，指望发行快速提升的希望，彻底歇菜了……

还没来得及吞下苦果，说时迟那时快，第三个浪头又打来——竞争对手见《家居专刊》油水足，准入门槛不高，也纷纷在家具城建起派送渠道，大肆挖掘专刊理事单位和协办单位。他们凭借其报纸的天然优势，尤其发行量是我们报纸的N倍，很快对我们形成了强大冲击，原来《家居专刊》是报社最主要的金主，现在造血机能被严重破坏，唯一稳定的输血管也被掐断，局面岌岌可危。

福无双至，祸不单行，哗，第四个浪头又劈头盖脸——新创三大专刊全线败北。刚接手报社时，鉴于《家居专刊》在市场上大获全胜，团队于是乘胜追击，马上开辟了《房产专刊》、《汽车专刊》和《通信专刊》，也是权威单位协办和独立派送渠道，而且派送量是一水儿的大手笔，不计成本地砸市场。但此一时彼一时，对手早已在三大行业占了制高点，《北京晚报》房产版、《北京青年报》汽车版、《购物指南》通信版在当时赫赫有名，而慧聪表现得更是凶猛，他们依靠自身实力、高明战略和人海战术，垄断了三大行业的分类信息，简直水泼不进。

尽管我们使出小猪吃奶的力气往里拱，却仍然无法撼动局面，我们专刊的行业地位尴尬，属于尾随者。想吃肉？对不起，只能捡漏吃渣。面对危局，我没有统领全盘的经验，也不是天生帅才，傻瓜似的大事小情一把抓，根本分不出精力研判各专刊编辑和发行工作。没特色如何竞争？唉，全是扎手问题。

那时我心高气傲，目空一切，在新创专刊时，明知往大海里撒盐，对三个专刊平均使力是下策，但我嫌集中力量，做一个、成一个、保一个专刊的策略发展太慢，以为简单复制《家居专刊》的经验就能从一个成功走向另一个成功，嗯，天真得可怕。再加上身背巨大压力，寄希望于专刊速成，怀有广种薄收的思想和侥幸心理，结果三个专刊半年之内亏损大几十万。停办止血？靠，那前期投入认栽了？员工士气怎么办？市场反馈如何应对？

我第一时间打消了壮士断腕的想法，但不变又不行。思前想后，为了将停办专刊事件对报社的震动减到最低程度，决定只适当收缩战线，全力保留《房产专刊》和《汽车专刊》，因为慧聪公司在通信广告领域简直就是擎天柱和威震天，咱最好跟巨无霸离远点。事后想起，这等做法基本属于扬汤止沸。

专刊问题还没解决，第五个浪头来势更凶猛——不开花结果的客户已然快致命，补上一枪的是人心思动的广告队伍。能入我眼的广告员大都非泛泛之辈，人家眼睛雪亮，从接手经营权开始，几大金牌栏目昙花一现，编辑力量没本质提升，早被《购物指南》等对手领先N条街；发行没新方案刺激，销量日渐萎缩；引以为傲的《家居专刊》正被全面克隆，迟早也要完蛋；而新创专刊已经被对手打得没了脾气，一死两伤龟缩一角。不用言表，悲观情绪油然滋生。

小道消息不胫而走："喂，据说他们资金不足了，维继够呛啊……""可不是嘛，听说同行几家报纸还想联手做掉我们呢。""本来谈广告就是费牛劲的事，现在可好，虽然提成25%不变，但听说俩月前的工资还要缓发，叫我们怎么做？"不怪大家发牢骚传小话，他们出门谈业务根本抢不过几大报。雪上加霜，一些广告公司趁火打劫，以利诱之，不断蚕食队伍骨干，人心惶惶。两个月后，今天两人递交辞职报告，明天三人打起行囊。想笼住队伍？一没钱袋，二没前途，我如何笼得住？而在危难局面下，坚守阵地的广告团队又在能力和客户资源等方面暴露出很多不足，打不起硬仗。

还没等我静下心来想出路，第六个浪头排山倒海般砸来——每月的印刷费、房租、水电费、办公费、人工费……一大串支出项目并不可怕，可怕的是每项开支后面都捆绑若干个零！我捏着费用支出表的手在微微发颤，脑门子上的汗珠都能滴落到账单上，真有点托不住这张重似千斤的薄纸了。账上资金跟飞流直下三千尺似的，闸门根本连关都关不住。唉，这才经营报社几个月啊，望着一水儿是零的银行对账单，手哆嗦得厉害，全是我血汗钱啊，怎么说没就没了呢？

但脑门汗珠还没擦净，第七个浪头泰山压顶般呼啸而至——4A广告公司支持力度远不容乐观。他们虽然跟我熟，但报纸以前给外商客户的印象实在不妙，广告公司也要找推介媒体的恰当机会，而客户出于谨慎或费用等考虑，至少要对原来没投过的媒体考察半年时间。自从出现送珠宝的"山寨"版后，报纸销量逐期递减，如何给客户交代？

那时我根本不懂投资五大原则和资金风险管理等理论，说白了，就是一个傻创业的白丁莽夫。眼看大厦将倾，仰仗不服输的劲头，我要跟市场玩命！首先自己打起精神，每天高强度工作16小时，从周一忙到周一，号称"716铁人"！不为别的，只希望凭一己之力推动报社发展：找铁磁客户谈合作，期待大力帮衬；找业务骨干谈心，希望重振锐气；找社长谈编辑思路，期盼再做支持；找合作伙伴谈未来，巴望更多垫资；找慧聪公司谈包版，寻求巨人帮助……只要有一线生机，我不会放弃！

其次我倾尽所有，采取极端的搏命策略！靠，我狠劲上来了，赊账欠债应对危机！原来跟一家印刷厂签订合同，每月结算，自从现金流不畅以后，我提出改季度结，但却遭到印厂拒绝。靠，这不是逼良为娼吗？虽然我有商业诚信，答应客户之事必办，但人到命悬一线之际，还讲什么信用？咱又不是啥圣人。刚开始也不想欠债，只不过想利用别人的资金帮忙扛住市场压力，我好腾出手去打拼，搏个咸鱼翻身的机会。唉，真把失信、创业、欠债这些事想简单了。单纯呀。

于是我对一家私人印厂口吐莲花："牟总，最后我再说一句，我们报社是京城三大都市报纸之一，办公又在长安街上，五大媒体创新举措皆出自咱团队之手，在市场拓展上我们可谓要风有风，要雨有雨，这些软硬实力大家有目共睹，后付款还有啥可担心的？我以自己信用作担保，您尽管放心啦。"

"……雨总，我们初次合作，按照印厂规矩应该是现款现货，但出于对您和报社的信任，好，我也是个痛快人，两期报一结算。"

好嘛，打这家印厂开始，刚欠下30万印刷费，厂子开始结算时我马上找理由毁约，然后耍赖拖住厂子。接着再换到另外一家印厂继续印，印上几期又赶紧跑路。最后发展到我到纸行买纸，再送到印厂印刷，其结果则是拖欠纸行货款。刚开始欠钱还有些纠结担心，但所谓债多了不愁，虱子多了不咬，后来内心也不再挣扎，靠，老子横竖豁出去了！不为别的，发行量和现金流必须优先保证，先稳住市场形象和人心再说。

至于还债？一旦老子有机会翻身，一个子也不少你们的，现在公司不是还没倒吗，不是还在经营报社吗，哪家印厂胆敢跑到报社闹事？小心我给丫曝光！但没想到才换了几家印厂，那外债跟隆胸效果都能PK一把！靠，报纸形象一旦上去了就别想再下来，瞧这大牌装的，好似万箭穿心，痛苦至极。

光有印厂帮忙扛压力远远不够，还必须解决现金流短缺问题。现在，团队分工明确，有人负责挡债，而我专攻广开财源。鉴于编辑、广告和发行现状，我们连夜开会，绞尽脑汁，危急中又想到围魏救赵的招数。

团队一位高手跟一个家具城谈合作，拿报纸版面换他们的销售展位，然后再拿广告去换意大利某家具品牌的分销代理权，一路有朋友照应，思路执行顺利。接着急聘4个销售员，粗略培训，两班倒，店面就此开张。当时意大利家具在京城备受追捧，一张床20 000元，一套四人餐桌椅10 000，一把休闲椅3 000。暴利？对。我不敢追暴利，也根本不管培育市场那档子事儿，只要有钱赚就甩，但因为刚开业，回款并不多，可每张大团结都是救命钱，珍贵异常。这副情景像温水煮青蛙？事后回忆，太像了。

眼看报社所有人都在嗷嗷待哺，再支不出工资、提成、房租、管理费和印费，就要立马卷铺盖卷滚蛋。眼前的苦境，让我进退两难，看得到的是已经赔进去的身家、事业、声誉和团队，看不到的是创业失败的后果——不能想。再不自我拯救，不仅前面赔掉的本钱捞不回来，而且未来都可能一并输掉。

我是轻易服输之人？歇菜吧。通宵盘算后，脑海里浮现出一个石破天惊的决定——把房子车子全压到赌台上，跟市场这个大庄家再做生死一搏！老子做了不悔，悔了不做！认命了。那时京城房价平稳，几乎年年波澜不惊，况且我是贷款新房，没啥升值空间可言。再加上没空待价而沽，唉，只能压价甩卖。好似割肉？我却似乎不太心疼，因为所有关注度全在事业上，而重压下人的思维属疯癫状态，非正常理性思维。对，那感觉好像卖的不是自己房子，忘记了割肉的疼痛感！当时只有一个念头在脑海回荡：筹钱！筹钱！筹钱！筹钱！筹钱！筹钱……筹钱救报社要紧！就像一个赌徒在赌场里激战正酣，他为了翻本，神马都是浮云，眼前的钱还叫钱吗？靠，还想叫他乖乖收手回家，可能吗？

虽然卖房、卖车所得资金初步缓解了压力，但前面拖欠的亏空太大，日子仍然过得紧巴巴的。渔船顶风破浪，左支右撑，咬牙穿越7个浪头，容不得喘半口气，第八个惊涛骇浪又迎面扑来——投资方观察大半年，发现新闻编辑权始终无法掌控，这问题比天大，于是无情地终止谈判。我永远不会忘记那天的毁约谈判，那个中年男人无耻的嘴脸、满口黄牙和喷出来的唾沫星子！被人赶出来后，心哇凉哇凉的：拿到手的钱才是钱，到账的投资才是真投资！钱没到账，我就以为是自己的了，这还是我的脑子吗？当初要没他忽悠，我能痛快承包报社？没他忽悠，我能跑到长安街摆阔气？唉，别瞎扯一年前的遥远事情啦，眼下的难关如何渡过？

经营持续恶化，败相显露。危难中遇见贵人否？没有，现在我就是跪人！

人在资本面前是脆弱的，刚划拉点儿广告费，还没在账上趴三分钟，就跑光了。更可怕的是不知不觉我竟然欠下近百万外债！还想再找印厂？难，印刷圈里对我们的赖账行为早已风传，于是后面的印厂提出：“印刷可以，现款现货，否则免谈。”好说歹说，有家印刷厂勉强接下业务，支付一半印费便能提走报纸，刚凑足这期印费，但转眼又到上缴社里工资和管理费的日子——不是本月薪水，而是上个月的。钱呢？靠，我也不知道钱在哪儿啊……全是资金窟窿！

终于……终于，致命的第九个浪头，远看似一座波浪山，声势骇人，风驰电掣般汹涌袭来——年关来了，年关猛如虎啊，老账说什么也要还掉，这不，印厂催债电话此起彼伏，按都按不住。刚开始人家客客气气，后来已是上门讨债，要再不还钱，往后的景象……

在倒计时的几个晚上，办公室静得可怕，哥几个大眼瞪小眼，精神上的摧残比肉体上的折磨来得更恐怖。面对最后累加形成的120万元外债，大家一语皆无，只剩闷头抽烟的力气。还能说什么？还想说什么？现在是要钱没钱，要人没人，要资源没资源，山穷水尽。半个月后，我，这个时代弄潮儿，终于被钱塘江奔腾不息的浪潮拍到水底！

马社长为人不错，看我支撑不住危局，于是和另外一家大机构谈合作，也算解了报社生存的燃眉之急。买家颇具实力，资源广泛，非草根可比拟。人在资本面前是渺小无力的，报社自然要和大机构合作，人家也要求生存谋发展，怨不得任何人。而我，回天乏术，纵然有些手段，可浑身是铁又能捻几根钉？

失败的起因当然是自己的欲望、无知、轻信人言、骄狂和盲目自信，不懂投资和现金风险管理，当然还有自身资金匮乏和无奈的环境。我没搞清楚创业的水有多深，自己创业的道行有多高，仓促上马，导致一败涂地。多年以后，我曾平静回忆当初那个投资方，不能怪人家，为自己利益着想有错吗？

回想1996年，我把陷阱当宝藏地。为什么？受困于眼界的浅薄、知识的贫乏和本事的不足，根本看不透事情的本质。事实证明，陷阱中并没金银财宝，只有苦难等着俺，虽然很能打磨意志，可耽误三年时光，代价是否过大？当我从悬崖爬出来，抬头看山峰，低头瞧陷阱，翻然醒悟：原来商战高手都站在山顶上玩“山高人为峰，海阔心无界”呢。有了醒悟，这才有了后来花费5年时光跟顶级高手学商战本事，获益颇多——我心智大开，非自己平时所能领悟。

历史没有假设，当初的我跟很多创业者一样，像一颗流星，虽然在夜空中划过一道美丽光影，吸引了众人目光，但最后却消失得无影无踪。我创业失败过两次，归根结底都倒在贪欲上。刚开始旗开得胜，一副春风得意马蹄疾的姿态，但我把控不住贪欲，总想尽快做大，表现过于刚强，而欲速则不达，结果事情因超过能力掌制范围而失败。

有企业家评论说，日本企业像乌龟，四平八稳向前爬，虽慢，但持续力强，韧性足，步行稳健而扎实。而中国企业似兔子，蹦得高，跑得快，灵活多变，但耐力差，遇见风吹草动便惊慌失措，表面风光而已。

曾经沧海难为水，经历过，反思过，顿悟过，原来，控制欲望和心态平和才是做生意的“道”。控制住欲望，则是控制住自己不要太过刚强，极美则虚，极强则折。以前我太重视做生意的“商”，总想凭小聪明和一点勤奋，获取持续稳定的高收入，嗯，洗洗睡吧。创业想成功，“商与道”二者缺一不可。现在我做生意，没有任何暴富心态，只希望像天空中的一颗星星，虽不夺目，但能持续发光，耐得住寂寞，等乌云过后，依然在天际闪烁着光芒。

这，符合老子哲学思想：天下莫柔弱于水，而攻坚强者莫之能胜，其无以易之。弱之胜强，柔之胜刚。一句话，水至柔至弱，但却有令人惊叹的无限能量，最刚强的东西皆不能胜。

敞开心扉

其实，我有机会追随赵总到外面闯荡，但那时被励志口水书喷晕了，只想闷头创业，以为只要努力，成功便手到擒来，也没抬头看看自己本事、资金和创业项目……唉，年少轻狂，吃点暴亏应该！如果有人稍微点拨一下：“小雨，创业有几条标准，你现在没占一条，不如先追随赵总这样的高人，等学到本事后再创业也不迟……”可惜，可惜，从未听过点睛之言。

第三篇

装修三年还债百万

刀架在脖子上，我真有些怕了

首次创业的结局可谓兵败如山倒，两套房和车子统统被迫改嫁，却仍资不抵债，还倒欠三家私人印厂、一家国有印厂、两家纸厂、一家菲林出片社共计120余万元。那几个股东？唉，不提也罢。公司只留下我这个法人代表和助手小王两人力抗债主！

快刀斩乱麻，我卖掉所有家具和电器，咬牙赔押金退房，然后又东凑西借弄点钱，权当遣散费。大家战友一场，很多人百感交集，临走时依依不舍："雨总，要是有好项目，只要用得着我们，一个电话大家都来。""老大，《家居专刊》已经创出了牌子，市场拱手让人太可惜了，您再想想，要不做成一本DM直投杂志？我们都愿意跟您继续干！"……

话不多，但情意重，我鼻子一酸，眼泪好悬没滚落下来。大家风风雨雨跟随我战斗一年，没想到以悲剧散场，心痛之感无以言表。

这边刚与业务员洒泪分别，那边债主们蜂拥而至，一个个雄赳赳气昂昂跑来要债。其中有个姓牟的债主最不是东西，他不出面，却找来专业讨债公司上门讨债。几个五大三粗的马仔气势汹汹，为首的莽汉从包里拎出把菜刀，直接剁在办公桌上，嘴巴叫嚣着："赶紧把保险柜打开，今天没10万元甭想出门！"

这不是电影《没完没了》里傅彪拿的那把假菜刀。看着明晃晃的刀刃，不害怕？假话。我腿肚子恨不得都转到前面去了。保险柜？那就一摆设，里面早就被扫荡N+1遍了，能划拉出5毛就不错。可心里再怕，表面不能认尿，怎么说也是大老爷们，我双手一摊，尽量保持平静口吻："对不起，有事好好谈，我们是欠钱，但不欠命。"

"哟，欠钱嘴巴还挺硬，别他妈的装蒜了，给脸不要脸！你今天拿不出10万元，有你丫好瞧！信不信老子今天就剁了你？"跟混混能说明白什么事？没想到债主会玩蛮的，刀就摆在眼前，我真有些怕，没敢吭气。

"你丫说话啊，别他妈的装！"话音刚落，那把菜刀又被人拿起来，再次狠狠剁下去！耳轮中就听见"砰"的一声闷响，就好像剁到我身上一样，我浑身打了个激灵，头晕目眩，胆战心惊。

跟讨债公司无话可说，还得找源头才能解决问题。我脑海里空空如也，玩命稳稳心神，手有些抖，勉强拨通牟总电话："牟总您好，我是小雨。"

"雨总，其他事就先不扯了，欠厂子30多万元印费，打算怎么个还法？"

"牟总，您听我解释，现在报社转让了，我们一时半会儿又没接到新项目，要不……"

电话那头粗暴地打断了我的话头，传来一声毋庸置疑的声音："行了，雨总，没时间听这些解释啦，你自己多想想办法，今天无论如何也要凑10万元，然后剩下的钱我们再商量多久还完。"

"牟总，牟总，公司账上确实没钱，您要不信，派您公司财务到我们这儿查账，看看每笔钱是不是都用来还债了……"

"雨总，欠债还钱天经地义！我不管你们账上有没有钱，反正今天我要收走10万元，你自己去想办法吧。"话音刚落，电话被挂了。

债主们把我们哥俩围得水泄不通，十几颗脑袋在耳边大喊大叫，唾沫星子直往脸上喷，那场面跟开批斗会一般无二。在场的债主们还算客气，没对我动手，只不过一个个装扮成热情过于澎湃的卫道士，告诉我该如何做生意，该如何做人，该如何收拾残局，言语上不仅有恐吓谩骂，威逼利诱，还有羞辱贬损，冷嘲热讽，每句话都像鞭子一样玩命抽在我心上，那份疼痛感和烧灼感刻骨铭心。

败军之将何以言勇？我从早到晚，一直在解释，求情，认错，道歉，赔礼，说软话，仿佛把一辈子软话全说尽了。而说得最多的一句话是："各位老总，所有债务我都认，一个大子都不会少大家的。请再相信我一次，保证按时按量还钱。但还钱就像奶牛挤奶，奶牛每天产奶量有限，要是天天从早到晚玩命挤，奶牛还能有个好？奶牛要没了，大家上哪儿喝奶？"

最后，闲篇翻过，进入还钱正题。债主们心有灵犀，都避而不谈公司还债，而是直接叫我这法人代表扛债！他们欺负我不懂法，竟把公司拖欠的债务直接扣到我个人脑袋上，变成了法人代表欠债行为，简直黑白颠倒，鱼龙混淆。而我年少无知，又早被这等催债阵势吓唬坏了，根本没想到咨询律师这档子事，只是稀里糊涂跟着往下跑。

债主们好像是八国联军在故宫开分赃会议一样，互相争吵着还款分配比例，而我是小羔羊，在屠宰台上咩咩惨叫着，央求他们高抬贵手，刀下留情，每月还款额不要定得太高。也许是债主闹得精疲力竭，也许是他们互相牵制，不能一家独大逼我还债，也许是瞧我实在可怜，反正是在一片拍桌子踹板凳的吵闹声中，我的还债计划"被商定"。城下之盟签订如下：第一，我前期每月还3万元欠款，过年翻倍偿还；第二，三年内务必清债；第三，所有外债利息一次性按5%收取；第四，每月不按时还款，下月则加倍偿还；第五，逾期不还，一切后果自担自负。

桌上的电脑、台灯早已不知所终，座机、笔筒、摆件、台历、水杯、广告合同、策划书散落一地，只有菜刀孤零零插在桌上，夺人双目，一副理直气壮、舍我其谁的面孔。一摞还债协议被人故意推到菜刀旁，近看，菜刀像铡刀。靠，生的伟大，死得窝囊！接下来的流程就是签字画押，加盖公章，法人代表按手印。当拇指在卖身契上往下按时，我的血液仿佛在倒流，脑海里只有一个词：完了，玩完了！100多万元的外债，在当时相当于一个普通北京人66年不吃不喝才能还掉的外债，对于赤贫的我，可能吗？而且三年内务必清掉！唉，这回被彻底压在五行山下了，我，我，我还有救吗？

我麻木地看着债主们收起协议书，有的还在我肩膀上拍打了两下："雨总，加油啊，别忘按时还钱。""雨总，手机不要关机！联系不上，你家离厂子倒也不远，可别请我们到家里看你去啊。”“雨总，瞧你也不容易，这次大家还算客气，不过你最好遵守规则，别逼我出手！”……

债主一哄而散，但牟总派来的那为首莽汉没走，他拉了把椅子挨着我坐下，一双臭脚支在桌上，冷冷哼道：“你丫答应他们了，我们的钱呢？哼，你丫今天要是不给我10万元……”

听不清那哥们儿的絮叨，我也不知道自己要干啥，虽然浑身乏力，脑子混沌，但觉得好像啥事都想做，可啥事又都想不起来。起身，弯腰，把地上的零碎捡到桌上，然后再颓废地坐回椅子，一语皆无。刚才为什么要拣东西？不知道。座机响了，我下意识地伸手接电话，耳朵边传来一句：“喂，××报社吗？”

“是。”

“我是一家广告公司媒体部的，想咨询你们报社的折扣和版面情况。”

“啪！”挂电话，无语。早干什么去了？

“喂，你说话啊，少他妈的装穷！你以为一直装穷，就能躲债？告诉你，打今儿起，老子跟你过！吃饭跟你一个饭盆，睡觉跟你钻一个被窝，撒尿跟你站一起。”那催债莽汉的话和刚才来的电话一样，听起来颇有反讽意味。

晚上我一个人坐在出租房楼下，傻傻地手捧还款协议，呆若木鸡。天空开始飘下雪花，落在协议上，晶莹剔透，一朵朵雪花好似懂我心意，故意手牵手把欠款金额遮盖起来……看着看着，我眼睛一片迷蒙，泪水扑簌簌滴落在纸上，融化了雪花，可怎么也冲不掉白纸黑字！此情此景，寸断肝肠，才二十啷当岁的我，哪经历过这般打击？

回想起出道来春风得意的三年，少年得志，百万富翁，神采飞扬，指点江山，美人环顾，风光一时无限，现在却已荡然无存；过去商业酒会上，我曾是常客，衣着光鲜，佳肴美酒，现在只能从报纸上看到相关图片了；过去在三环路上，我曾飙车炫酷，现在只能顶风骑自行车了；过去在自己住房里，睡到自然醒，现在在出租房里，起得要比鸡早，睡得比“鸡”晚了；过去曾混迹于成功人士的俱乐部，同学会上的高光人物，现在是比社会最底层的乞丐还要贫穷100多万的纯纯大负翁。想着想着……谁的眼泪在飞？我。

但我坐在地上，并非孤单一人，不仅头顶上鸦鹊呱呱大叫，肆意嘲弄人，身后还有一位24小时贴身“保镖”！他看我痛哭流涕的样子，用脚踢了我一下：“你呀，哭能解决个屁事！我们牟总的钱，你赶紧想办法还上，没几天就到年关，越拖到后面，你丫越没好果子吃！”

“老大，我要是有钱……”

“行了，别他妈装了，这套词都他妈说了千遍了！就算你丫每天说一万遍，也没用！你丫要再说没钱，信不信，老子现在就抽死你！”那厮生硬地把我的话头掐断，然后抬腿踹了我肩膀一脚。我身子一侧歪，双手扶地，对不起，雪地上留下的手印不是按在星光大道上。唉，这就是纯负翁待遇，挨打受骂是常态，苦不堪言？不，苦，才刚刚开始。

我把两条胳膊平放在膝盖上，把脑袋埋进臂弯，管住眼睛不乱看，可管不住思绪乱飞：眼下报社丢了，拍档跑了，朋友溜了，团队散了，事业没了，梦想破了，愿景歇了，道路完了，前途暗了，本钱光了，外债有了，债主来了，协议签了，期限定了……下一步怎么办？唉，到哪儿去筹米米啊！重新打工？年薪顶到天也就20来万，即使5年不吃不喝也摆不平债务，他们非劈人不可！再去拉广告挣提成？人家跟4A广告公司联系多紧密啊，客户早被瓜分完毕，还能容下我来立足？重新创业？本钱呢？项目呢？市场呢？人手呢？万一又赔钱，好嘛，老债新债一块来……关键是每月必须还3万！3万？3万？我上哪儿搞3万啊！还有，那个最凶恶的老牟，丫的债还没谈，估计只多不少……

想着想着，委屈、害怕、后悔、郁闷、焦躁等情绪涌上心头，眼泪好不争气，瞬间，泪水开始在脸颊肆意滚淌，好不抓心。雪花轻轻地飘落在后脖子上，融化成一串串水珠，顺着脖颈往下流，感觉冰冰的，凉凉的，痒痒的。难道我的悲惨境遇感动了老天爷，连上天都在垂泪？

15年前的100多万元，相当于现在的600多万元，这可不是60元，能不痛哭吗？越哭越伤心，我简直号啕上了，忽然，肩膀上又被人蹬了一脚：“你丫哭够没？我没工夫在这儿挨冻，你丫还磨叽什么呢，赶紧找钱去啊！”……风雪交加夜，我甚至想到了安徒生童话里卖火柴的小女孩，我，也许挺不过这关了。唉，一个人越想越绝望！

这时，小王从外面借钱回来，看见那厮冲我动手动脚，忙边跑边喊：“喂，有话好好说，别动手……”

永远看得起你的才是兄弟

好说歹说，小王也不让我待在外面，硬是把我拉回屋子。晚上。我刚上床，那莽汉二话不说，上来和我挤到一起，别说不洗脚了，一米八高的这厮躺在身边，不仅烟灰四处乱弹，随地吐痰，而且一条大长腿竟然直接搭到我身上！靠，卧榻之旁岂容他人酣睡？这罪受的，精神肉体双重打击，快崩溃了。老天爷，你快睁开眼看看吧，看看吧，债主们白天折磨我，晚上蹂躏我，你还让我有活路不?!

既然无法睡，顾不了许多，索性把被子铺到地上，那厮见我下床，又跳到另一张床上去骚扰小王。很快，小王也被赶下来。我们俩面对面盘腿枯坐着，大眼瞪小眼，简直一筹莫展。要说咱还能坦然面对，那叫吹牛。自己出道三年，听惯了掌声，根本没见过这等阵势。唉，现在真想撒丫子跑路，路有多远就跑多远……可是，自己跑了，年迈的老爸老妈怎么办？还在上学的弟弟怎么办？把俩大学教授丢给债主？想都别想的事情。跑又跑不得，住又住不得，这可如何是好？

惨白的月光照进屋子，把我们的身影拉得多长，有些像鬼魅。房间里一片寂静，哥俩都不想说话。于是，越不想说话，就越沉默。时间不大会儿，床铺上传来一阵鼾声，声声入耳，简直搅得神志不清。我琢磨着这样可不行，就随便起个话题：“小王，你现在饿不？”

“老大，你说呢？”

“你现在最想干什么？”

“什么都不想，就想忘掉烦恼，好好睡到天亮。”

“靠，还有心思睡觉？我就想赶紧把……赶走！”说着，我冲床上那厮狠狠伸出了中指。

“哼，想到一块了。”

“算了，出去走走！”

走到外面，漫天大雪，飘飘荡荡从天而降，一片白茫茫，脚踩在雪地上咯吱吱直响。望着四周的阳台，家家户户张灯结彩，一派喜气，再听着爆竹声声，心中不免又泛感慨：想当年，我也曾在京广中心高谈阔论，也曾撬动4 000万合同，也曾推出“百年珍藏”报，轰动圈子一时风光无二……日月如梭，眨眼又到年关。去年的年关，我还站在报社门口备感伤怀，以为自己是世界上最失意之人，可谁知今年混得更惨！不仅沦落成杨白劳，而且还被人持刀逼债。今天只是黄世仁的爪牙睡在我们床上，自己在雪地里挨冻受累。明天呢？会不会只有最糟，没有更糟……小雨啊，小雨，你空怀一身本事，在销售上可谓攻无不克，战无不胜，怎么会走到如此境地?!你，你不是在梦中吧……想着想着，眼圈又有些泛潮。

“烟，烟。”小王打断回忆，伸手要烟。

“小王，现在债主闹得这么凶，你说咱们能挺过这关吗？”

“我打小没接触过什么高人，你算第一个，也是第一个肯认真教我的。你的一些话让我大开眼界，比过去读书管用多了。其实，我心里清楚自己的斤两，原本辞工跟你混，也只是想多学点儿本事，再拿份薪水补贴家里。但你够仗义，让我做公司合伙人，这份情谊摆在这儿，所以我认你！再说了，三年前你不也戴着白手套嘛，苦干加巧干，头年就是广告状元，第二年做社长助理，第三年开公司马上就升报社总经理，你就没做过第二名！要没点儿本事，我跟你混干吗？咱们现在虽然落魄，但我相信你照样能出人头地，呵呵，到时候混好了，别忘记兄弟我就成！”说完，小王把点着的烟递给了我。

要在平时，他说出这番恭维话，咱早习以为常。但此一时彼一时，我落魄窘困之际，上无片瓦遮风，下无立锥之地安身，就像50岁的刘备被曹操追兵在后面使劲撵时，不禁在马背上痛哭流涕，幸亏几位结拜弟兄极力劝解才坚持奋斗。小王的交心话不多，却是雪中送炭，好给力！

“哥们儿，你说的都不错，可咱们不是无债一身轻，想干啥就去干啥。还有，过去不代表现在。眼下是每月必须还3万多外债，光这条就把人全罩住了。”

“雨哥，当初你拉广告不是什么都不懂照样成状元吗？其实，我听你说过你的英雄史，哪个阶段不是杠杠的？你两年能赚几百万，老天爷作证，今后照样能成！所以我相信你的神通，不就几个破债主嘛，一点破外债嘛，就这点儿困难也能困住老大你？哈哈，通通玩蛋去！”

好久没听到小王的笑声，这阵笑声好提气，瞬间打动了我已冰凉的神经：“小王，到现在你还能看得起我，兄弟谢了。意思我都明白，唉，你叫我再想想吧。”

小王见我还是那副蔫头耷脑的劲儿，他继续说：“老大，你还记得咱们报纸曾刊登过一篇《咖啡、胡萝卜和鸡蛋》的文章吗？”

“说。”

“有个女孩对他爹抱怨生活艰难，好像问题永远解决不完。他爹听完没吭气，只是往三口锅里分别丢进咖啡、胡萝卜和鸡蛋，然后烧水。不大一会，乐事来了，胡萝卜入锅前最结实，但过遍开水就软趴趴了；咖啡和开水一照面歇菜了；而鸡蛋原来只有个薄壳，但最后属丫硬。老大，现在你想做胡萝卜、鸡蛋还是咖啡？”

“靠，老子啥也不想做，只想做债主！”我嘴巴里愤恨地说道。

“哈哈，老大，别扯了，你说下一步咱们怎么办吧。”

“外面有些冷，你回去拿床被子，再拿两瓶小二，我们就坐在楼道里聊会儿吧。”

“成。”小王屁颠屁颠回去抱被子。望着小王的背影，心里忽然咯噔一下：“平时没发现小王居然能如此没心没肺地乐观，他怎么还能笑出来？哦，对了，小王不是法人代表，而我是法人代表，法人代表就是要承担一切债权债务的被法办的人！所以我乐不起来……但不管怎么说，小王跟我一不沾亲，二不带故，只是公司的小股东而已，这哥们儿平时不显山露水，现在开水烧过，其他股东都是咖啡，这才知道人家是鸡蛋，骨子里有股狠劲。唉，要是没小王在身边力挺，恐怕我连今天都挺不过来！这份兄弟情，掏心掏肺，值金子值银子，患难之际还有人挺我……”想着想着，我的眼泪又滚滚而落。

一床被子披在身后，兄弟俩挤在楼道里，每人手里端瓶小二，碰一下喝一口。等酒慢慢在肚里活动开来，再加上小王唠叨和被子小窝的温暖，特殊的环境，特殊的情境，我感觉好像好了那么点儿，随之话匣子也渐渐打开：“哥们儿，我们去打工还债，不现实。只能二次创业赚快钱，可创业本钱和项目都没着落，心乱如麻，一时半会很难想出好法子。”

“要不我们再把《家居专刊》拾掇回来？熟门熟路，客户和业务员现成的，找个机构挂靠，干脆办份DM直投杂志，从头开始做算了。”

“做媒体需要大笔资金，咱们不就在这上面折的吗？况且现在三大报外加慧聪，在几大行业上表现很专业，各个赛鲨鱼，哪容得下我们张嘴吃肉！”

“要不回原报社？因为慧聪，你跟报社闹翻的几个头儿都撤人了，据说新任社长不太懂经营，广告部散沙一盘，群龙无首。既然大家都是沦落人，嘿嘿，那干脆杀个回马枪，承包他广告部算了。”

“唉，报社经过慧聪的一进一出，元气大伤，在市场上早被《购物指南》打趴下了，纵是大罗神仙降临，也很难在短期内扭转乾坤。我做报纸现在算做怕了，这类承包项目，编辑权和发行权同样不在手里，没法施展拳脚，况且有业绩可能被人踢走，做不好又没钱赚，哥们儿，别忘了，咱们每月还要还债啊。”

“对了，前段时候，《北京××报》新成立了个新闻周刊，是一本新刊物，人际关系简单。你说过周刊的牛总当初听说你经营不顺，曾托人捎过话，要是干得不痛快，就去帮他，还许诺广告总监职位，年薪20万，外带团队奖。当时你丫一口回绝人家，要不这几天再去探探门道？”

“他们报纸名头没得说，但对于一本新刊物，不管啥来头，头半年必赔钱，只是赔多赔少的问题，后面还不好说。咱们刚吃过亏，花钱买教训，这才明白传媒经营铁律。新刊物团队奖那是雾里看花，假的。纵然有广告公司帮衬，但客户不认，又能怎样？小王，这些事你不也刚经历过吗？唉，就那点微薄薪水，如何挡得住虎狼催逼的债主？”

“老大，你怎么越说越没信心了？”

“我不是没信心，只不过未来咱们能做啥，还没拿定主意。唉，有个对联说的真他妈好，鸟在笼中，惜关羽不能张飞；人在路上，要八戒更盼悟空。我空有一身本事，但全北京报社却没有容我之处，这，就是咱们可悲之处。”

“靠，你丫又不是鸟人，尽说废话！”

……

乐观精神，在逆境中是优点，在顺境中就成了缺点

黑夜漫漫，冷风袭袭，两人边喝边抽边聊。小王反复开导我，这小子挺坏，不断诱使我说话，不叫我胡思乱想……等我又哭又笑、又打又闹许久之后，眼看天色渐渐发白，不免叹了口气："小王，远的不说，唉，屋子里还睡着一主儿呢，不知道老牟派来的那厮明天会怎么对付我们。"

"喂，老大，这个我可要说道说道啦，你丫纯属操心过度，瞧你，啊，人模狗样，人五人六的，精神头足，能力还文武兼备，平日里无数美女争着往上贴，他舍得拿菜刀往你小脸上划拉？不信。再说了，你虽然长得细皮嫩肉，像唐僧？可惜佛祖不收。像客家瓤豆腐？可惜没人把你当盘菜。你以为谁都想冲上来分口肉吃？靠，你又算哪根葱？去你大爷的吧！"小王说完使劲拍了拍我肩膀。

"滚！哈哈……"当滚字一出口，我知道自己心结已开！话是开心锁，小王整整一晚上的开导，逐渐汇成一股暖流，开始涌上心田，似乎能将还债的事融化了。这时讲大道理没用，嬉皮笑脸反而是解愁的灵丹妙药。这家伙还真把我内心的小宇宙给点燃了：是啊，我有手有脚，有头脑，有干劲，有人脉，有策略，早不是城下阿蒙，不就是100多万外债吗，凭啥不能翻身？

一夜无眠，一直聊到早上，我们商定，最难缠的问题就要首先解决。对，今天拜访老牟。硬着头皮推开牟总办公室，里面坐着一位长相白净的中年人，梳个大背头，挺富态，一双眼睛炯炯有神，真想不出欠他的钱不是最多但数他最凶，也许这人喜欢计较吧。

"牟总好。"

"哦，雨总来了，坐吧。"人家不咸不淡，用手指指班台前的椅子。

我刚坐下来，就听牟总问道："雨总，今天带钱了吗？"

"牟总，钱的事好办。今天来，我就是特想向您请教一个问题，还请牟总知无不言、言无不尽啊。"

"哦，请教问题？说吧。"

出门前，我就跟小王商定，千万别上来就谈债务，那会把话题越谈越窄。

不如请他评论我创业失败这件事，他是见证者也是参与者，有发言权，等把话题谈开来再取得他的同情，也许还债的事就有转机。于是，我很诚恳地抛出了一个问题："牟总，我想请您把把脉，我创业为啥败了？都败在啥地方？"

"雨总，你先说说，自己是怎么失败的？"

"我认为自己败在四点。第一，本来想以小搏大，但想法天真，没重视拿不到编辑权等实际问题，导致搏不出来好结果。第二，创业步子迈得太大，急于求成，不仅连创三个新行业专刊，而且还四处打广告，致使投入力量平摊，造成亏损。第三，轻信他人，被投资机构诓骗，导致后续资金跟不上。第四，市场竞争太激烈，好营销策划被对手迅速克隆，严重削弱了我们的核心竞争力。比如，那个投资机构……"我足足总结了20分钟的失败原因。

"就这些？"

"牟总，这四条招招致命，何况还是一起招呼我们。"

"嗯，在我看来，你根本的失败只有两条。第一，投资超出控制能力。哼，小伙子，步子迈得太大小心扯着蛋。至于其他几条，都在瞎掰。以小搏大的想法虽然不错，但也要考察投资项目是否能搏，报社原来的编辑思路就搞不过《购物指南》，市场节节败退。你们赵总为什么撤了？人家多明智，在没有捆绑住大投资商的情况下知道什么是可为，什么是不可为。你明知不能改变报社编辑思路，还要硬闯，我估摸你当时还以为机会千载难得吧，可是你们一没实力、二没资金、三没经验，也敢去啃硬骨头？说明你创业心态不正，不败才怪！"

批评人的话确实够刺耳，我听得面露尴尬，心里很难受，但人家说的都是实情，虽不太服气，也只得强装笑脸："呵呵，真没想到牟总好了解行业和我们报社，您说的超出控制能力，确实如此。"

"你抱怨投资机构诓骗了你，但换位思考，人家为什么不马上给你投资？没有编辑权并不是主因，他们是要考察你的经营能力，就你这副猛打猛冲，顾前不顾后的猛劲，不到一年烧完几百万还没动静，要么说明项目不具备投资潜力，要么就是你创业本事差劲，多少钱都能烧掉，谁还敢投钱进来？瞧人家这生意做的，沉得住气，多观察，事情做得多漂亮……还有，你抱怨市场竞争激烈，这个还用抱怨？哪个行业竞争不激烈？这也算失败理由？哼，笑话。”

“是，是，牟总您说得都对，这些，我没想清楚。”听他一席话，原本还有些高傲的头这回低下了，服气。成王败寇，我9个月烧干净几百万而倒闭，不论从哪方面讲，自己的创业只能用彻底失败来形容。水平差？能力弱？眼光短？知识少？阅历浅？嗯，说得都对。

心情正在沉痛中，耳边又传来牟总的声音：“你失败的第二条主因，是你缺乏基本诚信。我在接印刷之前，曾向人问过你的情况。我侄子也在4A圈儿，他打听到你的为人，说你挺讲商业诚信，待人处世还不错，所以我才肯答应先印刷后结款的条件。但你在败局已定时，还出去骗钱诓人，哄着大家陪着玩。你丧失诚信的搏命做法也叫坚持？卖房卖车也叫坚持？你懂什么叫坚持？愿赌服输乃为俊杰，正因为你没有诚信可言，结果不仅赔掉前面几百万，还把不该赔的100多万也赔进去了，哼，这就是对你缺失诚信的惩罚！”

哟，诚信？我怎么一点儿都没意识到？有些拨云见日的感觉。脑子一转，恍然大悟：“正因为自己故意丢失诚信，又透支了过去的信誉，才遭欠债惩罚！能怪谁？唉，一报还一报啊。看看人家生意做的，不是我谈判有多厉害，而是人家事前去调查过我的诚信，这才做回爽快人。创业？和大腕比我跟白纸一样，苍白得可怕！”

“呵呵，牟总确实是高人，您说到我痛处了，我确实丢失了诚信。但还有一个问题，您说坚持的真正意义是啥？还请牟总指教。”

“坚持在于有意义。比如，头次创业败了，没关系，总结教训后再学本事，几年后二次创业而获成功，这才叫有目标和有毅力的坚持，具有成功意义的坚持才有意义。你从赔第一个100万开始，一直坚持赔到几百万，还不够坚持？难道一定要赔到第十个100万，你才肯罢手？哥们儿，你这是每天在烧钱、烧精力，更该懂得见好就收。如果你能坚持赔到1 000万，坚持连赔三年而发财，这不是坚持，而是传奇！呵呵，也许你看名人传奇的书看多了吧，如果你感觉今后自己是位传奇人物，还需要我来评点你的失败原因？看看吧，你最终一把梭哈，然后一夜回到解放前。你连坚持的真正含义都没搞懂，还想创业？呵呵，有些儿戏。”

史玉柱第一次创业失败后，曾说过一句名言：“我成功时什么都没学到，只有失败时才真正学到本事，而且只有失败时，才能检验一个人的成色。”对，我也是这等感受。但花费100多万就为学几条教训？代价大不？

牟总一席点评把我听得目瞪口呆。我和小王像幼稚园儿童，搬把小凳子虔诚地坐在老师跟前，专心跟老师学习ABCD……要说刚进门时，我怀揣一个谈判谋略，想玩声东击西套近乎的把戏，有些要心眼儿，但现在就是真诚求教了。不得不承认，这些话我从来没在报社听过，也没亲身体验，当然，现在深陷沼泽，倒是体验深刻，真够反讽意味。

于是，我开始认真请教上了，整整聊了一个多小时，我又讲了一些自己创业的手法和心得，看得出牟总对我一些出其不意的商业策划有些赞许，他对我的印象似有改观，感觉我也不像要逃之人，没有头一天那般生气，态度也略有好转。在还算和气的氛围中，双方商定还款协议，两天之内我先还2.5万欠款，考虑到现实的还款困难，从第三个月起，每月前5日至少还1万，过年前多还1万，24个月内清债。再次在还款协议上按下手印，心里又是一哆嗦：小雨，这回你可要说到做到，千万不要再次失信于人！

走出债主办公室，我想明白了一件事：“小王，今天有重大收获！”

“收获？呵呵，我猜猜啊。哦，第一，你不会印钱吧？第二，谈定协议，保镖滚蛋了，开心？”

“靠，知我者小王也！原来我害怕债主上门讨钱，其实不然，是债主怕我跑路，大家出于不信任，都有些害怕。但只要我表现出还债诚意，大家也能通情达理。我打算这两天不干别的，依次拜访债主一圈，一方面听听人家对我创业失败的说法——败了更要长记性；另一方面搞个诉苦见面会，拉近点儿关系，同时保证每月按时给钱，但要从第三个月起，这样给咱们腾俩月时间，先筹备几万元打底钱。”

“老大，别的我不关心，老牟的2.5万元怎么办？”

“还能怎么办？我晚上回趟家，拉下脸皮管父母借5万元呗。一半还老牟，另外一半做创业启动资金。”

“唉，那你打算回家实话实说？”

“滚！”

债主们见我主动上门请教，好像还挺诚恳，他们的态度有点儿好转。曾有个债主跟我讲了一个破故事。非洲某部落捉猴子，用的是一个沉甸甸的陶罐，里面放些果子，陶罐的开口有意思，猴爪子能伸进去，但握住果子后却退不出来。猴子虽机警，但它宁可被捉也不愿意放弃眼前的果子，那还能有个好？债主的比喻好损，说咱跟非洲猴子一样，聪明、灵活、大胆，可惜贪念过盛，明知败局已定不可挽回，还梦想把罐里盛放的几百万投资捞回来，而忘记周边的危险，结果被市场这只无形大手捉了去。说明我大局观太差，仅会埋头做点儿具体工作而已。在接手经营前认不清形势，在接手后辨不明方向，在欠债前更分不出黑白，焉有不败之理？

听完捉猴的故事，好郁闷！可仔细想想，人家不无道理。唉，心里只有一个念头：大学毕业后，没人指导过我，经营上可谓一窍不通！自己还在路上跑，离成功远着呢。一圈谈话下来，大家心平气和地指点我，我自然对创业失败有了更清晰的认识，这是那些口水励志书上看不来的，学习了……

我有乐观精神，这在逆境中是优点，顺境中便是缺点。现在幸好是优点，还能照耀我一路前行。折腾人的受苦日子正式开张了，赶紧攒钱吧。卖掉所有可卖的东西，只添置了两台二手电脑。但光是这样节流不够，还必须改掉浪费习惯：雪茄换成一块钱一包的“凤”牌烟，烟劲大，连蚊子都退避三舍！吃反季节水果？只剩回忆，夏天啃块瓜皮就不错。打的？奢了，我把准备卖废铁的自行车重新刨出来，擦擦再用。到燕莎、赛特买新衣？幸好我早已发育完毕，不是还有“新三年，旧三年，缝缝补补又三年”的精神吗，我发扬光大了。唉，没办法，我要为过去的失误买单。想明白后，心里也踏实许多，我坚信还能东山再起，做得更大。果然，二次创业更上了一层楼。

安抚完债主，春节来临。还有心过节？省省吧。小王够仗义，跟我一样，年也不过了，老家也不回了，我们整天泡在一起琢磨如何挣快钱，可挣快钱策划还没想出来，花钱倒是感觉挺快。压力能改变人，小王忽然变勤快了，这几天没闲着，床单被罩洗一遍，打扫卫生间3次，再拖地5遍，要不哥俩实在住不进去。

正在一筹莫展之际，天无绝人之路，贵人降临！家装协会的朋友及时伸出援手，他们想出版一套关于家装设计的系列丛书。我们办过《家居专刊》，手里有很多国内外的家居图片素材库，于是双方紧密合作，日夜加班，一套四册的《美×家居》系列丛书面市，发行5万册，家装协会利用自己的销售渠道，大力推销给北京几千家装修公司，出于给面子和有实用性等考虑，市场反响热烈。

我跟协会商量，按合同版税我能拿25万，但卖完5万册，那是半年一年以后的事情，咱等不起。我提出俩月内结算，15万换25万！他们了解实情，出于同情同意提前结算。多么弥足珍贵的15万本金啊，还债和再创业有了着落。靠，事后想起来都后怕，要没有他们的及时雨，我就准备去跳楼了！哈，开个玩笑，是从一楼往下跳。拿到钱的那个晚上，是我那两个月来睡觉最为踏实的一晚。

我和他们搞完图书出版后，已过去半个多月时间。手头上一忙完，感觉浑身累得快散架了，躺在床上正和小王计算还款时间，电话来了："雨总，最近都忙什么呢？"

"哟，是牟总啊，呵呵，牟总好。是这样，我最近和家装协会合作出版了一套设计丛书，本月面市，我有版税收入。您就放心吧，第一笔款我会按时支付。"

"好，小伙子不错，我相信你说的话，可别再失信哦。"

"牟总，您放心吧。"放下电话，我发现手心里全是汗，没别的，还是精神高度紧张的缘故。等小心翼翼挂上电话后，我使劲把手机往床上一摔，脱口骂了句："妈的，这他妈过的是啥日子啊！"

"老大，又怎么了？"

"姓牟的打来变相施压电话，靠，这不还没到还钱的日子嘛，丫好像憋泡尿，至于猴急嘛，真操蛋！"

"嗨，人家是一朝被蛇咬，十年怕井绳，你几个月前可坑人不轻，他做生意谨慎小心，事前还有调查，搞得轰轰烈烈，可你愣把这只老狐狸诓进去30万！这不是钱的问题，而是面子问题，要不怎么属丫猴急呢？哈哈。”

一句话点醒梦中人，可不是这理嘛。我点点头：“他信任我才同意先供货后付款，结果被人算计，谁都会恼羞成怒，算了，老子忍了。”

“老大，你想好我们下一步怎么办了吗？”

“没。出版社是咱们贵人，但贵人不可能天天都跑来，今后还是要靠自己。呵呵，这几天跟出版社合作，感觉现在北京家装市场很热啊，每天都有不少家装公司成立，这里面没点儿油水可捞？”

“现在我们手头到下个月应该能有17万，刨除吃喝和房租，够还3个月的外债。”小王没搭话茬，自顾自地说道。

电话又响了，我浑身一哆嗦，真有些怕了。幸好是母亲的电话，大意是问过年也不在家，只是除夕晚上晃一下就整天看不到人影，都忙什么呢。我哪儿敢说欠债的事，只是说公司因故关门，我要重新创业，搞得父母异常担心，唉，这儿子也够叫老人家不省心的。上回说起的别墅？这不还在成功路上跑着呢。

挂上电话，我内心翻江倒海，感觉真对不住她老人家。我一直认为母亲是位毅力坚韧的女性，她虽无超人智商，但勤奋好强，一步步走来，成为国内一所著名大学的教授，而且还是高考命题组成员。这，就是我的奋斗榜样。多年以后，母亲不幸得了淋巴癌，忍受8次化疗带来的巨大痛苦，头发全掉光了，但她超级乐观，整天笑呵呵，跟个没事儿人似的，非一般人所能为。现在呢？呵呵，她老人家健康着呢。

心里正内疚呢，电话又响了：“雨总，我再多说一句，你要按日子还款，并且最好提前几天，否则大家脸面上都不好看，你听得懂我的意思吗？”

“牟总，您放心吧，这次我说到做到！”靠，一个晚上的心情全被这厮逼债电话搅黄了，我狠狠把烟头往地上一扔，骂道：“王八蛋，你丫就是290！再逼老子，他妈一个子儿也不给你丫的！”

“老大，姓牟的怎么成了290？”

“姓牟的就是250+38+2！真他妈不是东西！丫的电话就像一根搅屎棍，玩命乱搅，刚有点儿创业想法就被搅和黄了！还让不让人过日子啊！我操他大爷……”等骂够了，我往被窝里一躺，嘴巴里一根烟接一根抽着。

“雨哥，别难过了，我信咱们能闯过去。有个事儿我琢磨几天了，现在决定了，这事儿你必须听我的！”

屋子里安静得可怕，小王沉默许久，说出了一句我一辈子都难以忘怀的话：“咱们明天到工商局做个法人代表变更，你把法人代表过户给我，手续的事，我前两天问过，简单。换法人代表有俩好处，万一老天爷成心跟咱们过不去，咱哥俩万一过不去这关，怎么办？你家在北京，他们容易去家里闹。那帮兔崽子敢进我地盘上找人？强龙还他妈不压地头蛇呢，我们村子少说千把人，吼一声，能把丫打个半死！临了了再告这帮孙子抢劫！我就不信，丫的敢在我们村子撒野！真闹出事来，大不了我扛着。再说了，咱们总有重新创业的那天，老大，我这辈子没多大能耐，就寻思着以后还能跟你发财，换完法人代表，你能安心做事，我还是给你打下手，不就是多吃点苦头嘛，我不怕！”

我把烟头一扔，脑袋埋进被窝，两行泪水止不住滚滚而落……过了多少年，这句话还深深印刻在脑海里，像琥珀一般，晶莹剔透，纯洁无比，让人爱，让人痛，让人视为珍宝，任凭岁月流逝，根本磨灭不掉！估计这辈子都将陪伴我一直走下去！还有什么比被人如此信任叫人感动的呢？患难见真情，好兄弟！

正因为有过命交情，两年后，小王邀请我到他家乡投资三农时，我毫不犹豫同意了，哥俩再次合作，一起创办了一家特种野猪养殖场……

15天让自己速成为大师

虽然沉寂了几天，但家装协会那哥们儿的话一直萦绕在脑海里，最后我出人意料地作出决定：老子投身装修行业中去！哇，疯了?!没，关键时刻，我脑子不糊涂。通过上网查阅，资料显示：

第一，北京装修市场容量极大，商业营业面积高达25万平方米以上，交付住宅面积200多万平方米，这些房子统统要装修。这就好比捕鱼船再多，但鱼群数量更为庞大，大船捕鲸鱼，小船捞虾米，各有各的活法。

第二，未来两三年还将维持暴利。我问过业内和协会里的人，工程毛利都在30%以上，高的甚至逼近50%，当前装修业因房地产兴起而受益匪浅，每年有无数装修公司从地平线上涌出，万马奔腾，整个行业风起云涌，异常繁荣。以东易日盛、元洲、龙发和阔达为首的装修公司号称京城装修界“四大家族”，但原来也不过是施工队起家，他们的快速发展再次证明装修行业大有可为。一句话，市场切入时机很好。

第三，我喜欢装修业。从办《家居专刊》开始，我便喜欢上了室内设计，自己没事也常琢磨这档子事儿，也不是没一点儿设计基础。而且喜欢一件事，干活动力更足。

第四，项目投入少，见效快。这不比开店，需要打本，也不比代理产品，需要打款压货建渠道，咱只要接到活，业主先付35%开工费，有了这笔钱完全可以买材料进场开干，根本不用垫资，而且做一单收一单的钱，没欠款一说，现金流有保证，符合创业要求。

第五，行业约束少。装修行业不比传媒，国家和行业协会相关约束少，自己只要摆平业主，谁还能管到这块儿来？嗯，梦寐以求的事。

第六，准入门槛低。谈客户四要点——设计、价格、工艺和服务，我虽不懂室内设计，但当初我不是也不会广告业务嘛，不照样鲜花怒马？这难不住咱。门槛低说明我只需要投入最短时间即可杀进行业赚钱，符合创业要求。

第七，目前装修业鱼龙混杂，除了“四大家族”名声在外，剩下的装修公司没跑到我前面多少，群雄并起正好大展拳脚，可以忽略公司品牌效应，利于咱创业。

第八，从创办《家居周刊》起，我就在家具、装修圈和行业协会里混，人脉广，即便有了为难之处也有朋友照应，而且消息灵通，这比进入一个完全陌生的行业要强得多，而且对这行不能说熟门熟路，但至少也是有个一知半解。

第九，运营一家装修公司所需人手很少，我管拉客户和设计，小王负责买建材和盯工地，不用再请帮手，符合创业要求。

第十，编辑完《美×家居》，看到国外室内设计，再翻回头来看国内设计，基本惨不忍睹，这不是机会又是什么？

越琢磨装修行业，我越觉得方案可行，脑子似乎有些兴奋。好，接着分析进入装修行业后我的优势和劣势。

优势：第一，感觉有设计天赋，脑子活，素描功底扎实，手里有大把设计图片，完全可以借鉴模仿，而且在报社早已学会Photoshop绘图软件，完全能冒充设计师，等入门后再边干、边学、边提高。第二，三年商业磨砺，咱沟通能力强，而室内设计师大都没经历过商业沟通和谈判，也许要受业主的砍价欺负。我嘛，谈价只谈5分钟，剩下55分钟专门谈别的。即使碰到想玩命砍价的家伙，我也能时不时从价格谈判中把他拽出来，一句话，就是不许碰我的价格，这里是军事禁区！嗯，都是在报社工作时，琢磨出来的道道。

劣势：第一，不懂室内设计，不会画CAD施工图、3D效果图，不擅长画室内设计手绘图，全外行白丁。第二，没施工队伍。第三，没公司和营业执照。第四，没任何施工现场可参观，也没有任何成功作品。第五，不懂施工工艺和建材的质量、性能、规格、品牌、价格、厂家等信息，没任何施工及现场管理经验。第六，没办公场地。第七，不懂预算。第八，没现成客户资源。第九，没时间在市场上耗精力，必须当月学会设计，下个月开单，两个月后开始有利润。第十，每个月还债4万，但装修市场分淡旺季，到了淡季不易按时还债。

等想到有十大劣势，心又渐凉。这，这，这可如何是好？当心情糟糕时，我有俩调节手段：一是在大街上看名车，幻想自己尽快拥有；另一个是跑到奢侈品商店赏名品，刺激肾上腺激素的分泌，最后得出结论——别在这儿无病呻吟啦，赶紧去玩命挣钱吧，汽车、美女、洋房、面包啥都有！有理想就有干劲，有幻想就有动力。等到大街上接受完刺激，我心态平静了。

沧海横流方显英雄本色，去他大爷的，干什么项目没几条劣势？也许有20条也未可知呢，前怕狼、后怕虎，肯定一事无成。现在只凭借十条好处和两大优势，就值得玩命拼一回。当然，小王全力支持我的想法。还犹豫选项目？靠，没准明天债主就会杀个回马枪，杀咱个干干净净！思前想后，我觉得十条劣势中攻克设计关最为关键，是主要矛盾，学不出来一切白搭，而其他劣势都属于车到山前必有路，船到桥头自然直的事情。怕？这时候我啥也不怕！

由于要尽快还债，没时间磨洋工，所以我规定自己必须在15天内，完成学习室内设计的任务，然后尽快出去找活挣钱去。可能吗？人家学室内设计，大学上了4年！我呢，突击学15天就能行？还是那句话，办法总比困难多。靠，压力下人的潜力真是无穷！也许真是办法总比困难多。忽然想起“目标细分法”，嗯，是个突击学习的好方法。

20世纪50年代，英国有个有天才的短跑选手，他想破200米世界纪录，在和教练商量后，决定采用“目标细分法”实现目标。原200米世界纪录保持者，他跑头50米时，有个奔跑纪录，跑到100米时又有个纪录，跑到第150米时也有个纪录，跑完最后50米便创造了世界纪录。

英国选手参照原世界纪录中的各位置时间，制定了对应的“小目标”。比如原纪录中，前50米的奔跑时间纪录是6秒，他决定先打破6秒纪录。这是第一个小目标。在首个小目标制定好后，这哥们儿开始天天练，就练起跑到50米这段距离，直到奔跑速度打破6秒为止。好，实现了首个小目标。接着，原纪录对应跑到100米时的纪录是11秒，他又开始练习百米速度，从起跑到100米，天天玩命跑，直到打破11秒原纪录为止，OK，第二个小目标照样拿下。以此类推，后来，这个有干劲、懂方法的家伙还真打破了世界纪录！

这就是利用“目标细分法”解决问题的威力。一条羊腿，不能一口吞下，咱不是鳄鱼，也不是蟒蛇。怎么办？一口吞不下，扔了？舍不得。生活常识告诉我们，吃肉不要鲸吞，而要一口一口吃，这可以理解成把总目标分解成若干小目标，吃一口就相当于完成一个小目标，最后，当所有小目标都搞定时，那总目标呢？嘿，吃进肚子里了啊。这方法我经常实践，管用，至少在做一件事情时，不盲目瞎干，能规划实现目标的路径和思路。

我没有时间系统学习室内设计知识，怎么办？干脆，水贼过河甭使狗刨，直接看国外设计作品，从大师级作品中领悟出设计灵感和设计方法。设计项目太多怎么办？客厅、主卧、客卧、餐厅、厨房、书房、卫生间、过厅、走廊、阳台、更衣间、健身房、保姆房……还没数完一遍，头昏脑涨，况且每个空间都有大量知识需要学习，如何尽快学会？

好，制定第一个目标：明确主攻方向。毛主席说过，先解决主要矛盾，主要矛盾解决后，次要矛盾上升为主要矛盾，然后再依次解决。好，按毛主席的说法办。业主最关心啥空间？一客厅，二卧室。好，我在15天时间里只看客厅和卧室设计，而且主要学吊顶、墙壁、地面、门、窗套的设计，余下有空再看。首次和业主见面，只要能在客厅和卧室的设计方面，把业主“喷”晕，后面还不是水到渠成？

第二个目标：看懂设计。如何最快速度入门？请教高手是捷径。我马上电话联络高手。记得那天晚上，我和小王见到一位装修公司的设计主任，我拿出客厅、卧室设计图，请他一张张讲解设计思路。没听懂，再讲一遍。还没听懂？再讲，直到听懂为止。那次好像是讲到后半夜，连我脸上都挂不住了。听明白后，回来自己对着镜子脱稿再讲两遍，接着作归纳总结，写心得。学会第一批图片，再请教第二批，等过完几百张图后，终于开始出现大同小异的设计思路，现象不错。

第三个目标：理论结合实践，实践出真知。室内设计很难？成为高手难，但做个普通设计师，容易。我很快有了设计心得。可没亲身实践怎么办？于是再央求人，请他们带我现场参观。另外一位朋友也是设计高手，他边带我走现场边讲解，思路对应效果图，效果图对应实景，实景再对应思路，看完三套房后，感觉咱水平又有精进，对一些设计原理有了切实体会，好有成就感。

第四个目标：背诵记忆大师的海量作品。和设计师们聊天，我发现设计诀窍是多看大师作品，多动脑，多总结。如何记下几千张大师作品？这时，咱又玩命动脑，重压之下绝招出笼。我的观点是笨办法往往是最好的办法！很多人总想走捷径，但世界上如果真存在发财捷径，那还不早就被人走成高速公路了？彩票是发财捷径，结果呢？赌博也是一条发财捷径，结果又如何？除了散户捐钱给庄家，没其他新闻。好，咱的笨办法就是玩命背图片，下苦功夫。光理解图片有啥实用价值？能立刻冲出去挣钱？只有彻底背诵大师方案后，到现场灵活运用，才能将所学知识化为强大战斗力。

但如何在几天之内背下5 000张图？尤其是到了施工现场还能马上想起相

关设计方案？我又开动脑筋，决定再次使用“目标细分法”，把总目标分解成几个小目标，逐一完成各个小目标任务。首先，我把一张经典室内设计图摆好，首先把吊顶用纸遮盖住，然后开始动脑思考：如果是我，该如何设计这款吊顶？接着就在那张遮盖纸上画设计稿。不好看，接着画。还不好看，那就继续画呗。想破头，画破纸，再对比原稿看。哦，恍然大悟，人家确实是大师！构思精妙，寓意深远，自己笨，作品臭不可闻。好，彻底掌握一款设计套路，下次再看再画，加深印象。

看完吊顶再看墙壁，看完墙壁再看地面，看完地面再看家具，看完家具再看软饰，总之，我把一间房的设计稿拆分成若干小目标，逐一加以学习。什么图片经得起咱的“肢解学习法”啊！不把图片看透、看扎实，不真正学到家，誓不罢手！曾经，我每天只睡4个小时，喝浓茶，玩倒立，打嘴巴，冬天洗冷水，招数用遍，就差头悬梁锥刺股，简直看得头撞墙，脚跺地，想呕，哇哇直叫，恨不得撕个粉碎……

一张图如此学习，10张图也如此，100张图仍然如此，1 000张图还是如此。等到学了2 000张图片后，我开始点评原稿；等学到5 000张图后，我开始对某些原稿有点儿异议。靠，一套普通住宅只有几个功能房，而我却有5 000位国际大师教我作室内设计，一人就算教我一招，那也学到5 000招了，再举一反三，5 000招变成15 000招！好嘛，凭借一万多款设计套路，还不能罩住个普通住宅？

除了遮盖法，我还想到临摹法。把一张设计稿摆好，简单临摹，主要是勾勒粗线条，不管细节。勾线条就是勾房间装饰轮廓，那代表一种设计思路，有了正确的骨架设计，还怕长不出好肉？至少不会驼背吧。体验大师作品，首要是搞清骨架设计精髓，要是骨架长歪，添肉就是添错误。我看图片先从大处着眼，然后再逐渐过渡到细节。

当然，我还经常采用回忆法。躺在床上，想电视背景墙的设计方案，脑海里马上浮现出上百款设计作品，然后一张张想设计优缺点，造价，效果，适合什么样的客户……然后就在回忆中昏昏睡去。对，我还是实践法爱好者。我已经走火入魔，只要走进房间，首先就是打量原设计，学习、借鉴、挑毛病，三板斧劈完，就开始想：要是我来设计，应该怎么做得更出彩？吊顶该如何？墙壁？地面？配什么样的家具？软饰呢？一间房如此，10间房如此，100间房还是如此，谁经得起这么玩命？

在大规模学习、借鉴和再创造的过程中，我深感这套思路带来太多好处。比如，装修一间房，我从第一张图借鉴一个吊顶，从第二张图借鉴背景墙，从第三张图借鉴窗套，从第四张图借鉴……所有设计都是大师作品，我只不过把这些经典设计整合在一起，达到风格统一、层次有序的目的。而一般设计师能在一间房里想出多款经典设计？嗯，可能想破头也达不到大师水准。呵呵，也许正因为咱不走寻常路，才让我短时间内有所突破。

现在回想起来，学习室内设计说来轻松，但过程却异常艰辛。重压之下，脑子溜号，心情烦躁，浑身坐立不安，谁还能安心学习？我琢磨一般人没有一颗坚强的心脏，不一定能挺住。就像一个人平常乒乓球打得神乎其神，但走上奥运会赛场被大阵仗给拍住了……平时多威武没用，比的就是关键时刻的本事。还好，我桀骜不驯，跟小强一般无二，撵不走，踩不着，干不掉，生命力旺盛着呢！不就是赔掉100多万吗，至于难受个没完没了？

学习期间，我强迫自己不想任何债务问题，一旦思绪溜号，马上给自己掌嘴，然后强行换成单纯想法：学会设计就能接项目，接到项目就能赚钱，赚到钱就能还债，还完债就能重新创业……学会设计就能接项目，接到项目就能赚钱……好像打得牙齿有些松动后，嗯，效果出来了。好，现在拿出当初在报社速成广告的闯劲，玩命干吧！一句话，要成功，先发疯，头脑简单往前冲！

20天后我已半入行，5 000张图认真筛过一遍，脑海里初建设计概念，能磕磕巴巴讲点设计原理出来。俩月后我接到第一单，5 000张图重温两遍，温故而知新，设计上迈出一大步。几年以后，我在装修业学有所成，不是咱有多聪明，多有设计艺术底蕴，而是悄悄站在大师肩膀上而已。我始终认为自己智商普通，只不过更爱动脑，更爱掌握事倍功半的做事方法而已。

敞开心扉

亨利生活在小城市，是名建筑设计师。他学了一身本事后对自己的才华颇为自负。但由于出身寒门，又没文凭，出师后只能做点儿小工程。当时瑞典国王查理四世曾是拿破仑的元帅，是个英雄人物。国王经过小城时，亨利只能远远张望。但他认为自己不该一辈子都挤在欢呼的人群中，可如何获得国王赏识呢？当时，法国模仿罗马帝国凯旋门而修建法国版凯旋门，用于庆祝自己伟大的皇帝。他灵机一动：国王也曾是元帅，自己为什么不能建个查理凯旋门？如果修建凯旋门，国王关注建筑物就能关注到他，而投入费用少且意义深远，又是自己强项。后来，亨利鼓动富人捐钱，他通过借鉴法国凯旋门的设计思路，很快修建了一座精美的瑞典版凯旋门。从此，亨利的人生翻开了新篇章。

这里先不说怀才不遇、脱颖而出的问题。我们强调的是，法国模仿罗马帝国凯旋门修建了法国版凯旋门，而亨利又"山寨"法国凯旋门而设计查理凯旋门。建筑和室内设计的发展，都是在模仿前人的基础上发展起来的，我们充分学习前人设计，然后再发挥、再创造，对，综合等于创造，这是一条提高设计水平的捷径。

我把装修行业的大门踢开了

既然设计已初入门槛，好，解决所有劣势问题。

第一，不懂室内设计，不会画CAD施工图、3D效果图，不擅长室内手绘图，全外行白丁，怎么办？

解决办法：在圈内打听到一款绘制平面图的软件，效果虽不如CAD绘图软件专业，但上手快，应对业主绰绰有余。而绘制家具施工图用土办法，在白纸上用比例尺手工绘制，先铅笔画。设计不合理？橡皮伺候，等自我感觉比例合适了再拿签字笔勾边。

3D软件学起来太费劲，据说没一年别想入门！我想到了一变通法子。首先，现场了解清楚客户喜好，然后提供平面布置图。其次，客户同意平面布置后再绘制效果图——从图库里挑选一张比较接近实际的实景图，然后扫描进电脑，接着利用Photoshop软件，依靠素描功底和制图素材库，在图里搞搭积木和移形换位。效果图能看不？呵呵，没效果客户能签合同？当然，也有为难之时。曾有一次，特幸福地接到一个复式楼装修，靠，为了做好那座楼梯，找准透视关系，这张图前后耗费了14个小时，直接把我做成呕吐状，抱着电脑大骂不止。

第二，没施工队伍怎么办？

解决办法：朋友介绍，结识了一支安徽装修队，谈好合作方式和施工各单项报价后，我添置气泵、喷枪、电锯等简单施工设备，自建施工队，包工头叫祥子。这种施工队俗称装修游击队，虽然是游击队，但可不是游而不击，咱们瓦、木、水、电、油等各工种全齐着呢。都说扬州师傅手艺好，为什么不找？唉，人家也得看得上咱实力啊。

第三，没公司和营业执照怎么办？

解决办法：托人找到一家小有名气的装修公司，挂靠资质，交管理费。对外宣称是“万里设计室”，寓意我能把万里之遥的国外经典设计复制过来，服务中高端客户群。好，身份问题已解决，开心。

第四，没施工现场可供参观，无作品怎么办？

解决办法：还是找业内朋友帮忙，如果有客户提出要看施工现场或现成作品，他们帮我提供房源。

第五，不懂施工工艺和建材的质量、性能、规格、品牌、价格等信息怎么办？

解决办法：和施工队泡在一起，向瓦工学贴砖工艺，向木工学木匠活……总之，发扬学习精神，就这点工艺技巧半年还学不精熟？不了解建材信息？好办，伪装成客户到建材市场多问多记，回来再问施工队，理论与实践相互印证。

第六，没办公场地怎么办？

解决办法：跟小王商量了一个主意，找了一个有房出租的朋友，跟朋友商定："我们租下三室一厅，重新装饰房间并添置家具，用这些费用抵偿房租。"嗯，一举四得。第一，解决了办公场地，有客户想上门，咱们屋里谈。第二，解决了住宿，现在我们住半地下室，这玩意儿展示给客户，那人家还不小鸡快跑？第三，对外号称房子就是自己物业，给客户增加信任感，嗯，公司有房，客户心里踏实。第四，装修费冲抵租房费，节约下几万救命钱，并且房间布局能充分展示我设计的空间，一进门不把客户震翻，算咱白学一场：淡咖啡色客厅背景墙，前面修一座长条花池，3米长，40厘米进深，高40厘米，红砖刷白漆，里面种滴水观音、发财树、火炬花等错落有致的绿色植物，花盆直接放进花池里，上面用深咖啡色陶粒覆盖，好像绿色植物是从陶粒里长出来的。阳光洒进房间，树影婆娑。电视挂在墙上，好像藏于植物园内？不是像，是就是。背景墙与大门之间有樘卫生间门，我请人在门上彩绘卢梭的《丛林里的狮子》，与周边绿色植物相呼应。当客户知道狮子门后面是卫生间时，一般连呼惊奇……这套房装修很贵？呵呵，你懂的。

光是种树就很稀奇了？那不是咱风格。只要女性客户上午登门，咱马上小心翼翼晃动滴水观音叶片，然后拿玻璃盅接下几十滴露水，虔诚地端到她面前："据说滴水观音上的露珠对女性皮肤保湿有奇效，北京气候干燥，要不您……"一出手就打了客户一个措手不及。

第七，预算不会做怎么办？

解决办法：拿来几家装修公司的报价，综合考虑学习，再问清祥子施工队的各单项报价，依葫芦画瓢，加加减减即可。

第八，没现成客户资源怎么办？

解决办法：首先发动所有朋友，帮忙找客户。对于关系深的朋友，一定是登门拜访，我也不避讳目前处境，畅所欲言，顺道告诉朋友们，咱设计水平OK，都是大师级思路，价格比大公司便宜，售后服务好。当然也不白介绍，大家利益均沾。对于关系浅的朋友，就电话聊，拜托多多留心……其次，自己设计版式和宣传内容，印刷几千张宣传单，小王负责到新建成的住宅小区散发，包括塞门缝等招数无所不用。

当主要矛盾解决完，次要矛盾又逐一破解后，我算把装修行业的大门给踢开了。好吧，我开始了艰苦的还债生涯。

没有人在乎你的个性，他们在乎的是你能带来的结果

记得第一次到客户新房里谈设计，我拿铅笔在白墙上画设计构想图，手都在哆嗦，说话声音发紧。没有任何专业背景和实践，居然也当起了设计师？靠，自己都佩服自己勇气可嘉。首次设计出手，老天爷开眼，第一单顺利完工，他们家舍得花钱，我搭上顺风车劲赚6万！客户满意设计和施工，居然又介绍一位同事给我，后来我装修的房子快成小区样板房了，参观人群摩肩接踵，于是又接了三单生意。

但是，钱是那么好赚的吗？非也。与客户约好周六上午验收，马上提前作足准备。第一，客户似乎有些嫌我做的橱柜贵了，好，买一桶花生油、一袋东北大米、一袋五谷杂粮、洗碗布、擦碗布、一次性纸杯、橡胶手套、洗锅刷、钢丝球、洗洁精、保鲜膜、储物玻璃罐、垃圾筒等物件，都是些实用且不贵的家居用品，不为别的，业主验收橱柜时，暖心不？

客厅茶几上，我送上一盏晶莹剔透的大果盘，再堆上花花绿绿的糖果，喜庆不？沙发原有靠垫不够靓，赠送一对个性靠枕，养眼不？卫生间送脚踏门垫、马桶刷、拖把、垃圾桶，高兴不？餐厅酒柜里摆放几瓶洋酒、咖啡、一套酒杯，熠熠生辉，开怀不？北京春冬季气候干燥，卧室里送一台加湿器正合适。大衣柜前铺一块长条地毯，喜欢不？根据客户喜好，阳台墙壁给挂了一对羽毛球球拍。一句话，面子是相互给的，验收自然顺利啦，典型的花小钱办大事。

光送2 000多块钱的礼物就能让业主帮忙介绍客户？没戏。我在为第一个客户装修之前，定下一条攻城为下、攻心为上的原则，彻底服务好业主，尽量满足需求。尤其这位业主是朋友介绍来的，更要服务好。好嘛，业主买瓷砖、洁具、灯具、窗帘和家具时，我跟班似的全程陪同，不仅提供参考意见，还帮忙杀价，尤其买家具时，在SH家具城，营主任帮我拿到内部折扣，直接替业

主再省15%采购费。看到享受VIP待遇，业主拍着我肩膀一个劲儿猛赞：“雨兄，你在圈里泡了多少年？人脉够深的啊，不光是挑家具有眼光，而且还能真金白银省钱，呵呵，多谢，多谢！今后……”

光是帮业主省钱就够了吗？洗洗睡吧。我把过去谈客户的那套本事全搬过来用，小本子记录谈话纪要，周末愉快的短信，时不时投其所好送一点跨国公司的促销纪念品，聊天找共鸣，提供最优化设计，帮业主省钱，严把施工质量关，就是为一个目的，真诚对人，彻底打通人情关和商务关，我们要成为好友。

看着业主欢欢喜喜搬进新房，忽然想起自己房子卖掉抵债，妈的，这种回忆要不得，赶紧打住。可还没从伤感情绪中走出来，白先生忽然打来电话：“雨经理，施工队是怎么搞的？简直是在瞎搞，你快来我家看看吧！”

“白先生，您先别急，慢慢说，慢慢说。”

“唉，说不清，你还是赶紧过来看看吧，施工队把我们家的门搞得乱七八糟，简直要不得！”

我心里明白了：他们家的门是现场制作，大芯板打底，红樱桃饰面板罩面，准是红樱桃出了状况。忐忑中见到白先生，他指着新门吼道：“雨经理，你看，你看，这上面怎么都是一根根狗骨头啊，晚上多吓人?!”

“哦，白先生，您别急，呵呵，这不是啥狗骨头，这种纹路叫‘鬼脸’，在红樱桃木里还算比较贵的那种呢。”我耐着性子解释道。

“我不管什么鬼脸不鬼脸，反正看完浑身不舒坦，这门我不要！再说了，你把我家的门都做成了鬼脸，算怎么一回事啊?!”

“对不起，真对不起。白先生，我们免费换！同时保证质量不变。”心里同时自责起来：我喜欢玩个性，买板子时感觉有视觉冲击力，结果忘记鬼脸只能小面积点缀用，哪有大面积贴人家门上的道理？唉，理论一回事，实践是另一回事。

送走业主，把祥子喊到一边：“哥们儿，8樘门救得回来吗？”

“要赔点钱。先把鬼脸揭掉，可揭下来鬼脸就废了，再买16张樱桃板子贴上去，对了，胶水还要换进口胶。前后算来，连人工带材料要赔几千块。唉，小雨，你不该答应那么快，当初鬼脸进场时，姓白的不也说大气吗？哦，这会儿快做好了，他不喜欢，找个理由就赖账，妈的，也太欺负人了吧！”

“祥子，鬼脸门确实有点儿怪，跟业主无关。鬼脸平着放，怎么看都顺眼，但我忘了把鬼脸竖立起看，没想到平看和竖看，完全俩效果！算了吧，吃亏长学问，咱们真要和业主闹起来，也落不到好。我出钱，你出力，务必整好。”

出了门，我心里作了三点总结。第一，自己喜欢玩个性，不代表业主喜欢。第二，理论易懂，实践难学，以后多动动脑子。第三，业主见我态度好，能主动认错修正，不胡搅蛮缠，气自然顺了，要不双方顶牛，我可不是赔8樘门的事。今后作装修切莫贪小便宜，因小失大。唉，花几千块买个教训，贵不？万一要有10个教训，怎么办？通过这件事，我狠狠批了顿自己心高气傲的劲儿，以为自己学到一身设计本事，其实啥也不是。

最头疼的事还是开发客户困难。有钱人喜欢我的设计，但不相信设计室实力，“山寨”完设计思路，然后扭身去找大公司。普通人大都简装，精力花费一般，可根本赚不到几个子。口碑传播？才开始入行，哪来好的传播效应。怎么办？我绞尽脑汁，无良方医治。现实就是如此残酷，客户前后左右看我就像单枪匹马的个人行为，怎么能相信设计室？

日子一天天在过，小王负责买材料、盯工地，每天回来浑身盖层灰，连头发都好像老了50岁，坐电梯大家直躲他。这小子累得洗完澡往床上一躺，嘴巴里哎哟到9点多钟才去做饭，一切从简啦，煮挂面扔两个菜帮子，哥俩对付一顿，5分钟吃完拉倒。我每天忙得更是没点，要么见客户，要么陪客户选购，要么找关系，要么到工地去给工人设计交底，要么上建材市场学知识。有时晚上网上约好客户，带上资料打车过去，在他家附近的麦当劳、咖啡馆谈业务，一说就是几个小时，等谈完回家继续忙，典型的“716战友”。就算赶上发烧，吃完药一样得出门干活，因为还不上债，债主就要成发烧友。唉，那一年我们受的洋罪不说也罢，写起来是心酸酸，泪汪汪，手颤颤，不忍下笔。

尽管那时我每单都是挣快钱，但还债速度更快，日子一直过得紧巴巴，没留下啥积蓄。又到一年的年关，别人是家家户户张灯结彩，喜迎新年，而我们是低头猛按计算器，算算这个年关能不能过，心情备受煎熬。看，煎熬来了：“雨总，你公司好像还没年检吧，过完年可别忘了年检。”

“啊，还要年检？”

“别说空话了！公司不年检债务不就没了？雨总，你要真没时间，我只好请人陪你去。”

“牟总，呵呵，那倒不必，我去就是了。”

“一言为定！我相信你是个讲信用的人。”

“我说到做到。顺道祝您春节快乐，万事如意啦！”

“谢谢，你也一样。”

牟总为了我，想的真周全。别说年检了，还有财务帮我做账呢。不为别的，就为了公司不被注销，债务能顺利还完。挂上电话，心情简直糟糕透顶。靠，年年被债主押着去年检，这叫过的什么日子啊！好在身边还有小王，他又好言安慰我一顿。

春节来临前，那帮债主们的电话比催命鬼还狠N+1倍，恨不得一天打8个！一家比一家口气冲，对，按还款协议必须翻倍还掉8万，他们才肯罢休！唉，杨白劳的年关终生难忘。等打发完如狼似虎的债主后，眨眼间10万本金被干掉80%！靠，这日子过的，啥时才是个头呢？

每次从债主办公室出来，我都长长出一口气，总有一种虎口脱险的感觉。唉，见他们真紧张，浑身不自在。但人心是肉长的，见我这大半年表现很乖，总是提前足量还款，他们脸色也逐渐好转，说话客气许多。可我只想尽快还完，根本不想多看他们一眼。谁知道他们翻脸后又是啥样儿？奉劝诸位看官，切莫挨上讨债公司上门，他们简直是文武双全，智勇过人，能把人折腾一遛够！

眼看手里也接不到活了，离年关还剩一个星期的时候，小王家里一个劲儿催他赶紧回家结婚去，但小王不愿结婚，他只想跟我再干出点名堂出来。他媳妇小霞，跟小王是中学同学，在镇上吃官饭，工作虽稳定，但一个月也就仅混个温饱而已。在报社时，小王曾喊小霞来北京玩过两次，第二次来玩时，刚好我买了车，于是开车带上他们一对小情侣，结伴在北京转了转，大家印象不错。我看小霞是个质朴女孩，深爱她的心上人小王，也知道农村结婚比城里早，就劝小王："哥们儿，你不想结婚，媳妇就会担心你在京城变心，人家一个黄花大闺女苦苦在家里守候你，你可别冷了人家的心啊。"

"唉，我也想结婚，可没钱修房子，结完婚住哪儿？我是男人，经济上支不住，没法结，所以我劝过她，等过两年我们还完外债，筹一笔钱再结也不迟。"

小王说的也不无道理，现在农村结婚可不比从前，男人没钱，会被村里人瞧不起，以后矮人一头。但我又不能看着不管，小王要是心思一动想离开，我们这摊举步维艰的买卖不就全黄了吗？

春节不可能把两万块全花光，过完年一旦接到工程，工地进场费就是一笔不小的开销，但小王婚事也是人生中头等大事，耽误不得。我权衡半天，一咬牙，打开保险柜，点出12 000整数，装个红包递到小王手上："哥们儿，对不住了，咱们就这点积蓄，1万是给你娶媳妇的聘礼，2 000块是我孝敬咱爹妈的。你先到媳妇家下聘礼，把婚事订下来，叫小霞放心，然后等上一两年修好新房再结婚吧。"

"雨哥，我看算了，明年再说吧，媳妇该是自己的跑不了，不是自己的，订也是白订。"

"哥们儿，话不能这么说，你一个大老爷们，当然无所谓，人家姑娘跟你耗得起吗？如果她整天在电话里唠叨，你在北京干活也不踏实，所谓家和万事兴，不如先安稳住一头，我们再玩命赚钱不是更有动力吗？"

"你说的我明白，但开春用钱的地方多的是，咱们还是紧着正事来吧。我的事儿不用担心，能摆平，女人听哄，等春节回家，多哄哄媳妇，然后往床上一抱，呵呵，这片乌云就散啦。"

小王越说没事，我越觉得有事。结婚远不是他嘴巴上说得那么简单，本来我们过的日子就是"悲惨世界"，有上顿没下顿，债主又如狼似虎，媳妇真要闹起来，后方一旦有变，小王哪儿还有心思干活？不行，要是没小王帮衬，我玩儿不转，必须给人家解决后顾之忧。

言念及此，我笑道：“靠，往床上抱当然容易，今天能抱，明天能抱，可你回北京后呢？哥们儿，啥也别说了，钱赶紧拿走！妈的，不就是1万多块钱嘛，你有什么可担心的，随便一个造价10来万的工地下来，咱们都有3万多进账，我利用春节，估计还能谈下一俩工地，等你从家回来，马上就有钱收。一个大老爷们，别他妈的磨叽了，赶紧回家娶媳妇去！”说完，我把红包硬往小王手里塞。

“老大，农村结婚要不了多少聘礼，6 000足够！咱们来年正要用钱呢。”小王语气中肯，边说边把红包推到一边。

这回我有点怒了，又是一番推搡，小王算勉强收下红包。但当他在回家路上时，发来一条短信：“雨哥，6 000元压在枕头下，你收进保险柜……”

看完短信，眼睛有点迷湿，唉，兄弟做到这分上太够意思了！我嘴巴说得轻松，接活不难，利润丰厚，但实际情况却是整天奔波，也许10天谈8家客户，都不能开一单！小王自然清楚，他不贪财，肯与我共担风险，真兄弟！

你得随时知道自己的劣势

时光进入到第二年还债时分，春节几天，终于不用连轴转，也没有债主的电话骚扰，我要安静想想一些发展问题了。北京装修市场又经过一年捶打，新进市场的装修公司好比忽如一夜春风来，竞争比去年更加激烈。这类新公司根基浅，倒还不惧，但市场老牌公司却是心头大患。我进步，人家也在进步，而且跑得好快。道理简单，人家用赚来的钱干了4件事：第一，打广告，树品牌，延揽客户；第二，争相在建材城开连锁门店；第三，大量招聘设计师，扩充设计实力，并成立针对不同客户群的工作室，进一步与市场融合；第四，与上下游紧密合作，降低工程成本。而我呢？虽然手里也有了一些客户资源，也做了十几单，但赚的钱全用来还债，年初啥样，年尾还啥样，照此再混几年，我非被市场淘汰不可。

想到这里，不免内心忧心忡忡，脑袋一转，还是老办法，把一个大项目分解成若干个小项目，然后再逐一解决。于是，我又过了一遍那几条劣势。

第一，不懂室内设计，不会画CAD、3D图，不擅长手绘图，怎么办？出道以来，我的设计从未败过，竞标失败也主要是因为游击队身份和报价。大公司背后有规模化工地作支撑，建材由公司统一采购，批发比零售价至少便宜20%，所以价格战一起，我便被打得落花流水。解决办法：找人从其他公司进建材，比如大芯板、饰面板、九厘板、石膏板、实木线条、立邦三合一、长颈鹿油漆等，哪怕是让帮忙的人吃点差价也无所谓。

CAD施工图、3D效果图和室内设计手绘图还是不会画，这个问题倒不严重，严重的是自己用Photoshop绘制效果图太耽误时间，直接影响谈客户时间。解决办法：对于诚意客户，效果图外包，价格弹性制——谈成客户则价格翻倍，没谈成的则打6折。外包虽增加费用开销，但节约的时间能谈更多客户，显然利大于弊。

第二，没施工队伍怎么办？观察过大公司的施工队，人家统一着装，而我们还没开工，游击队身份便暴露无遗。解决办法：采购一批制服，打上设计室图标，装大牌要注重细节。祥子是包工头，为人不错，好学肯干，工程质量和价钱也还公道，现在能倚为长城。嗯，多年后我们仍保持联系，前两年我弟弟公司乔迁，新办公室由我负责设计，就是他来施工的。

第三，没公司和营业执照怎么办？原来挂靠的公司知名度小，管理费虽便宜，但没啥建设性作用。今后最好换个大公司，只要管理费不离谱，豁出去！

第四，没施工现场可供参观怎么办？有图有真相片——从开工起，我每10天拍一批照片，直到新房摆上家具与业主合影留念为止，并请业主题词。问题是超过150平方米以上的大户型我只做过4套，数量稀缺。尽管客户看完反响不错，对设计和服务满意，但没被震撼。提高办法：宝马良驹都是比出来的，假设我正装修一套150平方米户型，隔壁也是同户型，假设他们也在装修，好，找机会把两套房都拍下来，然后给客户作对比点评，从房间效果到工程造价，从细节再到软装饰，一项一项对比。分析好比洗脑，等讲完两套房子，客户跟他走还是跟我走？除非客户是一块顽石。

第五，不懂施工工艺和建材信息怎么办？这一年没少和地盘工吃饭，该学的也差不多了，今后提高在于活学活用。

第六，没办公场地怎么办？受办公场地限制，有钱人不相信万里设计室实力，即使房间设计再牛，但有硬伤，形象工程差劲。怨气忽然上头：靠，要是债主不把资金抽走，老子早就杀进装修城，招兵买马，至于还受困于此？

第七，预算不会做怎么办？去年到了下半年，我已经摸到报价诀窍。客户对刷墙、铺砖都挺会货比三家，这些大众化报价我尽量拉低，我的利润都隐藏在个性化设计和没有可比性的项目上，但这样就够了吗？想了半天，决定作为专题单独研究。

第八，没现成客户资源怎么办？实践发现，宣传单效果不济，不仅浪费印费，而且只接到几个小单，一水儿鸡肋项目，今后坚决摒弃。朋友介绍和口碑传播是去年接单主力，去年认识的包括红姐表弟，他雨中送伞，帮忙介绍了两单老外的装修，但一条腿跑路那叫瘸子。嗯，另外一条腿在哪儿呢？想了半天，有了主意。1998年以后，国内网络事业方兴未艾，涌现一批同城聊天室，我是否可以侧重在网络上找客户群？对呀，咱有人来熟、打字快、够幽默等优势，完全可以开辟一条新战线。于是，我把开发主渠道放到聊天室，晚上常在各大聊天室狂发揽客信息，也许刷屏有些频繁，搞得常被版主踢出……

劣势问题基本解决，但新问题又来了。客户太多我也忙不过来，势必造成服务不到位，甚至引起纠纷。不如转换思路，提高单项工程造价也许是正途。对，下一个问题：如何在单项上赚更多的钱？

想破脑袋没有对策。还是采用笨办法，回想过去的成败案例，看问题出在哪儿。很快，想起了个典型的对话桥段。一次，我极力向客户推荐：“哥们儿，客厅吊个顶吧，不仅光线布置均匀，而且空间有层次变化。”

“又不是酒店，简单些好。”我明白，客户要么不懂，要么怕花钱。但谈成一单不易，客户这不做，那不做，还能赚啥钱？怎么才能说服客户听我的建议？正面说服？说吊顶后房间漂亮10倍？已证明无效……对呀，销售关键在于摸清客户的真正需求，而我推荐的项目恰好能给客户带来所需的确切利益。再换位思考，如果我是客户，会满意这些利益点吗？

当想到利益点时，思路豁然开朗：是啊，漂亮10倍仅仅是我勾勒的愿景，人家没看到，谈不上冲动。最好能用确切利益说服业主！但吊顶能给业主带来啥样的利益？我天马行空想上了：帮他提升10倍房间装修效果？帮他泡妞？帮他哄老婆开心？帮他偷拍……帮他显摆有钱？帮他藏私房钱……帮他挣钱？

思维信马由缰，想到哪儿写到哪儿，抓到什么写什么，但当想到“帮他挣钱？”时，脑子来电了：上大学时我曾看过一本风水书，上面好像提过客厅吊顶能聚财……

感觉解决有门，赶紧翻箱倒柜找书。嗯，风水书果然有令人激动的记载：“风水又称堪舆、相宅、青乌等。堪为天道，舆为地道，仰观天文，俯察地理，此为风水两大特征。风水是研究天、地、人三者关系的‘环境科学’，从人类生理与心理角度，对居住环境作出有益调整，改善环境气的循环，因此有‘住宅东方医学’之称，其与科学的关系，实为两种语言，一个道理……在家居聚财风水布局中，客厅吊顶对住宅财运风水而言，就像住宅的天空一样高高在上，将客厅气场吸纳，因此，吊顶设计尤为重要。住宅要想聚财就要讲求‘藏气’，有‘藏气’才能‘纳气’，故吊顶可采用四边低而中间高的天池设计方案，天池凹位会有藏气聚财功效。如在天池中央挂一盏白水晶灯，更能聚财，因为白水晶磁场能产生招财作用。但在聚财同时，财运稳定性也很重要。风水上的气有轻清和重浊之分，轻清者上扬而为天，重浊者下沉而为地。要达到家庭财运稳定的目的，客厅吊顶宜选用浅色系列颜色，如白色、米黄、粉红等，最适合客厅吊顶应用……”

懂得风水学也是有文化的表现

春节期间，没干别的，咱抱着风水书，连吃饭、上卫生间都舍不得放下，学习动力好足。还是那套学习方法，很快，混成了一个二把刀风水师。嘿，那时有几个设计师懂风水？典型桥段是这样表演的：“杜先生，看您家整体布局还不错，尤其门窗比例适中，能聚财，真棒！”我指着房间窗户，啧啧夸赞道。开始勾引客户兴趣？对了。

“哦，雨经理，窗户大小还有什么讲究？”

“风水上有说法，窗户开得太多太大，易散财，但窗子开小了，又挡财。”

为了吸引客户注意力，我要先夸赞，找到大家都感兴趣的共同话题，树立起风水师的专业形象，同时把他心里说得爽爽的。

“雨经理，风水真有那么神奇？”杜先生随口问了一句。

“杜先生，抛开风水先不说。我们只谈感受。房间窗子开小了，您是不是感觉房间光线不足，阴暗潮湿，住得不舒服？”

看见杜先生轻轻点点头，我继续问：“房间窗子开得太大，您是不是感觉光线太足，住在里面好像透明人，没点儿隐私保护，也不舒服？”

杜先生想了想，又点点头。

见杜先生对风水有兴趣，我更来兴趣：“风水并不神秘，也非伪科学，其实就是几千年来古人留下来的一种好的生活习惯，是对生活中经常发生的事情想到的一种解决方法，正因为有合理性，所以才会流传下来。风水雏形始自原始部落的选址，在与大自然的搏斗中，人们逐渐懂得什么才是安全环境，所以，无论是半坡时期还是殷商时期的部落，均建在背有靠山、前有流水的高地上，房屋坐北朝南便于自然采光……而验证风水有无作用，民谚上说，‘一方水土养一方人’、‘穷山恶水出刁民’、‘人杰地灵’，等等，这些民谚都印证了风水的确有其作用。至于为啥风水认定窗子尺寸与聚散财有关，那是通过阴阳八卦等很多风水理论推演而来的。”

我们边看房间边聊风水，等火候差不多时，我话锋一转，再把他的心勾得痒痒的：“不过，您家卧室有点儿硬伤，杜先生您看，房顶上有道大梁呀，这在风水上为凶，犯对冲忌，对妇女健康不利！”

杜太太沉不住气了：“啊？不会吧，那怎么办啊！”

“您别急，只要吊个顶，将这道梁封在里面就成。”

“哦，那，那就吊个顶吧。”杜先生当然要充当护花使者，马上豪爽应下来。

计划中本来没吊顶项目，但经一番风水游说，从无变有，收益明显改善：第一，艺术吊顶200多元一平方米；第二，吊顶后要安几盏筒灯，水电路改造有增项。当然，除了吊顶，还有一些项目也能用风水游说业主。比如，我发现卫生间门对着大门、餐厅或卧室的门，就会建议业主将卫生间门换个恰当方位，否则犯风水忌讳，要么散财，要么妨碍健康……如此改造，一来改善业主居室风水，二来咱也创点儿收，因为拆墙修墙总要点银子吧。总之，风水上关于居家布置的说法上千条，总有几条适合业主新房，我有良心，一般拣主要几条说，既帮业主也帮我。为啥不说全？唉，天下没有十全十美的房子！况且做人做事不要做得过火，点到为止才是上策。

但光有风水知识就能提高单个工程装修费？不行。抗美援朝时，我军发起“冷枪冷炮狙击敌军运动”，志愿军战士发明了很多狙击办法，敌人正在洗澡的，脱下一条裤腿再打；正撒尿的，尿到一半再打；大便的，蹲下再打；坐汽车的，瞄准停车点，第一个人刚起身时连续打……志愿军是在实战中摸索出一套经验。我也一样，做事喜欢动脑琢磨，希望从现象看到本质。现在我面对两类公司竞争，一是同行，二是家具商和建材商。业主可以请我定做橱柜，但也能从市场购买，所以为了提高单项工程造价，目标应该是与家具商和建材商进行PK[1]！只要我能给业主一个明确的利益点，便有获胜希望。好，“虎口夺食”的想法成型了，我开始逐一分析各单项。

一进门摆放的是鞋柜。市场上一般有售鞋柜，但不带穿衣镜、穿鞋凳和挂衣钩，业主只能单配，麻烦不？脑海里想到十几张国外的经典设计，人家是柜、架、镜、凳、钩整体设计，紧靠墙壁，疏密错落布置，一看便是大牌设计。马上行动，我把不同风格的组合挑出来，扫描排版，再标出每款不同尺寸的鞋柜组合的价格范围。到时业主想买鞋柜，马上递上资料。对，家具商有强项，但咱也有优势，咱吃的就是设计和客情优势，业主聪明透顶，他们不会衡量性价比？……

一次陪大牌律师封总看房——这时候业主最为兴奋，脑海里充满幻想，我也充满幻想，好，看我卖力讲解吧：“封总，您打算买个洗手台？”

“对啊，我想买一个带柜子的洗手台，主要是想柜里放点儿东西。”

“哦，原来是这样啊，不过……”

“不过什么？”

“带柜洗手台好是好，不过有个小问题。卫生间使用一段时间后，一些头

---

① PK为player killing首字母缩写，引申为“对决”之意。——编者注

发啦、渣滓啦都会跑到柜底下，卫生间又潮湿，柜底部容易滋生病菌，也是蟑螂蚊子很好的栖息地……”

“说得有理，那就买个只有台面的洗手台。”

“可柜子的收纳功能不就没有了？”

“照你刚才的说法，这事不能两全其美啊。”

“好办。咱们定做一个壁挂式柜体洗手台，价格比外面便宜，尺寸也更合适，卫生死角也好打扫，离地30厘米高的柜子更防潮，而且看着也清爽，现在国外卫生间都很流行这款设计。至于选用台上盆还是台下盆，大理石面还是钢化玻璃面，您来定，呵呵，看，这样处理，不就好比两倍的两全其美?!”我一边拿出画册，一边讲解。

那位封总听完不动心？现在壁挂式柜体洗手台遍地都是，但在13年前，即1998年的建材市场上，同类产品并不常见。卫生间仅凭此一招，便有60%的客户认可我的说法，在设计上领先同行几条街。当然，市场在大踏步进步，咱要是还停留在过去的设计上，必败！时针拨到2011年，现在我再出手，台面选用晶莹剔透的伊朗青玉，里面镶嵌几十颗大粒俄罗斯水钻，在台面上拼个业主昵称或造型，水钻外再箔99纯金箔，灯光下，奢华富贵，熠熠生辉。装饰到这种程度，嗯，才完工1/3……照样设计上领先。

走到主卧，我又问道：“封总，您卧室喜欢怎么布置？”

“还能怎样布置，不就是一张床，两个床头柜，再塞进一个大衣柜嘛。”

“呵呵，封总，要不听听我的建议？”

“好。”

“您看，这套户型有180平方米，其特点是客厅大，主卧偏小，净空间高，如果按正常想法，主卧摆进一床、俩床头柜和一个大衣柜，那跟100平方米房子的主卧区别不大。”

“嗯，小雨，我听出来了，打开始进房门，从厨房到客厅再到卫生间，每间房你都有想法，说吧，卧室又有什么好设计？”

“呵呵，好设计不敢当。今天，我跟您推荐一个项目……榻榻米起源于汉代，后在日本发扬光大。我想如果主卧做成日式榻榻米，离地30厘米高，设两级台阶，整个房间2/3的地方都是一张床。收获四大好处。第一，收获健康，咱们一会儿单说。第二，靠一侧墙的榻榻米，内部可做成一个个独立储物柜，收纳被子、床单、枕头等床上用品，取放简便。第三，大衣柜不再收纳家纺用品，两米高即可，比2.4米高的衣柜体量小一号，房间视线显开阔。第四，从大门走进主卧，要上两级台阶，风水上叫步步登高，大吉哟！”我声情并茂地讲述着设计概念。这是咱说话的习惯，在游说中加注自己的情感，不仅中气足，而且希望用自己的情绪把客户情绪带起来，要不评书为啥好听呢？

“哥们儿，你说得挺热闹，日式榻榻米不就是东北农家土炕嘛，你可别忽悠我啊，哈哈。”显然，创意想法过于新奇，封总听完有点儿头晕。

“呵呵，封总，瞧您说的，咱不是那种人啦。榻榻米跟东北土炕是俩概念。最直接的比较是使用功能不同。您看啊，土炕是白天当客厅用，晚上当床使，来个客人能坐到土炕上和主人喝几杯，就像赵本山演小品的那种状态，是个开放空间。而榻榻米纯粹是私密空间，有浓郁的主卧情调氛围。十几平方米一张床，想干啥都成，哪怕是想饮一口睡前清酒，咱足不出户，直接从榻榻米里面的小酒架上取酒，然后点上一盏马灯，烛光里浅酌，音响环绕，就这等情调，呵呵，封总，土炕还算啥呀。”

“哦，睡榻榻米还能收获健康？哥们儿，没那么神吧。”

“榻榻米上面铺着5.5厘米厚的草板，是以蔺草编织而成的。封总，简单来说，睡榻榻米有三大好处。第一，它通天地之气，赤脚行走，能时刻按摩通脉，活血舒筋。第二，能美形、美体，消除疲劳，防骨刺风湿，纠正驼背。第三，蔺草垫平坦光滑，草质柔韧，有良好的透气和防潮性，冬暖夏凉。用它铺设房间，隔音、隔热，持久耐用。呵呵，封总，说了这么多好处，就是想告诉您，这玩意儿流传了2 000多年，至今魅力不衰，足见其保健功能已经得到普世认可！”说完，我冲封总竖起了大拇指。

封总却连连摆手：“想法够大胆，听起来也不错，但我从没睡过榻榻米，吃不准好不好使唤，这创意有些超想象，接受不了。”

“呵呵，想法确实超前些。我明白您意思，买一张床，不喜欢以后还能换掉，但做上榻榻米，不喜欢也没办法，总不能在榻榻米上再支一张床吧，只能将就用，这心里不就膈应了吗。”

“嗯，是这意思。”

“封总，这样吧，我还是想给您做一张效果图，等您看完图，我们再聊？”

……

我们刚从卧室走出来，封总好像有点开窍了：“不过你提醒我了，要是在卧室吊一盏水晶灯，呵呵，够大气吧。”

“嗯，水晶灯确实又有派、又敞亮，但酒店卧房的吊顶都不装饰任何吊灯，因为人躺在床上，眼睛往天花板上看，如果头顶有盏吊灯，开灯则刺眼，关灯又太暗，没法用。所以我想给主卧吊个简单平顶，四角各安一盏筒灯，提供局部‘点照明’即可。如果您想在墙上再挂一副婚纱照，我就在吊顶上装盏射灯，灯光打亮婚纱照，效果不凡。”

“吊顶贵吗？”

“吊平顶很便宜，跟您买盏水晶灯差不多。”业主反正是要花钱买水晶灯，与其给灯具商下单，那还不如给咱下单呢，只要能讲出成破厉害，谁个不听？

榻榻米的事我没霸王硬上弓，这事情要慢慢来磨豆腐，因为他对我的信任度有限，不能急于表现。我还有两次机会，一是看效果图时，一是项目中期增项时，现在急不得。

……一场看房会讲解完毕，收摊，回去做效果图和报价去。一口气推荐6个项目，明确做两项，再考虑一项，嗯，今天颇有收获。

等到看效果图和报价时，我递上两张卧室效果图，一张常规设计，一张榻榻米布局：“封总，如果您购买一张床，2×2.4米，床垫放在榻榻米上，那体量好像是板凳放在沙发前，您想，买张‘板凳’能做啥事？呵呵，我多说一句题外话啊，律师给人印象大都严谨周密，条理清晰，但似乎缺点儿别样情怀。您现在贵为黄金单身汉，我琢磨您喜欢的人也人中龙凤，应该懂生活品位，当人家参观完您的榻榻米卧室，还会认为您不解风情？哈，也许会给人留下一个有生活情趣，个性十足，神采飞扬的印象……榻榻米带来的精神与身体的体验感，非口头所能形容，要不说日本人会玩呢，呵呵，那个咱就不用多形容了吧……”

“好是好，但还是有些接受不了，我觉得卧室简单点也不错。”

再次被拒，没关系，话是敲门砖，情调已经勾勒出来，他就一点儿没往心里去？哼，也许封总还不了解我的设计能力和施工质量，咱还有一次机会。

两个半月后，木工收尾，油工跟进，到了中期项目验收阶段，封总过来验收，现场收拾干净，材料摆放整齐，装修效果基本显现。他在房间里转悠完，从神态上看到满意神情，于是我又旧话重提：“封总，开工前，您脑海里也许对新房装修效果没啥概念，现在实景效果就在眼前，您可以和效果图对比，呵呵，跟我之前描述的感觉差不多吧？”

“嗯，还行吧。”

“封总，您看，现在客厅和餐厅做得多大气，低调的奢华，品位在无形中慢慢释放出来，呵呵，真羡煞旁人啦！不过，我很担心卧室效果，担心给人一种虎头蛇尾的感觉。”

“哦，怎么讲？”

“还是上次讲过的，房间偏小问题并没得到任何解决。现在做完吊顶，卧室就已完工，等入住前您只是挂窗帘，铺木地板，摆进家具就齐活了，呵呵，不仅跟客厅相比有落差，而且跟家具展厅的标配效果没啥区别，显不出这个家的品位啊。这要是做一张大榻榻米，空间会显得非常开阔，一扫房间偏小的毛病，如果在上面再摆几个漂亮枕头和坐垫，台阶外面挂上一层薄薄的雪白纱帘，挽个造型，呵呵，那份浪漫情怀都不用语言表述，榻榻米替您全说出来啦……”

“封总，昨晚我还跟雨总说起榻榻米的事，不做好可惜啊。呵呵，要是再过一周，工地的油工全面铺开，您要是再想增项，那费用可不是现在这价码啦。”小王补话补得及时，用工期变相施压，缩短客户考虑时间，变被动为主动，高招。

“封总，您和家人坐在榻榻米上交流，因为没有繁复家具的障碍，心与心的距离能拉得更近，备感亲切。而且说句实话，在宁静平和的榻榻米空间里，独居一室，自省啦、陶冶性灵啦、发幽思啦、抖落烦扰啦、收获静心啦，都是挺棒的选择……”

总算没白混装修行业，一年多的实践，我发现个规律，客户一般到了装修中期，对新家效果更加期盼，这时意志力薄弱，坚守当初预算的警惕性大幅下降，容易被设计师意见左右。果然，封总吐口了："小雨，呵呵，你还挺坚持的啊。"

"好项目，当然要坚持啦，不然到时您也许要埋怨我当初为啥不再坚持呢。"

"哈哈，你说吧，榻榻米价格？"

"如果是普通的蔺草榻榻眠席，每平方米320元；如果是可拆洗的布艺软包饰面，每平方米460元。"

"嗯，有点贵，呵呵，我恐怕睡不起啦。"

"封总，贵不贵咱们暂且放一边，我先说四个观点。第一，买套房您花了多少钱？还在乎一张18平方米的榻榻米？这张榻榻米每天陪您8小时，我们按15年计，每小时费用1毛多，一天不足1块钱。第二，榻榻米有七大保健功能，相当于您在每项保健功能上才投800块，多物有所值啊。第三，装修一套房不求处处有亮点，客厅和主卧最为重要，客厅看沙发，主卧看寝具，一张榻榻米和一张中档床价格一样，但效果却不可同日而语，榻榻米多有派、多敞亮呀。第四，卧室做成榻榻米后，与其配套的是迷你型大衣柜，装修成本反而能节约1 000多块呢。此外，我们还给您做了一项优惠，晚上起夜去卫生间，台阶下装几盏夜明灯；为了床帏浪漫效果，加做3米护栏；还有与之配套的10瓶装红酒架和CD架，呵呵，这些配套项目，一水儿全送。封总，咱们是爽快人，没那么斤斤计较……"

最后封总的心终于活泛了，从其面部表情看，这单买卖还想跑？等封总在中期增项表上签完字，我心情百转起伏：苦啊苦，从家具商手里抢下一口肉实属不易，成功率实在不值得一晒。妈的，真应了"虎口夺食"的这个词！不管怎么说，榻榻米项目总算开张了，这次不赚钱也在所不惜，一定要做得出色、出位，后面的客户才好继续推荐！

沉住气，我再接再厉："封总，多说一句，要是您在市场上找不到尺寸合适的衣柜，我们也能做。"

……

“我们只做柜体，根据您喜好，我陪您到市场选购柜门和轨道。”

“做柜体你们有什么优势？”

“在于细节。给您举三个例子。第一，市场上衣柜里的挂衣杆都是不锈钢杆，我们给不锈钢杆身上再穿上一个软布套，因为挂衣钩也是金属，两件金属碰撞，声音刺耳。第二，抽屉里面是软布饰面，防止手指戳到抽屉壁生疼。第三，我们设计有周密考虑，包括如何安排保险柜位置。”

“布包抽屉？多少钱一个？”

“市场上没布艺抽屉卖，原本报价120块一个，现在超便宜，1块钱一个。”

“什么？1块钱一个？”

“是啊，北京人管说话不算数的人，比喻成拉抽屉，所以抽屉不值钱，呵呵。”

“哈哈，哥们儿你还挺幽默。”业主被逗得会心一笑。

1块钱一个抽屉？万一业主贪便宜定做10个抽屉，项目不赔掉去？嗯，咱有后手。大衣柜属于竞争所得，不可贪心。一些女性业主喜欢布艺抽屉，想占便宜？没问题，有便宜大家一起占，那才叫真的占便宜。再说，我在设计上有办法说服业主，要那么多抽屉干吗？衣柜是大件家俬，单价低点没关系，架不住面积大，是赚钱的主要方向。而抽屉即便做得再精致迷人，也属小件物品，小件东东能卖几个钱？价高则客户不认，索性做回仗义人，送。再说了，施工队因为我的努力，工地是一个接一个，祥子都开始招新技工了，材料钱我出，叫他免费做几个抽屉，还能反了天去？

对于从家具商和建材商手上抢来的单子，因为有市场价格参照物，所以我尽量报低价，给客户一个整体装修造价便宜的印象，而且锦上添花送一些小物件，更拉近与业主关系，典型的会来事。

十几年前，谁给业主家做榻榻米卧室？可谓罕见。现在我玩的是“悬浮床”，就是一张大床干干净净悬在空气中，离地40厘米，不是吊床，也不需要四个床腿做支撑，床下面方便打扫卫生，个性不？嗯，与时俱进，照样领先别人几条街。

光有普通版“虎口夺食”招数就够了？不行，还要灵机应变。别说在卧室做榻榻米了，就是净高2.8米的房子，我也能给客户建一座迷你型阁楼。记得遇见一位喜欢个性的业主，两室一厅的新房，于是我主动提起阁楼设计概念，他听完眼睛刷刷放光。于是把卧室与客厅的隔断墙打掉，建了一座4米长阁楼，冲卧室这面是大衣柜，冲客厅那面是装饰柜、电视柜和书柜的组合体，可两边开门。阁楼高1.3米，宽1.1米，带欧式木制围栏，上面安有一台电视。坐在上面喝茶、品咖啡、看书、下棋、上网、听音乐、看电视，甚至睡觉，别有一番情趣享受。上阁楼的楼梯全由抽屉组成，方便收纳物品。从客厅打开阁楼推拉门，内设光源自动点亮，再推开对面推拉门，卧室立刻显现眼前。机关重重？很实用啦。不做阁楼，顶多万把块钱入账，但建起阁楼，收入翻倍。

光有风水知识和15招“虎口夺食”就能攻伐市场了？不行。所谓万事怕动脑。经过一番谋划，我有了一个新的思维模式——把广告策划思路引入装修设计行业！设计师大都在本行钻研业务，他们似乎对广告策划并不熟，哈，机会来了。我的想法简单实用——用广告策划思维指导设计思路！因为装修是硬件不会说话，文化是软件能攻心，产品有内在文化表现才值钱。

河豚、刀鱼、鲥鱼和鮰鱼号称长江四鲜。苏东坡曾写诗赞美过河豚：“竹外桃花三两枝，春江水暖鸭先知。蒌蒿满地芦芽短，正是河豚欲上时。”好嘛，沾了名人好诗的光，河豚一举成名。其实鲥鱼才是皇上指定的贡鱼，进贡历史足有两百多年，原本比河豚名头响，但可惜以鲥鱼为题材的骚客们写不过苏东坡，文化传播落后，所以产品知名度差。有意思的是，鲥鱼因味美而遭尽捞，江边上的人们只好将就改吃武昌鱼。但武昌鱼因主席一首名诗“才饮长江水，又食武昌鱼”，而后来居上名满天下。要知道长江四鲜可没武昌鱼这号，但文化攻心端是厉害，现在还有多少人知晓长江四鲜？刀鱼、鲥鱼和鮰鱼的名头比不过武昌鱼与河豚。一句话，只有用文化包装产品，产品才具有鲜活生命力。

很快，我的设计思路变成了先确立文化故事，然后根据故事再做设计。我曾为一对新婚夫妇在电视主题墙上，用石膏做成一款半立体月亮造型手模，白天看是大半个月亮挂在灰蓝色墙上，晚上月亮里灯光一亮，立刻变月牙。为什么要设计个月亮造型挂在墙上？因为女主人名字中带个“悦”字，男主人名字中带个“亮”字。一个大胆的创意出笼了，他们名字各取一字，合起来就是“悦亮”。

而且，这个创意被咱解释成“媳妇悦已悦‘亮’”，我都佩服自己讲故事的本事。大男人虚荣心不仅得到满足，小女子也被感动得热泪盈眶，多有含义的合名呀，而谐音则是“月亮”！有了文化含义，于是墙壁上挂一轮弯月才有意义。

但为何不是满月呢？我跟客户解释起传统文化：“所谓月盈则亏，水满则溢，所以不能挂八月十五的圆盘月亮，而晚上弯弯月牙更是浪漫的代表。”他们听得有些心旷神怡，呵呵，两斤石膏不过几块钱，咱收800元的创意费不过分吧。嗯，一个LV包动辄几千上万，那是因为带给了消费者愉悦感，跟材料成本无关。

再比如装修花店。客户要求在一面墙上挂很多层板，层板上摆放鲜花。一般设计师怎么设计？同样的装修费，设计高手一出手效果大不同。因为店主人姓马，咱就把墙上用层板排列成一个大大的“马”字！“马”字横笔画多，能满足摆放鲜花的要求，竖笔画起到分割和装饰作用。嘿，6米长的主题墙上，一个“马”字挂在墙上，解释起来含义好多。马氏鲜花店成不？天马背花成不？走马观花成不？春天百花齐放，那就解释成“春风得意马蹄疾”，成不？作品刚完成，马老板已乐不可支。

可万一业主姓林呢？好办，先用两个树干，再用层板在墙壁上抽象做个树林状，模拟横向生长的树枝，鲜花摆到树枝上充当枝叶，像不像硕果累累？嗯，看起来挺美。万一业主姓史呢？咱就来个“鲜花使者”的创意。业主姓雷？咱来“花蕾千万朵”的创意。业主姓谭？有“桃花潭水”创意伺候着。业主姓钱？有“月下花前”创意帮衬着。那万一业主姓仇呢？不好办，但店主万一叫仇丰，嘿，算咱走运。如果实在没招，那就问问业主可有英文名。

但光有风水知识、“虎口夺食”和文化立意，就能攻伐市场了？不行。经过一年多实践和学习，我把国外万张经典设计牢牢记住，每看到业主新房，脑袋里跟过电影一般，图片不断闪现，找到合适的就采用。但我喜欢创新，每每在原设计基础上，举一反三，活学活用。我曾看到过一张关于鱼缸的经典设计，图中把鱼缸埋进墙壁，里面饲养着成群的金鱼，但因为墙壁只显露出小部分鱼缸，从远处看，金鱼好像是从墙壁四周游进鱼缸的，装修效果不凡。几年后，我在全国四大白金五星酒店的深圳洲际酒店，见过类似设计，确实有情趣。

一年多的实践下来，我已不想再做图片搬运工。有一次我曾偶然接到一个KTV包厢的豪华设计项目。忽然想起一件事，我养过几年金鱼，以前常逛马甸鱼市，惊奇地发现人家在养鲨鱼！印象深刻。经过思考，我在包厢背景墙里埋进大型鱼缸，也是只露一部分鱼缸，但不是养金鱼，而是养了两条一米多长的白鳍鲨。

给客户解释设计思路时简单："到KTV玩的一般是男性，喜欢刺激性事物，养几条鲨鱼，突然从墙壁里冲杀出来，肯定能刺激大家的眼球。鲨鱼没长鱼漂，为了保持身体不沉，就必须一直游，所以消费者无论啥时看鱼缸，鲨鱼都在畅游。而且鲨鱼是暴力血腥的代表，符合KTV包厢是情感发泄场所的情调。"业主听完，既喜欢创意，又担心鲨鱼不好养，犹豫半晌，只做了三座鲨鱼包厢。

唉，我可是从广告业千军万马里杀出来的家伙，能不懂客户心理？事后证明，鲨鱼包厢火暴，据说曾有两拨客人为争抢鲨鱼包厢险些动手。到现在，墙里埋鱼缸的设计逐渐普遍起来，但在13年前不仅稀罕，而且哪有鱼缸里养鲨鱼的？嗯，不拘泥于人家的设计，举一反三再创新，作品才更有生命力。

总之，在装修实战中，我把自身所有长处都发挥得淋漓尽致，做事动脑，喜欢不走寻常路，善于发挥创造性，甚至能做几款在北京家装圈广为流传的设计作品出来，跟在传媒圈表现一致。现在回想，这段珍贵经历不仅磨砺性格，锻炼能力，而且为我今后给富豪设计奢华空间打下了坚实基础。

苦日子还在一天天过着，也许太久没吃鸡了，有一次为业主买鸡毛掸子，靠，居然有点激动……夏天来了，水果纷纷上市。那天看见商贩在马路边上卖荔枝："快来买哟，荔枝，荔枝啦，深圳南山有名的妃子笑哟……"小贩卖力地吆喝着。我在远处足足站了有10分钟，最后咬牙跺脚喊了句："他妈的，老子今天不过了！”喊完，满心欢喜地跑过去买了两斤。这是仅有的几次奢侈消费之一，就这，小王一边吃还一边埋怨我半天。

小王的说法自然有道理。这马拉松式的苦日子真快憋死人啦！债主们的电话经常光顾我们哥俩，表面嘘寒问暖，但咱心里非常清楚，不就是查看行踪嘛，发现还债不利的苗头好采取行动！5天一个债主电话，半月一个见面，谁能忍受？没有一颗坚强的心和不屈的意志力，早崩溃了。多年以后，我有一个另类总结：人总是很怪，有钱时，逛超市不想买啥；可没钱时，见啥都想买。这样的感受我经历过两次，广而告之，是种特别痛苦的滋味，恨不得戴上丝袜去打劫！

敞开心扉

公元755年安禄山造反，手下大将令狐潮带8万人进攻雍丘。守城将领张巡手下士兵不过5 000，但张巡足智多谋，勇敢刚毅。双方大战3月不分胜败，而守城弓箭使用殆尽。张巡想到一策，半夜用绳子拴着无数士兵缀城而下，结果被叛军发现，开弓放箭，一直射到天亮时才发现士兵是草人，张巡因此白得十几万支箭。过了半月，晚上城头又吊人下来，敌军以为又是草人借箭，嘻哈哈看热闹，结果草人变精兵猛将，几千人在敌人眼皮下大摇大摆下来，出其不意，火攻敌营大获全胜。敌军不甘失败卷土重来。张巡命人把一些无头弓箭射到城外。叛军见状猜守军弓箭已尽，马上丢掉盾牌，准备甩开膀子毕功于一役。张巡命人换真箭，叛军被突如其来的箭雨射伤无数，张巡再次大获全胜。半年时间，张巡领军打死5万多叛军，创造了军事史上以少胜多的奇迹。

张巡面对的是比自己多16倍的叛军，但以智取胜。我在装修市场上是渺小的虾米，对于实力派装修公司我不能跟其力敌，只能以设计、服务、口碑为取胜之道。对于做工粗但价格便宜的纯游击队，我也不能硬拼，只能凭帮客户更节约装修费的办法拉拢客户。面对大兵压境，张巡智勇双全，咱也要向他学习，不然张巡要被叛军活捉而遇不测，我则被市场生擒而遭淘汰。实战中，我想出各类办法攻伐市场，从而顶住了激烈竞争所带来的压力。一句话，没有翻不过去的山，没有蹚不过去的河。活人还能被尿憋死？

没有翻不过去的山

时光进到还债第三个年头，转眼又到年关。跟头一年一样，使劲按计算器，每算完一遍叹口气。那是，牟总债务按合同规定今年要结清，还有其他债主年前要翻倍偿还，一次性得给出16万！靠，钱不够啊。

“小王，咱们手头只有8万，可年前要给债主16万，这他妈不是要出人命吗？”

小王正趴在电脑上玩游戏，他头也不回甩出一句：“他妈妈的，又不是不给那帮孙子钱，每年一到年关就逼债，还有完没完啊？我们不是已经还了一半多了嘛！靠，一帮傻逼！叫他们去死吧！今年没钱，爱咋地咋地！”

嗯，这句话也太给力了吧，我傲气不禁顿生：“妈的，说得好，年前老子就还4万！爱要不要，不要拉倒！”可不是嘛，又不是两年前一个子没还，现在已经还掉一半多了，他们还叫嚣个屁啊，靠，这回我书呆子了。看着小王全然投入玩游戏的样子，感觉他身上有股猛劲，浑不吝[1]。

春节时候，我猫在家里，除了跟弟弟到外面放放鞭炮，回来下几盘国际象棋外，其余时间都在想事。入行两年时间，经过实战锤炼，设计与谈判套路已基本成型：陪同业主看过新房，先是风水知识扫荡一遍，接着再到各房间实施

① 浑不吝，全不怕的意思。——编者注

“虎口夺食”套路，大致敲定装修项目后，回家做创意和编文化故事，结合着参考国外设计，举一反三构思具体方案，最后给业主看效果图，再从文化入手解释设计思路。这时，业主手里拿着效果图，脑子里回味着我讲的个性构思，看着相关国外实景图片，谁还特在意价格？

但1998年的北京装修市场鱼龙混杂现象尤显突出，引起了媒体关注，一些报刊不断曝光装修游击队的负面新闻，什么偷梁换柱、拐钱诈骗、甲醛超标、维修敲诈、安全隐患，历数斑斑劣迹，负面影响好大，引起了消费群恐慌。如果我再晚一年进装修市场，根本没戏。现在北京人越发注重装修公司的品牌形象，有条件的客户都喜欢找大公司，只有经济一般般的人才对游击队感兴趣。尽管我如此努力求上进，但市场竞争无情且残酷，开发每个客户我都必须面对很多大小装修公司的竞争……

显然，仅靠一招鲜能吃遍天吗？1999年家装市场的竞争持续加剧，如果我业务水平不往上跑，必遭市场淘汰。那今后又该怎么走呢？

我有个习惯，阶段性取得某个成果后，都要反思过去，展望未来，并且提出新发展方向和思路，这是自己不满足现状所养成的好习惯。当初在报社，我不满足在直接客户那里取得的成功，梦想着更上一层楼，于是主动调整主攻方向，发展4A广告群，从而闯出一片新天地。

现在，我在家装市场已站稳脚跟，但感觉事业发展再遇瓶颈……于是再次陷入沉思。眼下游击队里三人管事：小王和我拍档多年，左膀右臂，他负责原材料采购和施工现场管理；包工头祥子负责组织管理施工队；而我既做设计师，同时兼任客户开发。但就凭现在三条枪和手头几万块流动资金，不可能照顾好更多家装客户。难道装修行业就没挣快钱的门路？是真没有还是咱没发现？

有，肯定有！经过几天谋划，有了新想法。我再次调整主攻目标，弃家装而转攻商铺，兼做别墅装修。我拿出纸笔，一口气罗列了六大优势。

第一，从学设计的第一天起，我只跟国外设计大师学，国内作品根本不看，起点高人一筹。在设计上，无论遇见什么家装公司的设计大师，咱从没败过，咱是靠设计、质量和服务取胜，竞标失败也主要败在报价没竞争力和游击队身份上，而商铺装修第一要素是设计，正可扬长避短。更何况我将广告和设计强强整合，用广告策划思路指导装修设计，打造特有风格，能提供项目定位、文化包装、产品销售、个性设计、差异化特色、费用控制等一条龙的完整方案，嗯，如虎添翼。

第二，商铺讲风水。国外星象和国内风水都认为门的开向对商铺经营和家庭和美很重要，门要是开到“表鬼门”或“里鬼门”方向，那还能有个好？在土耳其修别墅，首先要把大门在地上立好，然后才开始挖地基，起柱搭梁。还有，商铺周围环境万一是“一箭穿心”等局面，又该如何避让？嘿嘿，市面上的设计师有几个敢端着风水罗盘出来招摇的？

第三，装修商铺的工程量比家装大，利润更丰厚。谈定一个项目相当于谈两三家家装，这对节约时间成本至关重要。而节省的时间，又可开发新客户，业绩自然有提升空间。

第四，装修商铺设计师容易打出名堂，且参观样板间更方便。有活生生知名商铺案例给咱打广告，在品牌形象上高屋建瓴，如果回头再接家装项目，呈居高临下态势，直接取得客户信任。

第五，入行神速。花一个月时间逛遍京城名品店面，每家只求学到一招，再结合国外设计，综合等于创造，到时自己的作品一定能出乎其类、拔乎其萃。商铺装修的根本目标是为更好地动销，提高产品档次和品牌形象。过去我是通过报纸广告帮业主，现在是通过装修设计帮业主，可谓殊途同归。比如在服装卖场故意将整体空间灯光弱化，但在服装陈列和试衣镜等区域又灯光把曝，在人的视觉中形成强烈的明暗对比，穿着效果马上倍增。还有，将穿衣镜斜放15度，瞬间把试衣人身材拉长，有惊喜感，衣服能不漂亮？学习掌握这些设计技巧，难吗？哦，想起来了，当初我做广告时，为客户刊登头版广告……

第六，在家装市场，我的一大优势是帮业主节约采购家具费。在工装市场，我有媒体资源，也熟悉推广策划，完全能为客户提供广告咨询服务。卖场装修完，客户要打广告吧，要举办促销活动吧，要发展会员吧，促销和广告业务是咱强项呀。试问，哪位设计师擅长此道？

商铺装修虽然前景不错，但人家如何认同我？靠，咱是靠啥起家的？广告策划啊！这也叫问题？我使劲一拍大腿，狠狠骂了自己。

我开始谋划自我包装之道。通过朋友介绍，几通电话打下来，搞定了几本顶级专业刊物的编辑。他们参观我的设计作品之后，感觉与众不同。很快，几款比较出彩的设计案例刊登在《瑞丽家居》、《时尚家居》上，而《时尚先生》的一个责编朋友更是给面，居然给咱搞专访，还冠了个“玩家”的称谓。

拿到杂志，有些百感交集，重压之下当初我仅用半个月时间突击学习，尝尽苦难，历尽700多个日日夜夜，不眠不休，天天“716”式玩命工作，这才在两年后从一介新手成长为业界高手。虽然没有达到“远看惊心动魄，近看奥妙无穷”的境界，但不妨碍自我褒奖一番。

春节刚过，我立刻在工装领域大施拳脚，在新浪网聊天室里我有幸认识到一个富婆。她准备在中粮广场开门店，专卖德国某品牌限量版杯子。一想到商铺装修有四条好处，咱思绪澎湃，恨不得振臂高呼。这次我在设计上狠下了一番苦功，方案几经修改润色。最后装修效果？店面完美烘托出杯子特性，实案一炮走红，开创了一片事业新领域。还有好消息，读者对我的设计方案反响不错，杂志编辑甚至预定了我的中粮装修实例。嗯，当他们来考察时，在他们的兴奋眼神中我的自豪感油然而生。

现在境遇已和过去大有不同。有几本杂志打底，再跟客户交流时底气十足。小王的建议极棒，我把杂志给债主遍阅，人家不傻，马上明白奥妙：“两年多还债时光算来不短，我们哥俩表现一贯是三好生，现在新创事业发展不错，嗯，看来不像赖账之人。”打这以后，这帮人刮目相看，对我们看管渐松，说话客气许多，甚至还轮番请我们吃了几次饭，关系有改善。这回，我心理压力也趋于大气压正常值，但照镜子时，却发现自己一头黑发中竟平添不少白发！唉，咱还不到30岁啊，居然白发开始相伴。喜剧？悲剧？

春节的重要反思和经营调整初见成效。现在主战场在中粮广场铺开，德国杯子店是起步关键，不夸张地说，店面装修费用低，效果一鹤冲天，店家生意火暴。好事传千里，很快，我在中粮陆续接到了美国布艺店、意大利钟表店、西班牙家具店的装修……生意渐红。那一个月，是我三年还债生活里最幸福的时光，晚上睡觉都能笑醒。憋屈太长时间啦。客户皆慕名而来，而且全都投来期待与信任的目光，好，看咱的设计和策划本事吧。

钱虽然不少挣，但晚上笑不起来了，因为身体吃不消！中粮广场白天营业，不可能施工。只有到了晚上10点以后才能动手，一直干到早上7点。我必须服从商场规矩，晚出早归，靠，跟猫咪作息差不多，时间长了，谁顶得住？当初选择进攻工装时，真没考虑到这个大问题。唉，没考虑到的东西多了去了。

装修美国的布艺店可谓一波三折。店老板是个人物，他做美国进口布艺生意，办事有魄力，思路清晰，值得交往。第一轮和老板谈完思路后，其他家落选，我和一个意大利设计机构竞标，别看他来自世界设计之乡，但咱不怕！对国内设计市场来说，我价格收费偏高，13年前，在工装项目设计上，我收取每平方米100块的设计费，客户语："小雨啊，你的同行只收20块，而且还有很多是免费的，虽然你设计不错，文化故事编得也不错，但你有点儿手黑哦，天价啊！"

从拉广告业务开始，咱价格一直偏贵，因为我从不以便宜报价作为核心竞争力，而是以专业策划和人性化服务为防身法宝。走到今天，喜欢我的客户也不是一个半个，虽然收费贵，但效果出众，还能切实帮客户节省装修费，这是经过实践检验的。就算是现在，我收取每平方米500~800块的设计费，依旧是天价。

对于国外的设计价格，咱摇身一变，国内价格立刻有了巨大优势。别忘了，小王收集整理了3 000多张国际店面经典设计图，我就不信，意大利的设计作品能比我的设计高一个层次？越是面对挑战，我骨子里越兴奋！卖场里不就是卖窗帘和沙发布艺嘛，咱有讲故事和举一反三的绝活！靠，跟意大利鬼子拼了！

两轮比稿我赢了。但真正叫人高兴的，不是因为价格低廉占便宜，而是赢在设计方案上，中方方案更有品位。我采用"中式园林借景"布置手法，通过整体带点虚幻色彩的构思，来表现窗帘艺术品位。走进店内，简直是一步一景，浪漫且温馨，思路打动了布艺店老板的艺术心灵。后来老板觉得我为人实在，便把500平方米门店的精装活一并交给我做，作为互惠，我设计费打六折作为回馈。但还没等我高兴完，就轮到自己哭了。

布艺老板很迷信美国货，他坚持要用美国纯进口油漆，这本没啥问题。但真不知道他是从什么进货渠道搞来的，上面竟没一个中文字。工人们不认识油漆桶上的英文说明，却想当然还大言不惭地叫我放宽心，这帮家伙凭感觉走，最后把腻子、底漆和面漆全给搞拧吧了，一顿瞎搞……木器漆面看不得！唉，都是我的疏忽大意，当时为什么不在桶上贴个标签呢？

更糟糕的局面随之而来。工人们喷漆时，贪图凉爽，竟然忘记千叮咛万嘱咐的事情——一定要及时关掉空调系统！这边在抽风排气，那边在玩命喷漆……好嘛，闭着眼睛都能想象出来，大量油漆的挥发颗粒随着空调系统里的抽风排气口，一股脑地被抽进换气口，在吊顶上的管道里飘荡。而隔壁两家店的吊顶也安装有空调换气口，都在一路管道上，于是这些挥发颗粒飘累了，就分别落到一家法国成衣店和一家美国裙装店休息！早上店员们开门上班，惊奇地发现他们家衣服（裙子）竟被人上了颜色，可门锁却完好无损！

毫不夸张地说，我是被人揪进中粮施工管理办的，面对两家店老板铁青的面孔和高昂的成衣价格，我的脸上仿佛也落满了油漆。啥也别解释了，赔钱！刚攒点儿积蓄瞬间没了，又是一番东挪西借，前后赔了近20万才算完事。赔完那边的钱，这边漆面搞砸的问题又该如何解决？老子一咬牙，决定玩蛮的，上脱漆剂！哇，那个难闻的化学味道就别提了，弥散在空气中，令人恶心想呕，布艺店周围的难闻气味整日挥洒不散，于是又遭到其他店面的集体投诉，最后罚款5万了事！

苦难日子再次袭来，那一段时间马瘦毛长，当时要没点儿过人的心理素质和顽强毅力，很可能就被困难直接放倒了。哭有个屁用？这回我真玩命了，拼命督促工人认真干活，白天出门谈生意，晚上熬夜陪他们。好在按时保质交工了，嗯，比头一年验收前那套作的准备有提高，现在验收时，我还会给家具再打一层家具蜡，手感如何？摸过婴儿的小脸没？业主个个开心。实效如效果图一般，甚至更好。布艺店老板够仗义，结账时多给了3万辛苦费。综合算下来，工程不仅没赚钱，还大赔7万！导致我第二次没按时给债主打款。对了，房租又到期了，下一个工程在百盛商场，几万进场押金还没着落……

我没资金，有点儿积蓄都被债主像抽血一般给抽净了：没像样办公场地，没广告宣传，没团队支持，全凭我和小王单枪匹马在战斗。好在——好在我还有敏捷的头脑和一颗不屈的心。记得那时我的QQ名叫“一颗奔腾的心”！自己在装修业行走两年多，正要农奴翻身，却又遭……真应了那句老话，好事都是一波三折地向前发展。

没有蹚不过去的河，没有翻不过去的山，靠，总算天亮了！历经3年艰难时光，终于还清欠债，重获自由之身。虽然又到一年年关，但这年年关与众不同。老子谁也不欠，非人生活彻底滚蛋！心情好，看北京灰蒙蒙的天空都跟夏威夷湛蓝的天空似的。

三年下来，我们大小工程接到50多单，大概挣了150多万，夸一句债主通情达理吧，这帮家伙还算有良心，最后利息给免了，所以除去外债、赔偿工程损失和生活费，手头还有金灿灿的几万存款。家有余粮，心中不慌，此话点中要害。我可以安心下馆子吃顿饺子，再也不用担心电话一响，四肢发麻，心肝乱颤。

我和小王又可以抱走个西瓜眼都不眨，甚至又能重温抽抽雪茄的好日子了，嗯，幸福时光备感珍惜。吃瓜时忽然想起，装修真不是人干的活！记得刚干到第二家装修活，装修队里新请来的一个水工，没看出来是个二，竟将住户水管搞成“爆破”状，大水从六楼一直淹到二楼，幸好那几户人家挺实在，看我可怜也没特别计较，只用修补了事。后来，我狠抓施工质量和人员素质，制定了严格的奖惩措施，才杜绝了这类家装悲剧重演。

还债第三年我跑到山西平治给煤老板精装别墅，老板倒是对我客气，可我前脚刚走，保镖后脚就牵来两条大狼狗，恐吓工人好好干活。工人哪见过这等咆哮阵势，吓得屁滚尿流，晚上跑个精光！回来后祥子一脸哭丧相：“哥们儿，真没法干了！旁边拴头狼狗，嗷嗷直叫，太瘆人了。可老板身边的那几位保镖，比他妈狼狗还吓人！”

“啊？保镖比狗凶？”

“可不是嘛，为首的保镖据说练过举重，见面二话不说，把我当杠铃耍，抓起来就举上三五下，而且还边举边威胁人：‘告诉你祥子，带人好好干，敢玩心眼，我就像这样把你举起来再扔出去……’”

“还有一保镖，抬张大芯板靠在墙边，然后他在板子上画个圆圈，在我们干活时练飞刀！我们这边开板锯木材，他在旁边刷刷玩飞刀！雨总，你说这活儿还怎么干啊！”旁边一个木工心有余悸地说道。

富豪的做法，普通人难以理解，但工程的钱都收了，不能不做，最后，我只好一边央求业主帮忙，一边好言安慰，又是工钱翻倍外带项目奖，又是小王亲自坐镇，这才算圈住人。4个月后算盘一打，预计的十几万利润被狼狗和保镖祸害了大半！

对，还有一档事，上次给美国佬装修……

当初，我们哥俩以为自己还完外债后，会疯狂发泄，会四处游山玩水，甚至把最后一笔钱甩到债主脸上！但清完债，不知为何，内心挺平静，没有太高兴的劲头。也许是岁月磨平了当初的激愤，也许是时间麻痹了长久的痛苦，总之，水到渠成的事儿，没啥值得大书特书。我清楚记得，那天为庆祝自己重获自由，我和小王两人买了一箱啤酒、一条烟、一盒点心，打了几个凉菜，搞了点卤肉，回到出租房，关起门来从上午一直喝到半夜。哭呀，笑呀，闹呀，喊呀，感叹呀，回忆呀，沉思呀，抒情呀，骂街呀，撒泼呀，放肆笑呀……喝瓶酒摔一酒瓶子，七情六欲表演一溜够。回想三年前的黑暗年关，讨债马仔们挥舞菜刀，周围一群人叫嚣着，逼我往还债协议上按指印……身背巨债，从无项目、无投入、无优势、无经验开始还债生涯，历经艰难，几次险被命运击倒，但我们哥俩凭一口气赢了！

嗯，有过类似经历的人，相信也是如此心态，没啥特别激动，内心挺静。大家不信？要不也来尝试一把？

过年前，喜讯传来，小王媳妇有喜了，她一个劲儿催小王赶紧回家。从言谈中，我知道小王的哥哥过完年想去石家庄打工，家里的地没人耕种，他媳妇的意思是小王最好能留在家里，一则扛起家里的农活，二来照顾她也方便。这回小王有些犹豫，他还想跟我继续干，但又不放心媳妇。

我内心挺矛盾，虽然小王做事不爱动脑的毛病没改多少，但我打心眼儿里由衷地感谢小王对我的无限支持，人家乐观豁达，啥也不图，不仅甘愿陪绑受罪，更通过换法人代表的极端做法帮我解压。要是没这位左膀右臂帮衬着，我能顺利过关？歇菜吧……唉，我真舍不得小王离开。二次创业，东山再起，他依旧是最佳拍档！我能感觉到，只要开口强留，他必留下。但思前想后，我还是让他自己选择吧，不好意思张这个口。

分别时，小王表现很乖，听从了我的安排，剩余钱他拿六，我拿四……趁其不备，我在他行李里又悄悄塞进一万块。临走那天，我们喝酒践行，絮絮叨叨，跟俩娘们差不多。最后哥俩约定，我继续留在北京打拼，两年后，他等孩子稍微大点儿，我也拼个眉目出来，哥俩再聚首！毕竟，天下没有不散的筵席。

饭桌上，我端起酒杯无限感慨："昔日风光时，老子整日呼朋引伴，没想到败了后，唉，身边只有兄弟一人！"

小王碰完杯，飒然一笑："呵呵，老大，有我一个兄弟，还少吗？"

媒体不是谁都能混的

人都快30岁了，还处于没车、没房、没钱和没闲的四无状态，闹心。生活还要继续，未来的挑战更艰巨。自己的发展路将在何方？继续从事装修？再次投身传媒业？还是重新打工学本事？下一步发财机会藏在哪里？我该何去何从？

关起门来，我又开始雄心勃勃地谋划起未来。装修虽赚钱，但当前有四大不利。第一，行业门槛低，市场竞争残酷，利润必然被摊薄。第二，往酒店和公寓高端设计发展，自身缺乏生活阅历和实践。道理简单，没体验过别墅生活的设计师，能设计好1 000平方米只住一家人的作品？连富豪生活状态都不了解，就想作好设计？第三，当前创业比三年前困难许多。2000年北京装修市场已然发展成熟，想单打独斗求发展？没戏。何况连个帮手都没有……难道咱以后就做个地盘工，整天和施工队打交道？哼，不乐意。我和他们文化背景差太多，也没太多话题。唉，想到这层上，咱信心掉了一半。

春风吹，战鼓雷，时代的进步无人可挡，感觉白手创业越来越不实际。实话说，三年挣150多万并不值得骄傲。设计室没有壮大，主要是刚到手的钱还没捂热，就被人端个干干净净！但这不是借口，还是自己本事不够！自出道以来，我要么自学，要么偷学，全靠个人领悟商战真谛，除了遇到牛人赵强外，基本没啥名师指点过，而且赵总和我相处如同蜻蜓点水，不解渴。

我有强烈的事业进取心，每个阶段都要求自己不断追求更高目标，并努力实现既定目标。现在凭这点微末本事，还想创业成功？洗洗睡吧。思前想后，我决定重返传媒圈，边挣钱边跟高人学习，等时机成熟，再华丽转身。于是春节前我关掉设计室，与祥子挥手道别。哈，传媒圈里的兄弟姐妹们，俺又杀回来啦！

2000年的北京纸媒圈依旧是《北京晚报》、《北京青年报》和《购物指南》三大报的天下。而1998年创刊的《北京晨报》作为后起之秀，发展势头迅猛。《参考消息》和《环球时报》是全国大报，依然在京城畅销。跟在后面跑的小报，大都混得郁郁寡欢。唉，看得上眼的几大报，人家发展蓬蓬勃勃，既不缺广告总监，也不缺社长助理。

发愁之际，碰巧，一家新创刊的K杂志，是本财经类杂志，正在招广告总监。我决定斗胆一试。从网站上看到介绍，他们创刊虽不足一年，但想法远大，立志要在不远的将来，与财经类杂志的老大《财经》比肩，两年内超过《新财富》、《经理人》和《中国企业家》等大牌刊物。我喜欢和有远大理想抱负的媒体一起成长，嗯，K杂志合脾对胃。

面试前我把K杂志翻烂了，胸有成竹后，写了一个报告。面试那天，我见到了K杂志老板李总。从李总面相和举止中我能察觉他精明、善变、急躁、敢想敢干。李总介绍说自己是从资本市场上出来的，现在是出版人，但不懂传媒，想问问杂志经营之道。我也没说啥，先把报告递上去。很快，李总脸上浮现出笑纹："雨总，杂志广告的销售策略写得不错，能发现问题，也有解决办法。但别人简历都有经历和业绩表现，你，怎么一字不提？"

"李总，您面试最关心啥？当然关心的是能否招到管用的人才！我写的策略对路，那自然聘我。如果我使劲讲过去的经历或业绩，您关心吗？呵呵，没体验就没共鸣呀，说了也意义不大。”嗯，对于这类回答，我事先早就想妥了。

策略报告起了催化作用，双方谈话由面试逐渐转变成了聊天。我不经意间告诉他，手里这期K杂志哪些是收费广告，哪些是赠送。李总听完甚感惊奇。

我卖弄了一把：“大牌公司投放广告是按计划发布的，我在同期其他大牌财经杂志没看到这些广告，而K杂志独有，显然是白送。”

“呵呵，说得有理。还有一个问题，雨总在4A广告圈里人脉怎么样？”

早知他要问这档事儿，我从书包里掏出个皮本子：“李总，本儿上记录了100多个顶级4A公司的联系方式，不仅包括媒体、计划、AE等部门负责人，还有他们的性格、资历、爱好，甚至细致到服饰爱好。”

之所以有准备，不是咱装神仙，而是经验所得。“报纸是快餐文化，杂志是精品文化”，“报纸卖皮，杂志卖题”，这是纸媒的两句行话，说的是两者卖点不同。绝大部分奢侈品，一般只投放杂志广告，鲜见报纸广告。因为杂志品位高，符合品牌定位，而且读者群层次也高于报纸，适合品牌在意见领袖群中树立形象。况且大牌客户广告基本由4A公司垄断，K杂志想在广告上有所建树，必然离不开4A帮衬，所以咱有备而来。这本子是我的客户通讯录整理版，嘿，放在李总面前，他从前翻到后，从后翻到前，不经意间脸上再次浮现一丝笑容。看，离成功不远了，咱心理得意起来。

接着咱趁热打铁，把几个同期大牌杂志摆出来，和K杂志一一对比分析，找不足。从封面设计到内页版式排版，从文章编辑方向到发行策略，从高端推广到举办创刊一周年红酒推介会，甚至对杂志纸张都发表了看法：“李总，K杂志内页是85克铜版纸，虽然随众，但有缺陷。您看，杂志捏在手里感觉沉，硬，亲和力不够。据我所知，美国财经杂志《福布斯》用纸别具一格，他们采用一种柔软轻便的特殊铜版纸，整本杂志柔软轻便，适合商务人士阅读，又不影响印刷效果。我们不妨借鉴。”其实，《福布斯》杂志在国内并不公开发行，咱也没摸过，但我从报上看过这条信息，管他真假呢，先抛出去再说。今天的任务就是要把自己打扮成杂志运营高手！好嘛，话音一落，李总频频点头。

总之，我把几年来所学的知识全抖搂出来，包括如何组建广告部的思路也和盘托出："运用'良币驱逐劣币'的原理组建部门"、"运用'二八原则'管理部门"、"运用'目标细分法'开发客户"、"筹办赛车版，招揽汽车广告"、"如何与4A广告公司深度合作"……

一番侃侃而谈打动了李总。看，他有些沉不住气了："今天聊得不错，那雨总在薪水这块有什么要求？"

"李总，还是您说吧。"我把球踢了回去。

嗯，价格谈判的诀窍是永远不要先报价！20世纪60年代，联合艺术家公司想利用甲壳虫乐队在市场上捞一票，可不知乐队能红多久。所以他们请甲壳虫乐队拍第一部电影的预算只有30万美元，算是谨慎尝试。显然，这笔钱不够支付乐队片酬，于是制片人打算再将25%的电影收益作为酬劳。而当制片人问甲壳虫乐队的经纪人布莱恩"您希望得到多大比例的分成"时，布莱恩本该使用黑红脸谈判策略："我想乐队没空拍片，但报价如果诱人，我也可以尝试和他们聊聊。"可他当场表态："愿意接受7%的利润分成。"结果电影在全球取得巨大轰动。经纪人一个疏忽，就叫甲壳虫乐队损失了200万美元，折合到现在大概是8 000万美元！

我可不当布莱恩，所以咱打死也不开口说个数出来。不曾想，李总也是老江湖，见我推三阻四，很快话锋一转："那今天我们就先聊到这儿，大家彼此都有了印象，如果还有兴趣继续聊，那下次我们再详谈。"

靠，李总好狡猾！啊，回锅肉啊，还要再考一次?!本以为一次便能拿下，看来失算了。回家的路上，我闷闷不乐！我反思着行前制定的策略和谈话有何失误，但百思不得其解。难道我还不够优秀？后来才想明白里面的故事：谈判时我精神高度集中，并没犯错，李总是被侃晕了。他有几个想法，第一，回家整理思路；第二，故意晾一晾我，假装并非求贤若渴，而是我迫切想得到这份工作，这样在薪酬谈判时，他就占据了主动地位；第三，广告总监关乎杂志收入命脉，等闲之人勿近。他还要出一道或几道考题，继续考察咱能力。哇，一收一放，绝对是顶级谈判专家！

我深知咱短板在于随机应变能力差，但我有个习惯，谈判前尽量想好应对之计，把能想到的谈判过程和结果列出来，再找到应对策略！这颇费脑筋，但我喜欢。一般一场谈判下来，我大都能占点儿便宜。道理很简单，对手再厉害，也不大可能只用几分钟思考，就PK我几天的谋划。除非那家伙是高人，比如我后来崇拜的那位乳制品集团的大老板。

于是，我再次发挥优势，开始思考：他还想怎么考我？没有三把神沙，不敢倒反西岐！这回一定要提前想好对策，李总，对不住，宝位咱先预定啦！我心里暗自叫起板来。

回到问题实质，李总复试，无非是想看我是否是夸夸其谈之徒，他要的是真刀实枪干活的人。那咱就证明给你看！第二次见面不用聊啥了，只用事实说话。不是纸媒都将自己的发行量视为核心机密吗，好，我就先把K杂志的真实发行量搞清楚，叫李总看看兄弟我的手段。

19世纪初，一个美国商人想从英国进口一批钢琴，但头次进货需要进多少才能保证利润最大化？进多了，占压资金有库存；进少了，运费不合算，旺销断货也是损失。于是他做了一个“匡算”调查！当时美国大概有2 000万个家庭，他聘请了一个调查公司，在全美各地拜访了15 000户家庭，发现大概有1%的家庭有购买钢琴的实力，那就有20万台的市场。再进一步调查发现，这些富裕家庭中有1%的家庭有购买欲望。有数据支撑，他在2 000台的基础上又打了一个75折，首次进1 500台钢琴。后来他把钢琴批发到美国各地乐器代理商行，很快销售一空。案例说明，有数据调查的思维习惯，大有用场。我早已学会匡算套路，虽不准，但有数据总比瞎猜强吧，而走访报摊就是一个简单的调查方式。

当时北京大概有3 000个报摊，我花了两天工夫，在海淀、朝阳、宣武和西城四城区，抽访了100个报摊样本，发现K杂志铺货率大概有40%，每个报摊平均进5本，半个月卖完。于是得出结论，北京发行量：3 000个报摊 × 40%铺货率 × 每个报摊5本=6 000本。

K杂志全国发行，但发行总部在北京，所以在北京的发行推广力度肯定最大，发行量也最大，而其他城市都是代理发行，再加上K杂志是高端财经杂志，只在一线城市动销，所以上海、广州、深圳三座城市的发行量按北京发行量的50%计，其他一线城市按30%计。最后我得出结论，各地发行量为：6 000本

（北京）＋1 800本×15个（一线城市）＋3 000本×3个（上海、广州、深圳三座城市）＝42 000本。再加上订阅、客户邮寄、空港、五星级酒店、高尔夫会所、私人俱乐部等财经杂志的特殊发行渠道，满打满算也就5万本。

好，下一步是核准K杂志发行量。我有个好友在北京最大的私人报刊发行公司纸老虎里面做副总，我挂了个电话："嗨，哥们儿，问个事。《财经》是财经类杂志老大，它发行量有多少？"

"我们没发过《财经》，他们自己做发行，呵呵，但我估计不超15万。"

嘿，这就对了。财经类杂志老大发行15万册，一本新刊杂志不超其1/3，也就5万以下。但我对匡算数据还不放心，于是搞了张假名片，冒充一家塑料制品公司经理，跑到承接K杂志印刷业务的某印厂，见到印厂客户部王经理，我开门见山："王总，K杂志李总有个新策划，想在每本杂志外面套个贴身塑料膜，提升杂志高端形象。您看我们是否协调一下印刷流程？"

当时《世界时装之苑》率先在京城采用塑料膜，做法挺潮。王经理也觉得需要协调流程，再加上我对印刷工序清楚，大家很快攀谈起来。瞅准时机，我随意问道："王总，您看刨除残次品，每次送5万张塑料膜够用吗？"

"不用那么多，有4万张足够，多了浪费。"靠，老子要的就是这句话！同样做一件事情，有些人只做到市场调查阶段，有些人能做到核准阶段，但我认为都没把事情做到极致。虽然我有调查K杂志核心秘密的手段和能力，但工作态度才是关键。何况，通过走访报摊，我发现K杂志还存在很多问题。好，下次见面咱有了新话题。

光了解K杂志发行量还不够，我决定再请朋友助拳。一通电话打下来，约好了两位死党。一位是盛×长城广告公司的赵总，他是户外媒体老大。盛×长城是大牌4A，威名显赫。请头牌公司代表现身见面会，意义不言而喻。说到赵总，忽然想起件事儿来。记得有一回，赵总去沈阳签订一块户外广告牌，但他不可能常去沈阳检查那块户外广告的发布情况，于是双方约定，当地广告公司每季度拍摄一张户外广告照，以此来核查发布的真实情况。一年眨眼晃过，赵总收到四张照片，表面看没啥问题，都是对方公司老板亲自站在广告牌前拍摄的，春、夏、秋、冬四季服装分明，老板笑容灿烂。但老赵总感觉不对头，于是他把四张电子版照片调出来研究，好嘛，果然有马脚，广告牌左上角有一棵不太明显的树，一年到头竟都是郁郁葱葱！赵总马上派人实地考察，靠，该区域重新规划，广告牌早被拆了。故事结尾是赵总为客户挽回了损失。

讲这个故事是想说明广告行业尔虞我诈的事儿挺多，要心细如发！唉，问题是哪个行业的水不深呢？大同小异。后来我在武汉户外广告圈里栽了大跟头，就是因为一时粗心大意上了当！后话暂且不提。

另一位朋友是麦肯广告公司的马总，他是资深AE。有圈内重磅人物助拳，就是想让李总上次看到物证，现在看“人证”！人证、物证俱全，还想看什么？要不干脆聘我，看看咱本事如何？好，现在就等李总电话啦。

周末，我们三人在香格里拉酒店的大堂咖啡厅，和李总握手见面。大家对K杂志又是一番畅所欲言，气氛热烈。按照事先商量好的，赵总、马总二人和我们聊了一会儿后，找个借口便起身告辞。因为咱还要谈薪酬呢，关键问题没解决，谈啥都没用。在谈薪水前，我把蓄谋已久的话放了出来：“李总，K杂志发行量不过4万，看来我们要走的路还很长呀。”

“不，不！杂志发行哪止4万。实话说，有75 000多呢！”哼，核心秘密果然不轻易示人。

我也没急，把自己的匡算数、核对数和印厂调查数一一道来，听到后面，李总非但没生气，反而不住点头。其实，老板并不怕员工戳穿其善意的谎言，那是员工较真。相反，他们就怕员工不认真！这可是10年打工经历总结！

我趁热打铁：“李总，如果杂志想在广告上有所建树，特定发行网点一定要抓上去！”

“哦，特定网点？什么意思？”

“4A广告和客户广告部的人精明透顶，他们不会只听杂志社所报发行量的一面之词，也会走访。中午下楼吃饭时，随便问个报摊：‘嗨，师傅，K杂志你们卖得好吗？’报摊答：‘什么？K杂志？没听说过。’李总，报摊一句回答，就能把广告部的工作全给毁掉！”

李总抽着烟，静静听着。“我的想法是，比如朝阳商务CBD区域和重点4A广告公司办公地，附近报摊都是特定发行网点，我们给重点报摊每月30元杂志陈列费，把K杂志挂到醒目位置，每期按汽车杂志那样堆上30本，货卖堆山嘛，再教会报摊怎么说。如此一来，情况就转变成这样，广告客户问：‘嗨，师傅，K杂志卖得好吗？’报摊答：‘当然好啦！您看，K杂志卖得不好能放好位置吗？都快赶上汽车杂志了。’”我点了根烟，侃侃而谈。

“有道理，很有道理。”

“全国4A广告公司主要集中在北京、上海和广州。只要搞定三地特定发行网点，必然如虎添翼！比如宝马汽车广告是上海作计划，北京负责投放，我们来个一网打尽，成功概率自然增大……”国家足球队前主教练米卢说得好：“态度决定一切！”我好面子，追求完美，不愿意、不喜欢老板劈头盖脸骂人，所以工作态度端正，包括面试在内的所有事都希望做到极致。

李总不再跟我废话了，直奔主题：“雨总，您看薪酬这块，考虑得如何？”

“唉，对于薪酬，打工的都希望是韩信点兵——多多益善呀，还是您说吧，您觉得这岗位值多少钱呢？”老子还是那套路，打死也不先说。

李总明白咱心思，他微微一笑，悠悠报出一个数：“税后月薪一万八，外带业绩管理奖和年底分红。你看行不？”

“好！非常满意！”我心里暗自叫好，早就乐得屁颠屁颠了。其实，我原来的期望值也就是税前12 000。不是咱忽然谦虚了，而是有客观原因。第一，虽然我是媒体出身，但毕竟离岗三年，加上4A人员流动大，早已物是人非，通讯录上估计60%以上的人断了联络。第二，杂志与报纸广告有区别，我没做过杂志，存在摸索和实践过程。第三，我是空降部队，在原广告队伍里建立威信需要时间。所以，月薪方面真没想到李总会开高价。

事后，妈妈数落我手“黑”，因为她老人家担心我薪水要价太高，做不好会被开除的。唉，担心纯属多余。我看得出她脸上笑容的含义，老人家见我本本分分找了份体面工作，高兴呗。咱在讨薪时，手确实有点“黑”。因为从面试起，我就已经全力以赴工作了，老板能不喜欢？他还在乎这点薪水？呵呵，瞧在能力的分上，好像也不是很黑吧?!

试用期结束后，李总告诉我，他其实找了很多广告人，有4A圈的，有央视的，有报纸的，有本土广告公司的，还有竞争对手的。刚开始李总都像和我闲聊时一样，对杂志存在的问题问个不停。在见了30多人后巧遇我。我不是最出色的，但却是叫他最动心的。但我离开纸媒三年的事实，叫他犹豫，所以首次谈话无果。二次见面后，他认为我态度好，纸媒操作经验足，更重要的是，只有我一个人对杂志提出了从编辑到发行再到广告的整改策略，有见地。与其用一个不了解的人，还不如用我这个“已经了解的人”。

李总的话立刻启发了我，高手呀！他通过针对性聊天，从各位广告高人那里学到很多有用的东西。对呀，今后招聘人或有人求咱时，我也可以趁机向高人学，所谓“见高人不能失之交臂”就是这道理。哇，妙招！有启发性。从此，只要有机会遇见各路神仙，都是我难得的学习机会。试问，求人之时谁不愿抖落出平生所学？半年后，我尝到了甜头。

敞开心扉

李总是位学习型老板，而且学习方法独特。我在杂志社发现他喜欢和强势媒体的人聊天，他期待通过与各专业高手聊天，收获启发。这位老板每星期都在不停地进行面试招聘，一方面通过这种手段刺激旧人，让员工有适度的紧张感，另一方面他是在学习、了解市场动态以及竞争对手的运作套路。大凡简历不凡之人，他便请过来，不管对方是做市场营销，还是搞品牌推广、做编辑、做发行，只要是他关心的事情，都愿意畅聊。聘不聘并不是问题所在，他在乎聊天的目的性，主要是向同行学习，了解竞争对手的运作思路，向他们请教……

不到一年时间，李总由一个纯门外汉开始，各项业务水平有了质的变化。到了后来，不像当初我三言两语就能唬住他，他反而能给我提出好建议。也许一个人成功各有各的道儿，但有强烈的好学愿望，持续努力学，只跟顶级高手学，确实是成功的大道。

要去当核心业务的核心层

K杂志有编辑部、广告部、品牌推广部和发行部四大核心部门，一般杂志社在上述部门也就有一两个出色的人物，但李总提出："除了发行部以外，其余三部门的管理者都要顶级人物！我不能叫无能的人把这条船给弄沉了！如果每个部门的负责人都是厉害角色，则杂志发展便有根本保障。"所以，他时刻都在考察核心岗位的试用人，一旦发现货不对板立即开除，绝不手软。虽然杂志社流动性有些大，但后来真是高手云集。

千挑万选，李总聘到一位强势媒体《大众×件》出来的高手做品牌推广总监，一位有新闻世家背景的财经圈顶尖高手做主编，同时还聘我做广告总监。我们在各自的领域都比李总出色，所以他颇为得意："昔日刘邦在功成名就时，当着满朝文武说，运筹帷幄他不如张良，统率千军他不如韩信，后方管理他不如萧何，但这些英雄豪杰却被他所用，所以得天下的是他刘邦而不是项羽。"

李总得意完，马上布置一题："精英聚集一堂，要经常研讨杂志发展大计，大家赶紧拿出品牌推广方案，一人一套。"于是三大主管献计献策，很快，敲定几套方案。总编制定的策略是在新浪网包下三个栏目，每月挑出几篇重磅文章在不同频道发布，最短时间内几乎不花钱就让近千万人知道了K杂志，社会影响确实不小，同时还可以获得一些新闻线索。品牌推广总监认为K杂志有必要参与各种高峰论坛和资本研讨会，至少在会上要派发杂志，在目标人群中扩大知名度和美誉度，高屋建瓴式地树立形象。于是他积极寻找各类论坛，或协办或广告换参与权，将杂志送进会场，拓展杂志影响，成效也在不断积累中。

我贡献的招数跨了行，我认为发行也算品牌推广活动。现在发行不利，影响广告业绩快速提升。治标更要治本，不如来个狠招。某顶级财经杂志比K杂志发行量大多了，读者群更广泛，干脆打通印厂或发行渠道，在他们杂志中夹K杂志征订单……效果？难道还不信咱的策划能力吗？

从在现代城上班开始，我发现不管晚上加班多晚，坐电梯都能经常碰见日本人在电梯口送客，个个弯腰鞠躬，好不恭敬。唉，瞧日本人的工作态度和干活劲头，不得不说是勤奋典范，这更刺激了我要做番业绩出来的决心。

有决心就好办事。一上岗，我就决定跟从前打工一样，还是加班加点干活那套路数。一番谋划后，我将广告业务分成三部分打理。首先，打电话找圈内熟人，约好拜访时间，老友重逢好不开心，续完旧，聊完情，照例请帮忙。嗯，熟人好办事，他们纷纷表示有机会一定推荐。这事安排在上午。其次，发扬快速学习精神，要尽快熟悉财经杂志的特点，以后好施展拳脚。这事安排在晚上，每天约个不太忙的编辑，跟班学。最后，大力培训广告团队。这事安排在下午。

第一眼看杂志广告业务员的谈吐和精神面貌，我心里便暗叫不好。我随口问道："大家平时去见客户，都带什么资料去？"

"一本杂志，一份刊例报价。"听完，我晕倒。

凭两杆破枪也敢出门抢广告？呵呵，太欺负客户了吧。好佩服这帮人的胆大行为。我了解到编辑部有全部上市公司、投资机构、银行和监管机构的详细资料，包括法人代表、总裁、董事会秘书的名单和联络方式以及公司地址。于是我请人整理资料，精装成册。好嘛，资料包括近两万人的国内顶级金融队伍，足足打印了300多页。我告诉业务员，这份资料包含中国所有金融领域的主流人物——顶级的，他们每期都看K杂志，这是发行部提供的邮寄名录表。

有人傻乎乎地问："雨总，客户不信怎么办？万一希望留下资料呢？"

"不信？重新讲一遍杂志定位——专业金融人士看的高端财经读本。留下？对不起，只能面阅，不可外借！哥们儿，装点神秘有好处啦，你不会说册子是从发行部'借'来的吗？因为咱们关系铁，大家才有机会看到……"

光凭资料还不够，还有新招出笼。编辑们告诉我，为了曝光上市公司的违规猛料，有时候可以说是冒险采访。所谓的防火、防盗、防记者有其"道理"。甚至一些采访故事我听得也有些担惊受怕。可我心惊有屁用，客户并不担心啊！于是每期新发杂志，我请编辑部将采访的背后故事扼要写明，广告员一手拿杂志，一手拿采访花絮，再去拜访客户。客户看不懂专业财经文章，也不感兴趣，但精彩的暗访、偷录、智闯三关的故事总听得懂吧。我目的指向明确，就是要证明K杂志文章得之不易，是费钱、费时、费精力得来的精品，都是独家重磅财经新闻，所以主流金融人士才爱看，这不就把发行名单的事给圆了吗？顺便利用背后故事再震撼客户一回。

事实证明，推广四期杂志后，客户对K杂志的陌生感在减弱，印象有改观："哦，原来K杂志拥有专业且敬业的采编团队，顶级发行渠道，高端阅读人群，亲民广告价，是一颗在财经刊物圈中冉冉升起的明星……"嘿，哥们儿要的就是这效果。

再接再厉，我又把带销售团队的经验复制过来，自己扮演客户角色，业务员本色演出，喊他们当面预演销售场景。但过完一遍，心凉半截，因为大家介绍背景故事时生硬无趣。为了给客户留下印象，宣讲动人桥段时，要带上个人的感情色彩。自己都没感动，如何感动别人？有的人没记住故事，时不时还翻看本子。唉，工作没热情，岂不是折磨自己的神经？真想搞体罚！于是我作示范，一边比划，一边脱稿讲背景故事。大家有样学样，按照要求勤加练习，两小时后再考，不行者挨完骂再回锅，考试过关者才能放出去。

细节，细节，细节决定成败！因为爱听单田芳评书，我发现人家说书有一套语言技巧，阴阳顿挫有序，语气抓人心魄。评书听多了，学点儿皮毛，在讲故事时也沾点儿说书味道。很多人听我讲事情，当成一乐子来欣赏。现在运用到工作中，正是时候。

一些销售员与客户交流时，要么语气平淡无味，没给人留下一秒印象；要么似蚊子叫，嗡嗡半天不知所云；要么软绵绵无生气，只有被逼急了，而且是在说真话时，才会不自觉流露出些许真情实意。他们从没注意到与客户交谈时，谈话语气的重要性。一句话，说话要有特色，比如林志玲说话那股"嗲"劲儿，哇，很可观哦。我强调自己说话要有感染力，当客户听到感情饱满的话时，才会对我有印象，并且信服咱说的都是真话！

不仅是宣讲故事要达标，更重要的考试还在后面。我罗列出客户常提的20个问题，并将标准答案标于其后，让大家必须烂熟于心，经得住任何变相盘问。我这套培训法师从保险公司培训业务员那套思路，手下每个人见的虽然是不同客户，但所有回答都是最佳答案，跟超级细菌一样，具有最大杀伤力和感染力！这年代做业务不容易，客户好像是抗生素，业务员不练成超级细菌的坯子，还不被客户当场消了毒？

考试接近真实情况，我充当甲方角色，变换花样刁难人，业务员回答问题时，必须带感情色彩流畅回答，不许打半点磕绊，因为说话拌蒜，客户潜意识会认为你说话可能不真。在这期间，我又不断模仿客户进行反驳乙方，业务员要灵活应变……很多人被折磨得一见我，嘴巴咧成了瓢。

最后再请李总检阅队伍，一箭双雕。业务员跟老板说话普遍紧张，跟见客户有一拼。换考官检验队伍成色，对他们是个磨砺，不仅能增强自信，还能发现不足。对老板而言，叫他看看咱幕后工作好细致啊，这一点也很重要。靠，狡猾吗？总之，招数想遍。

广告部前任总监把带团队想简单了，以为每周一例会，解决几个问题便万事大吉。唉，工作没做透，回报能丰厚？洗洗睡吧。我不指望业务员都像我一样玩命工作，但指望他们部分克隆，还是大有希望的。我如何回答客户问题，如何介绍杂志，如何报价，如何说服客户，这些基础知识完全能被复制。如果10位业务员培训到位，就是10位小雨杀出去，效率将翻倍提升。实践证明，一般人业务员经过30场模拟测试，基本能达到中级水准。

从第一天上班开始，我为杂志社带来了新空气。一个星期六晚上，李总到办公室取文件，忽然看见我在座位上加班，出人意料的干劲似乎让他始料不及。等下个星期六晚上他又发现会议室里我正给业务骨干作培训……渐渐的，广告部一改懒散作风，加班成性，变得铁血起来。再后来，在广告部标杆下，其他部门也跟风向前冲，社里风气为之大变。仅仅过了半年，广告业绩开始有起色，K杂志去年广告收入不足百万，而我半年完成200万，不可谓进步不大，而且团队战斗力也明显提高。

但这时，我辞职了。

K杂志办公室位于大望路一栋甲级写字楼。决定辞职的那晚，我站在办公室大玻璃窗前往外看，一座座高楼鳞次栉比，一辆辆汽车在高架桥上川流不息，渲染着北京城的商业美景，真是越看心潮越澎湃。我不是被车水马龙所吸引，也不为灯火辉煌而侧目，我在思索一个问题：啥时我也能在写字楼买下一个单元，开创一片新天地？李总的未来有了着落，我的未来又将如何？坚守K杂志，我将成为现代城一金领，北京城一中产，但创业梦如何实现……不行，我想跟高人学本事，博个锦绣前程出来。

一个人静静站立半宿，我从三个方面仔细分析了当前的工作状态。从跟高人学习的角度看，李总是搞风险投资出身，他那套理论，我没听懂，我对资本运作也没兴趣，而杂志社也没什么让咱震撼的高人，咱在杂志社能学到的知识和本事远不如预期的那么多。

从工作氛围看，K杂志是典型的家族企业。李总侄子任发行总监，侄媳妇是财务总监，弟弟是广告副总监，好嘛，500平方米的办公室，我快被一家人包围了。圈内人都知道，杂志发展好坏，一编辑、二发行、三广告，我想先从发行下手，不料触犯了老板侄子的面子，还遭到其侄媳妇白眼。而落实广告提成制度，又触犯了老板弟弟的利益，总之，处处碰壁，很难施展拳脚，不爽。

从工作配合上看，李总和我都是急性子。也许我面试表现完美，他觉得我一到岗，广告就能打歼灭战，但理想跟实际脱节。靠，俩追求完美的人在一起做事，累人啊。就杂志广告环境而言，4A广告公司需观察新杂志半年以上时间，这是行规。因为新杂志万一在市场上没立住，损失广告费是小，影响品牌形象是大，行规很难改变。还有，4A投放杂志广告，都是每年10月份以后开始做第二年的计划，不大可能中途插进新计划。道理很简单，杂志广告是品牌形象广告，版面连电话都不写，因此投放计划很难改变；而报纸广告是促销广告，投放时机相对灵活。唉，既不能改变4A计划，又要熬过该死的观察期，但性急的李总，眼神中透露期待的目光，无形地笼罩过来，更性急的我……靠，好不郁闷！

这时的我，知道媒体梦破灭了。咱擅长媒体整合营销，需要掌控编辑、发行和广告三合一的管理权，但现实中，谁都不可能提供这片天地。简而言之，在事业上，我和李总和K杂志是个美丽的误会，我为K杂志带去了发展思路和业绩，职业道德和操守对得起我的每分钱薪水。而K杂志给了我薪水和地位，也教会了我新本事，让我的能力再次得到提升。这一切，我永远铭刻在心。

敞开心扉

一、成功能复制吗？

每个人的成功道路不同，无法复制。能复制的只有思想和方法。请注意一段话："经过一年多实践和学习，我已经把国外上万张经典设计牢牢记住，每看到业主新房，脑袋里跟过电影一般，图片不断闪现，找到合适的就采用。"设计上佳作品的前提是多看好图，多背好图，学习其精华，因为大师作品有很强的启发和借鉴意义。学习过程不难复制，复制完毕成功还远吗？一句话，要成功，先发疯，头脑简单往前冲！

二、如何修炼主动求变精神？

进入装修市场，第一年是摸索年；第二年是提高年，我不甘心走老路，于是把广告思维融合到设计中来，同时还想出风水和"虎口夺食"等招数，由此走上了一条与众不同的设计之路；第三年是发展年，由于家装市场竞争白热化，我仔细盘算后决定再次求变，从家装跳进工装市场，由此扬长避短，顺利完成还债任务。

三年间，北京装修市场发生了天翻地覆的变化，但我的资金、人手、办公场地、身份还是一成不变，这些硬伤严重阻碍了我的发展。幸好我不断反省，不断提高经营水平，两次主动求变，这才没被市场淘汰，否则我拿着1997年的经营思路，想在1999年的市场环境里求财？哼，别说发财了，不输死才怪。我认为主动求变的精神是个人积极进取的重要表现。如何修炼？嗯，要不再细读一遍本章节？

三、创业失败很可怕吗？

马云曾到香港参加一个商务论坛，有位富豪港商告诉马云："人生50岁以前挣到的钱不叫钱！"港商话外的意思是人生三贫三富不到老，所谓月盈则亏，水满则溢，万事万物都是在循环中发展起来的，现在的风光岁月并不代表以后的风光无限。世界上谁敢说自己永远财务自由？美国《福布斯》富豪榜每过10年，有一大批富豪要么破产，要么财务拮据。没有永远风光的企业，也没有永远高光的人物。居安思危，背水一战，卧薪尝胆，东山再起，这些在商战中、人生中是经常上演的精彩故事，从古到今从未中断。

创业失败本身并不可怕，可怕的是就此一蹶不振，自甘颓废。怕没用，怕只会让人更怕！自己鼓舞自己的斗志，甩下思想包袱，抖掉身上灰尘，重新迈开脚步，哇，天地遨游，无所畏惧！16年商业路，虽然我两次创业的结局都以失败收场，但我有本事快速站起来，重新出发。创业失败并不代表我今后将面对一个失败的人生，也不代表重债压身而无法出头，我只是创业未获成功，自身本领还不够高强，只是还奋斗在成功的路上，有何惧哉？

四、从败局阴影里走出来，能收获什么？

截至2000年，我在八卦炉里已闭关修炼三年，脱胎换骨，烈火金刚，又平添两样神通，成长为横跨广告与装修两大行业的高手；从一颗怨天怨地的抱怨心，渐变升华成一颗生生不息的奔腾心！一句话，我，商业版小强，撵不走，踩不着，干不掉，生命力旺盛着呢。美好人生对我而言，才刚刚开始。

目前，我和弟弟在物联网高科技领域大施拳脚，5万元起家，花费三年时间，不仅在读写器设备供应商里位列全国三甲之列，而且掌握了核心技术。公司发展前景？咱吸取过去所有的成功经验和教训，现在步子迈得稳健得很。

第四篇

乳业巨头A集团

把自己最好的时光留给面试

心理学上有一个“皮格马利翁效应”，讲的是远古时，塞浦路斯国王皮格马利翁爱上了一尊自己雕刻的少女雕塑，每日深情观赏。他的痴情感动了爱神，后者施展魔力，将雕塑变成了真人。1968年，美国心理学家罗森塔尔结合该故事和自己的实验结果，提出了“自验预言”理论，认为强烈的心理暗示有可能自我实现。

我推崇“皮格马利翁效应”，因为我不断暗示自己应该到更广阔的天地里去跟高人学习。天赐良机——国内一家乳业巨头，暂且称A集团吧，正在招广告总监，我不禁眼前一亮。A集团走的是多元化经营道路，主营乳制品，有服装、房地产、化妆品、瓶装水、休闲食品等分公司，员工近万，工厂遍布全国，年销售额突破10亿大关。其老板具有传奇色彩，30多岁白手起家，10年后已是全国知名企业家。看完老板创业经历，不禁心旌摇曳。好，集团是顶级，老板也是顶级，他就是我要找的顶级高人，跟他学必有收获！

再次拿出应聘绝招，简历投放一周后，得到面试机会。在长安街附近一栋写字楼，我见到了一位身材魁梧、相貌不凡、风度翩翩的考官，他就是集团大老板。我没穿职业装面试。打咱上班开始，就很少穿西装。不夸张地说，我的形象和着装颇有个性，不仅发型潮，编了一缕小辫飘在脑后，而且衣服花花绿绿，再加上脸上有点艺术气质，眼神里不时闪烁桀骜不驯的目光，靠，一些人还以为俺是港台或文艺人士，当然是在不开口说话的前提下。

因为A集团招聘九大高管，估计这几天老板已经面试了很多人，对西装白领看烦了，所以奇装异服的我一露面，马上抓他眼球。嗯，咱要的就是与众不同。我的表现还算沉着，开篇照例没讲经历和业绩，而是拿出事先写好的报告，把A集团存在的5个主要广告问题一一作了简要陈述，接着说自己能为集团带来什么，以及如何解决问题。其中，我先后说了两句至关重要的话："我愿把自己最美好的时光奉献给A集团！""我愿把个人前途与公司前途捆绑在一起，和A集团一起成长。"

这是我事先准备的誓言和简述，现场想不出来，所以发挥还算稳定。

面试期间，我发现老板说话中气十足，虽然言语不多，但朴实中透露着一股魔力，似乎字字是金，让人深信不疑。他的一双大眼，在浓眉下炯炯有神，烁烁放光，眼神好像是坚毅、大气、慈祥、智慧等的交合，具有极强的穿透力，仿佛能把人的心思看透一般。而握手时，一双大手，红润、温暖、有力……嗯，立刻对他有"粉丝"的感觉。

面试才进行一刻钟，但我似乎被他无形的气场罩住了。随着话题深入，我大脑缺氧，开始拘谨起来，好像被人乖乖牵着走一样，嗯，他说什么就是什么吧。

老板所说的任何一句话，听起来都毋庸置疑："什么时候能到岗？"

"随时。"按说，咱也不是商战小雏，但不知道为何，我这么狼狈地跟着别人话题跑，这可是头一次。

"好，下周我们在武汉召开集团年会，所有高管都参加，你也来看看吧。"

"行，听您的。"

"知道如何做报纸吗？"

"没问题！我在报社做过，有经验。"我忽然发现自己紧张，愣把预备好的词给忘得干干净净，这种事过去可极少发生呀，没办法，只好简单作答。

"好，集团正想编辑一张企业报，要不你来试试？"

他们不是招广告总监吗？怎么突然变成一个小编辑岗位了？我有点迷糊，忙问：“老板，除了编企业报，还有其他啥任务？”

“我们最近要组建一个企划部，负责产品促销方面的全案策划，你可以先任企划部部长，干好了有很多晋升机会。”

“好。没问题！”

“你薪酬方面有什么要求？”

“月薪两万！”本来事前想好，先不开口说待遇，让老板自己开薪酬价码，但也许是被他气场所震慑，竟然脱口而出！

“好，试用期先发5 000，三个月试用期。转正后，根据能力，我们再谈薪酬。”旁边有位男秘书刷刷点点记录着老板的话，样子虔诚。这是我头次见到老板说话，旁边还有人记录的情形，心里不免赞叹：“牛！这老板够牛！”

“老板，我不需要三个月，俩月足够看出能力。”终于，我在老板面前表现了那么点儿小小的自信。

“呵呵，好，好，年轻人有干劲，很好！小罗，你负责安排雨经理到武汉的行程。”

出来后，我使劲擦擦额头上挂的冷汗，和这位老板说话，居然额头不住冒冷汗，开天辟地头一回啊，他身上的气场实在太过强烈，彻底罩住我了。唉，多年以后想起，我跟这位老板5年，彼此挺熟了，但和他在一起我依然还会冒冷汗！当然，后来他成咱精神偶像了。

我仔细回忆一遍刚才面试的情形，除了绝活外，还有其他什么地方打动他？哦，记起来了，我曾说：“老板，您现在已经成功，应该有些慈善举措，比如成立一个慈善基金会，为希望工程做点儿慈善事业。这有两大好处：一是企业回报社会；二是万一咱们危机公关，咱们有目的地曝光慈善基金会，能起到转移、模糊大众视线的作用。”对，说这想法时，老板轻轻点了点头。嗯，真庆幸自己的表现。

慈善基金会的想法是我预先想好的，咱干过财经杂志，又在财经、理财、慈善方面学到了一些新东西，现在抛出来正当时。后来，老板成立了慈善基金会，前前后后秘密给希望工程捐款1 000多万，但一直不为人所知。我在A集团刚做广告副总时，集团遇到一次严重的危机公关，三年前我的一个建议，在关键时刻起了作用。这是后话，暂且不提。

为什么说企业遇到危机时，曝光慈善基金会，会起到模糊大众视线的作用？道理很简单，如果一位名人被负面报道或遭到社会质疑时，正面回应只会越解释越麻烦，越描越黑，纠缠于细节脱身不得，而七嘴八舌的媒体更会推波助澜，将事件不断推向新高潮。

这方面郭德纲的表现可圈可点。别墅违章圈地以及打人事件曝光后，郭德纲力挺徒弟，又是骂记者无良，又是数落某电台的不是，又是为自己喊冤，结果遭到媒体的集体声讨，事业遇到考验。他该如何处理危机？首先，郭德纲关停剧场演出以避风头；接着高调为舟曲泥石流灾害事件捐20万善款；再接再厉，他又高调认养东北虎崽，认捐10万。人家闭嘴不再解释打人事件，只埋头做慈善，以改变形象。消费者健忘，等风波过了，郭德纲照样火。

再看看章子怡的公关。危机来了，她还找媒体解释捐款事件是被冤枉的，结果没一件事能说明白。相反，更多质疑扑面而来。我说捐了，你说没捐，谁能掰扯清？很多人看不得章子怡神奇蹿红，羡慕、妒忌她，只想看她的笑话，部分人还脏心烂肺地扮演了落井下石的角色。后来，章大小姐学乖了，也来高调做慈善，甚至还跑到灾区慰问，可惜晚了，所有人都明白她的用意，效果大打折扣……

咱的策略比郭德纲做得更透，我是提前做好慈善事业，埋下一支伏兵！等危机来了再曝光，效果比他临阵磨枪管用好多。嘿嘿，有时候我也挺佩服自己的机智。狡猾不？

去A集团面试后的第二天，我又接到一家国际知名啤酒公司的面试通知，跟以往一样，面试很成功，人家当场要我，先从广告部经理起步，月薪15 000起。唉，我犹豫了，失眠了，纠结了。自己该去哪家？也许这次选择关乎前程，选错了，可没从头再来的机会！两天后我彻底顿悟：

首先，从行业前途分析。啤酒业靠资金收购和兼并，行业竞争很充分，几大寡头早已垄断市场，个人能力发挥余地有限。而且啤酒业销售提升空间有限，自己薪水不能随行业发展而提升，钱途一般般。而乳制品业在国内正蓬勃发展，牛奶热逐渐升温。网上说1998~2000年国内乳制品市场平均每年以33%的增长率发展，全国有3 000多家乳品公司在竞争，前途极光明，容易形成新闻热点。目前，世界人均年消费乳制品100公斤，而我国不足8公斤，只有世界平均值的约12%，行业潜力巨大。现在A集团销量年年翻番，个人施展空间广阔，薪水也能随行业发展而水涨船高，钱途远大。

其次，外资企业管理严格，总监级人物多被港台和外国人把持，仕途晋升论资排辈。而民营企业虽然管理松散，有些乱，但金子在人堆里容易闪光，更利于杀出一条血路。

再次，A集团老板有人格魅力，虽然见面不到半小时，但留在脑海里的印象太深刻。咱懂点相面术，光瞧老板的富贵面相，跟他干就不会有错。而啤酒公司面试我的那位副总，阴郁，像是犯贱刚被人暴打了一般，没点儿阳光，不喜欢。他是我顶头上司，跟他能学到啥本事？没信心。

最后，分析半天，那自己去不去武汉？老板是答应我留在北京总部工作的，要不先试试？我决定先到企业试试看。所谓天高任鸟飞，海阔凭鱼跃，我拥有一颗奔腾的心，将来看我闯荡的本事吧。很快，我和A集团的一位采购主管、一位区域销售主管一起登上了开往武汉的火车。从上火车那刻起，我真的开始了自己职场的巅峰经历，正像之前分析的一样，咱如鱼得水啦。

大家都是年轻人，在火车上，我与采购经理小冯、销售经理小贾闲聊起来。我有意将话题往老板身上引。说起老板的传奇经历，小冯好不兴奋："当年创业时，厂子需要一批包装机，采购员告诉老板，最便宜的二手设备都要100多万！老板马上想出妙法，叫人四处去找倒闭工厂的包装机，按废钢破铁的价儿收购，不到8万便搞定。嘿，这事要没点机智，起家本钱只够搬回几台包装机的！再往深里想，如果老板当场没有良方，采购必瞎忙，办事没效率，公司还玩得下去？

"还有一次，在销售研究会上，大家讨论经销商如果能完成公司第二年的销售任务，则年底奖励1台送货汽车的政策。老板听完，要求提前到年初兑现。他认为年底兑现，没刺激力度，提前奖励能叫经销商立刻看到实惠而热血沸腾。最后确定的政策是经销商先打款，后提货，对于没完成任务的经销商，从货款里扣车款，没损失。经销商当然希望提前开上车，更巴不得白搞一辆，自然玩命干活。事后证明，这批提前兑现的送货车为拉动销量作出了巨大贡献。”

同样是奖励，经过高手调教，实效大不同啊！我心里有些沸腾。靠，老子赌中了！越琢磨越兴奋，心驰神往，恨不得马上组建企划部。

新人就要学会侧身和弯腰

武汉，×××饭店会议室，A集团正在召开上半年总结年会。会议室黑压压坐满了40多位高管。我夹杂其中，努力适应着企业氛围。首次跨入一家超大集团，一切感到新奇，果然，新鲜事情来了。老板开会迟到，马上从包里随手抽出1万，甩在桌上：“开会迟到，自罚1万。立个规矩，以后谁开会迟到，都要自罚。人事部负责执行。马总，你负责把钱给大家平分。”

靠，生活中还真有“守株待兔”的事发生。老板是不是开会常迟到？上班第一天就开始额外创收，哇，生活够美好……生活真的很美好？屁！长达5年的任职期间，俺只收到过这一次区区200多块，但后来咱还得往外掏钱。

集团会议之所以安排在武汉，是老板的想法。每年两次集团会议，都会安排在不同城市举行，一则为开会，二则为工作之余方便旅游，放松高管心情，也算福利政策。我仿佛来到另外一个世界，好叫人开眼。当然，光我开眼不够，人家也要对我另眼相看才公平，于是，会议进行中，该到我表现的时间了。

出发前，我用四天时间整理A集团广告，按照毛主席所提出的提出问题——分析问题——解决问题的方法，认真分析了A集团广告当前存在的问题，找出了需要整改的12个子项目，以及解决问题的方法，汇总后准备向老板详细汇报。会议开到下午，马总站起来说道：“下面介绍几位新到的老总……”新人们纷纷简单自我介绍。轮到我时，老板忽然开口说：“这位是我请来的雨经理，第一次见面时，他提出集团当前广告存在的几个问题，大家可以听听。广告部逸总，你要记录。”顺着老板视线，我看到了广告部老大——逸总。

靠，管谁是逸总，谁是广告部老大，老子初生牛犊不怕虎！我掏出策划方案，大声“朗读”起来。会议室里极安静，大家认真听着，从余光中我发现，很多人从头到脚不住地打量着我。整整过了一个小时，没有人打断我说话，老板靠在大班椅上，微微闭眼，似乎也在思考，逸总更是在本上记得飞快，而我，勇气可嘉，在那里嘚啵嘚啵说着呢。

我撰写的A集团广告整改方案，水平到底如何？当然，我是颇为自信的。我曾浸淫北京4A广告圈，和很多高手在一起谈天说地，除了聊趣闻乐事、个人爱好外，剩下的就是我有目的地跟他们学广告策划。我不断主动问他们最近都在做什么案子呀，进展如何呀，怎么解决困难呀，总之，今天明白点儿道理，明天学点儿知识，后天掌握点儿方法，策划能力月月看涨。

当然，能力是要通过实践来检验的。一位好友接了统一冰红茶河北省促销活动的策划和执行，方案大意是组织青少年进行统一冰红茶冠名的篮球赛，但方案被客户毙掉了。我帮忙出招：“哥们儿，篮球赛创意不错，打完球口渴，痛饮冰红茶，爽，切合产品特性。但康师傅冰红茶也能举行球赛，消费群还是无法区分二者的不同，也不知道统一冰红茶更好喝。所以举办篮球赛与竞品无法形成有效差异化。”

理论说完，我给他策划了一个选秀促销方案。第一，举办“情侣饮冰红茶形象统一赛”。邀请5对情侣在台上一字排开，要求他们喝冰红茶动作整齐划一，速度一致，获胜者重奖。观众爱看，情侣乐意表演，至少可以说情侣心有灵犀一点通啦，动作和速度统一，暗合品牌名。

第二，举办“饮统一冰红茶速度赛”。只有好喝的冰红茶，才能一口气喝完，该活动暗含口味好的概念！等观众看到选手们一个个争先恐后抢着喝统一冰红茶，也许自己都感觉馋了。比赛完主持人再问：“统一冰红茶好喝不？”为了得奖，谁敢说难喝？无形中通过口碑宣传，突出产品口感好。

第三，邀请美眉参与“饮冰红茶最佳姿势赛”。经常有人在街上喝冰红茶，但姿势不同，美感也不同。该活动暗含产品品质好的概念——品质不好，谁会用优雅姿势去享受饮品？这是一个带有心理暗示的活动。现场播放摇滚音乐，大家站台助威，欣赏美女，模仿动作，台上台下互动性更强。

我告诉朋友，活动从三方面宣传统一冰红茶特性，但最后都汇总到核心卖点——最好喝的冰红茶！在每个商业区都可举办选秀赛，从日冠军到周冠军再到月冠军，传媒再配套宣传，于是，这股统一选秀赛的热潮就此推广开来，差异化形成了，品牌树立了，销量自然上升。

后来，我把这套方案改吧改吧，又用在A集团产品促销上，一样是促销典范。直到现在，除了蒙牛"超级女声"的促销活动外，我没看见过其他促销佳作，他们无非是请人唱首歌，跳支舞，搞点游戏，大同小异。由此，我对自己策划能力有信心。

我整整阐述了一个半小时，当方案说完后，我印象极深刻——会场上第一次响起热烈掌声，而且是老板带头鼓掌，足足持续了20秒！看得出，很多人是发自肺腑的。没办法，我的绝活总是不能叫我低调进公司。会后，马总搂着我肩膀笑道："雨总，今天的会议你可是个高光人物哦！说得好，写得更好！"

老板似乎被我的策划方案所吸引，他有意将我调进北京广告总部，和逸总做搭档，但遭到逸总的坚决抵制："老板，北京人能侃能聊，雨经理的策划虽然听起来挺好，但不知道他是不是一个只会夸夸其谈的人。集团广告策略都是您亲自和我一起制定的，真要有那么多毛病，底下的销售和经销商早就骂街了，销售还能年年翻番？他的报告我看有些危言耸听。不如请他先去C市分公司企划部工作一段时间，等熟悉企业文化、产品销售，积攒一定经验后，再调进广告部。老板，您忘了王欣然了吗？"

也难怪逸总反应激烈，我评论集团广告存在若干问题，肯定涉及制定广告策略的逸总。广告批得越凶，就是批逸总越凶，谁能咽下这口鸟气？一个半小时的批斗，老板带头鼓掌，众人跟风叫好，这不是叫逸总难看吗？很快，我为自己社会经验的不足付出了整整半年的代价，甚至是很多黑发变白发的代价。

高光人物虽然风光，但却提前暴露实力，引起逸总重视，为后来他打击报复我埋下祸根。

当然，事物都有两面性，集团很多高管也是从报告开始了解我、认识我的。在我艰难开展工作之际，他们给了我鼎力支持。后来我才知道，那个叫王欣然的人，据说也有一身本事，但在和逸总争权夺利时，被逸总暗算中伤，最后落得个辞职走人的结局。显然，老板听了逸总的建议，第二天，人事部一纸调令——不到北京广告总部报到了，直接去C市分公司企划部上班。这事是我一年后从老板秘书那里听来的。逸总居然说广告策略是老板和他一起制定的，什么意思？我一上岗就开始批老板不懂广告？靠，这家伙好坏！

逸总可谓我一生之敌——假如我们一直在A集团的话。逸总学的是工民建专业，广告也是半路出家。他为人极为机敏，聪明异常。聪明到什么程度？一句话，我甘拜下风。靠，就没见过同龄人中有聪明过他的人！逸总在集团被老板倚为心腹，其安身立命有四大独门绝招。第一，才智高人一筹，学什么一点就通，举一反三根本不在话下。第二，对于公司内能力出众的广告同仁，他是赶尽杀绝，以确保自己高枕无忧。第三，善于察言观色，尤其善于揣摩老板心思，公司无人能出其右。第四，脸皮厚，韧性足。他可以做到一分钟前被老板痛骂，一分钟后笑着说："老板，我又想到一个策划，您看成不？"靠，对这类又有能力，又能拍马屁，还不怕挨骂的家伙，哪位老板不喜欢？

老板用他极为顺手，简直到了大小会表扬不断的程度。客观评价，逸总也是工作狂，忠于老板，为企业广告做了很多有益的工作，建树不凡，其能力毋庸置疑。但我也是个事业心极强之人，于是从我入职第一天开始，我们两人便从企划部斗到广告部，再从工程部拼到设计部，广告、企划、工程和设计四大总部的总监位置我们简直是轮流坐。我是横跨广告与室内设计的高手，他是广告与建筑设计的能手，靠，冤家路窄，二人能不玩命掐架吗？

A集团的文化是在重要岗位上实施双轨制，两人互相牵制督促。帝王御人之术可以理解。所以当逸总在工程部做老大，而我在广告部当老总时，逸总时刻都能顶替我，反之，我也能随时赶走他。好嘛，总有个狠角色在后面虎视眈眈，大家能不为老板玩命吗？我原来以为到企业上班不辛苦呢，谁知更累！

总之，逸总有优势，我有强项，综合起来不分伯仲。逸总没过一天轻松的日子，而我更不轻松。5年的职场争斗，我和他互有胜败，只是结局不同。我为了爱情，忍痛割舍高管职务和高薪；而他被调到销售总部当老大，因业绩不佳，最后被迫下岗，黯然离职。

就这样，一开始我就被扔进乳业分公司的一个破企划部里去了。没失落感？假话！工资不过5 000，整天见不到老板，在分公司当个小头目，孤单单一人，远离朋友，远离北京，远离梦想……唉，这就是我要的职场待遇？靠，老子想撤了。

分公司老大是张总，办事干练，为人和善，是业务实干派。他对我倒是挺感兴趣，看到我的失落情绪，什么大道理都没讲，只说了一件事："雨经理，三年前逸总也是我招进来的，刚开始也是在这厂子里做点儿企划业务，没过三年就是老板红人了，职位跟我一样，都是总监级。他行你就不行？他刚进来时，连老板的面还没见过呢，工资才两千多块，只是个副部门经理。你至少是老板亲自面试进来的高管吧，至少正部门经理这个起点就比他高……"

话是敲门砖，心里疙瘩解开了，还说啥？玩命干吧！哼，逸总有本事，行！不过长江后浪推前浪，老子不用三年，两年就要坐到总监位置！我暗自下定决心，从基层做起，一定要奋斗出一个壮丽前程。当然，我和张总成了朋友，从他身上学到了很多本事。

敞开心扉

孟买佛学院是印度著名的佛学院，与其他佛学院的不同之处在于一处细节，使所有进来学习的人都承认，细节让人顿悟。孟买佛学院在正门一侧开了一道小门，小门只有1.5米高，0.4米宽，要想进去必须弯腰侧身，否则只能被挡在院墙之外。佛学院给学生上的第一堂课，就是教师引导新人，从小门走进去，所有人都必须弯腰侧身进出。尽管有失风度，但教师告诉学生："佛家哲学就在这道小门上，通向佛堂的路，没有阔绰门，只有学会弯腰和侧身、暂时放下尊贵和体面的人，才能够进去。同理，人生通向成功的路上，也没有阔绰门。"

我听到的、看见到的情况是，很多空降高管到了A集团，受不了委屈，不愿意放下身段，不愿从基层、从小事做起，整天在集团里高谈阔论，最后落了个被赶走的下场。那些人自命不凡，梦想加盟大集团后，凭本事能马上大展拳脚，做出一番大事出来。但老板和企业不了解你，如何给你这个平台？只有把小事做得干净漂亮，取得了集团信任，才能说干大事。人力资源部马总说的精辟："那些整天嘴边挂着'我只跟老板汇报'的高管，一般都得走人。"

组建虎狼团队只需满足"三求"

大话好说，事情难办。我到企划部一看，傻眼了。4间办公室，一台破电脑，比我先报到的是秘书小杨和一个稚嫩的设计师，二人全是大经销商家里的亲戚，大学刚毕业，走后门进来的。哎哟，人、财、物啥都没有，这可如何是好？

我沉住气，先到人事部了解集团运作情况，请示张总后，给老板打了一个报告，请求新聘5名策划人员，两名平面设计师，添置8台个人电脑，两台苹果电脑，一批办公桌椅，再申请部门备用金5 000元。呵呵，批复报告上"同意"两个大字瞬间映入眼帘。嗯，真棒！

企划部的面试，是我打翻身仗的关键，我一定要找到企划高手。想呀想，最后想出一个金点子——剥竹笋战术！现在求职人鬼精鬼精的，简历写得漂亮，问个辞职原因，回答也是经过加工的理由，天衣无缝。靠，我才不上当呢，出招就是绝招，外面包多少层笋皮都没用，3分钟老子全给剥干净！

集团跟几大专业招聘网是合作伙伴关系，常年有招聘信息发布，很快，应聘人陆陆续续来了。我招的是策划师，此人就该懂策划，懂销售，脑子好使，对，最好还在大企业干过，学历、岁数先不管。道理很简单，英雄莫问出处。面试现场，我随便找支签字笔，往桌上一摆：“假设你是这家笔厂的推销员，不要叫我开口说话，把笔卖给我，只能说服我，不可强卖。现在给你一分钟思考时间，开始吧。”真刀真枪的实战，气氛陡然紧张起来，我看到很多人对着签字笔发愣，手足无措，面带苦色。

销售的核心是什么？直白说，就是首先要找到产品卖点，也就是能带给消费者的产品利益点，而且这个卖点要与其他竞品卖点形成有效效益化。其次，找到客户的真正需求，将客户需求与产品卖点结合起来，以此打动消费者，销售即可成功。做企划的基本素质就是能迅速找到产品卖点，并挖掘出消费者需求，所以这道考题切中要点。

面试者给出的大部分答案听来惨不忍睹，有人居然能把破笔夸成万宝龙金笔，气得我直笑：“呵呵，哥们儿，你是搞传销的天才！”

动心的有三个答案：“雨总，这支笔能流利书写20万字，非常适合您手下人长期使用，性价比好。”“老板，您别看这笔其貌不扬，但笔芯里的钢珠设计和工艺获得过国家专利，写字时不会跑、冒、滴、漏，关键时刻不掉链子，用起来踏实，不信您试试？”“雨总，我们厂子作促销，买二赠一，相当于打7折，多便宜！要不您来两支？”

三个答案，一个说笔墨优势，一个讲工艺优势，一个谈价格优势，不分伯仲。考完签字笔，我又把桌上的计算器端了起来，计算器考题刚过关，面前又换成了打火机……

招聘设计师，我的办法是挑一个报纸广告，给应聘人两分钟思考时间，找出广告设计上的硬伤，同时提出修改意见。很多人在胡言乱语，只有参与过某香烟设计的一个家伙，进入到第二轮测试。第二轮测试简单——手掌伸过来，手相掌纹会告诉我关于他的性格、健康、脾气等信息，也许比简历上的信息还丰富些。

看手相？很神奇。那次我和必×神鞋谈广告，也被高总看过手相，他和我初次接触，并不信任咱，所以想通过看手相来验证，这并不奇怪。现在某些重要商务谈判，有人也带相面大师来给未来的合作伙伴相面。我曾陪A集团老板参与一个重要商务谈判，对方就请来一位大师，他提出要看老板手相。咱老板啥身份，哪能随便伸手，结果对方因为老板的强势气场，愣没敢说个不字。

还记得一次商务宴会，一群哥们儿在喝酒谈事。席间，我发现有个人很健谈，跟谁都能热聊，唯独不和我说话。我附耳问他："嗨，哥们儿，你属鸡？""哇，1/12的概率，你怎么蒙的？"我嘿嘿一笑，并不点破。道理很简单，属鸡之人不爱和鹰钩鼻相貌的人交往，鹰叼鸡嘛，他没安全感。我就是鹰钩鼻，生活中朋友遍天下，但属鸡的朋友不多，主要是人家不认啊。席间，那哥们儿拿出画册，在一张合影中，叫大家猜谁是老板，我偶然猜中，众人皆惊。其实相书云："问贵在眉，问富在鼻。"合影中有一人竟生有"龙鼻"，那可是大福大贵之富贵相，不是他还能是谁？嗯，手相、面相所反映出来的信息到底准不准，仁者见仁，智者见智……别说咱迷信，只不过喜欢运用而已。

两轮测试后，我满意的企划应聘者有8人，但我只有5个岗位，必须淘汰3人，到了这环节，我才认真看简历，凡在大企业有过从业经历者，优先录用。道理很简单，我在报社发现一现象，从大报社或大广告公司出来的人，言谈举止一般挺自信，而弱势媒体人，心态普遍稍许自卑，这是媒体硬件所致，叫业务员直不起腰杆。我当然喜欢自信的家伙，何况还能借鉴大牌公司的企划方案呢。

现在我的团队藏龙卧虎——小黄来自蒙牛，陈东来自康师傅，赵一笑来自农夫山泉，小辉来自乐百氏，贺平来自丝宝。还有橙子，他是搞设计的。虽然他们都是大公司的基层人员，有的是企划，有的是销售主管，但他们勤奋肯干，愿意一起奋斗。好，人才要一网打尽！也许是咱运气好，这批过关之人后来都成长为部门中坚。

几个家伙不怀好意地拥到经理室，小黄冲我嘿嘿一笑："老大，我们觉得你出的考题不公平，你事前琢磨好久，而我们只能现想现卖，太为难大家了吧！”

哦，小样，想叫板？难道我还怕你们不成？想到这儿，我飒然一笑：“有什么要我当场销售的，画个道道吧。同样的规矩，但我只用半分钟！”

话音刚落，埋伏在屋外的秘书小杨挤了进来，就见她轻轻从头发上摘下一个女孩常用的细钢丝发卡，一面呈波浪状，一面为平面。小黄坏笑道：“老大，麻烦你帮忙把这根发卡卖给小杨吧，对了，别叫她开口说话哟。”

靠，这帮兔崽子，比老子还损！我一边骂，脑子里一边高速运转。还没到30秒钟，我开口了：“杨小姐，您好。我是美国亮牌发卡的公司代理，这款钢丝发卡表面镀上了一层特殊保护膜，能有效保护您的头皮和头发，而且发卡边缘都经过特殊工艺处理，圆润细滑，要不您现在试戴感受一下？”

所谓行家伸伸手，便知有没有。我答完题，屋子里鸦雀无声，全没词儿了。他们不说话，咱可要说几句：“大家以为我罩不住你们？出个鸟题想来试试水深？靠，有这闲工夫，还不如赶紧忙手头上的事！再要想这些歪门邪道，老子就要骂人了，赶紧干活去！”不可否认，经过这次互相摸底，手下人觉得我非水货，马上信心倍增，团队开始有了心气。

团队是建立容易管理难，但我在报社曾带过近百人的大型销售团队，有实战经验。我管理团队的观点是大家来此工作，无非有“三求”——求财、求知识、求快乐。满足员工“三求”，便能带出一支虎狼之师。对于“求财”，我认为只有干好自己的活，公司看到切实绩效，工资上调才有的谈。薪水是干出来的，不是要出来的！看见没，咱月薪从两万直接降到5 000，都没怨言。有人说了，我也玩命干活了，但老板就是不加薪，怎么办？这事要换角度想，你干活表面是给老板打工，但本质是为自己干，钱永远赚不完，而在最短时间学到最多知识，才是王道！今后带着一身本事再谋职，还愁薪水与本事不匹配？现在没匹配，那是因为干得还不够出色！

企划部成立后，很多广告公司上门洽谈广告业务。我灵机一动，对于带团队“求知识”有了新想法。凡是我认为有水平的广告人，都要求他们到部门作一次专题培训，讲解产品促销、品牌传播等方面的知识和案例。哼，不是在广告上有求于我吗，那就要付出点代价，呵呵，传道、授业、解惑吧。

记得有一次，我接触一家整合营销传播公司，总经理从乐百氏出来自创公司，他给我们详细讲解了乐百氏当年采用“哑铃型方案开拓市场”的策划案，让我们深受启发。那次他还带给企划部一个台湾经典营销案例。“龙井坊·850”大约有850年历史，为推广产品，曾举办过“850有奖征答”并大获成功。活动内容如下：根据数字850展开联想，征答者可从三个方向寻找答案——第一，谐音词句，比如850谐音“保护您”；第二，有意义的构思，比如公元850年如何如何；第三，与850相关的有趣发现，比如住在8巷50号是什么名人。奖金也与850有关：纪念奖850名，奖金85元；佳作奖85名，奖金850元；大奖是4 850元。

群众的智慧是无穷的，征答者人数极多。于是，各路奇思妙想层出不穷：

谐音类有：百福灵，百福临，拜福您，保我宁。

构想类有：[(1+2+3+4)×5+5+6+7+8+9]×10=850；850+850/999=850.850 850 850 850 850 850 850 850 850 850 850 850 850 850……想要多少850就有多少850。

发现类有：紫菜每100克中含钙850毫克；嘉义开往阿里山的早班火车是8点50分开车。

因为征答容易，而且答案妙趣横生，活动引起巨大反映，有几十万家庭参加征答活动，酒厂有力地提升了品牌知名度和历史感。策划方案被那位老总讲得生动有趣，而我也听得津津有味，颇受启发：A集团以后完全可以效仿“850有奖征答”，简单、有趣、互动、覆盖面广泛。

过了几天，我又请到一家省内有名的电视广告代理公司，代理公司的人带给我们的是一则北美著名广告的运动方案——“砰，我们打中了！”。

汤姆所在的公司，拿到了英国成人杂志《藏金屋》的北美发行权。但北美发行量最大的成人杂志是《花花公子》（品牌标志是一只白兔），拥有500万册的天量发行量，其影响力是世界级的。汤姆开动脑筋，想出了一个惊人的“猎兔计划”。他先在各大报刊登打兔广告：在来复枪瞄准器里，一只白兔正匍匐在十字准星的焦点上，画面下有一行小字：“一家名为《藏金屋》的杂志将要进行一场猎兔之战，在英国和法国已经捉到这只兔子，我们将在10天后面世。”广告引起轰动，第一期大卖20万册。

汤姆再接再厉，30天后继续刊登广告：谁惹恼了兔子？下面一行小字：“兔死谁手？非《藏金屋》莫属！”再过30天，又有新广告佳作：一只暴怒的兔子，兔子下面是一行省略号、感叹号、着重号，下面的广告词是：“看到《藏金屋》风行美利坚，兔子的痛苦和我们的喜悦都难以言表。”在《藏金屋》发行突破200万册大关时，新广告如下：兔子竟然在读《藏金屋》。广告标题是“《藏金屋》真令人羡慕，好看异常”。一年以后，《藏金屋》发行量冠绝全美，广告收山之作是一只十字瞄准器下的兔子，下面一行大字：“砰，我们打中了！”

打兔广告带来的思维冲击无与伦比，为此，我们部门还专门开了研讨会。虽然国内不允许作对比广告，也不许诋毁对手，但蒙牛公司却策划了比附广告定位，打出了“誓做内蒙乳业第二品牌”的广告口号，通过与竞争对手比肩，提高了品牌形象，其市场销量一举开创了火箭般的蹿升奇迹。人家有创意，我们为什么不学？我喜欢学习，以前虽然也帮企业作过传播策划，但跟促销策略比那叫花拳绣腿，咱根本没接触过一线销售的事。

那段时间每周都有高人过来指点，是我个人充电的最好时光，经验和见识疯长。广告领域很多东西相通，高人在旁指点迷津，说破其中奥秘，靠，短板变强项。嘿嘿，老子就是苦干加巧干的典型！当然，同事们也是眼界大开，业务水平蹭蹭提高。能切实学到有用知识，谁还抱怨工作苦，天天加班没人道？大家心里清楚，公司能随时炒人，但拿不走学到身上的本事，所以，人人如虎狼，个个勇争先。嗯，用培训绑定人才，是咱惯用招数。

团队风气建设是“求快乐”，这一点同样重要。虎狼团队难被外敌征服，但易败在内耗上。只有人际关系简单，所有人愉快工作，才能互助上进，从而避免尔虞我诈，钩心斗角。我在组建团队之初已宣布5条“军规”，考核是一碗水端平，唯业绩论功行赏，扯闲篇没用，我也不听。现在是大家有干不完的活，周末睡个懒觉都很奢侈，哪有时间八卦？高强度的工作氛围，在客观上也避免了人浮于事的弊端。逸总恨不得把企划部生吞活剥了，所以内部必须团结，枪口一致对外瞄着！违反"军规"者，立刻从部门滚蛋！

人活在社会上，讲究平等利益交换

原先逸总也是靠老企划部起家的，成功上位后，他将部门划归广告总部管。逸总常驻北京，心思都在广告上，对企划部管理鞭长莫及，再加上他有嫉贤妒能的缺点，部门都是些二三流人物，士气与能力双低，结果一年后被张总精简了。但厂子负责的销售区域是集团重点市场，确实需要企划人员亲临一线帮助经销商作促销策划，于是在张总等人的再三要求下，这次老板不找逸总，亲自操刀面试，就是希望找几个有能力的人才，一方面制衡逸总，另一方面实际支持市场需求。

也许还真要感谢逸总的工作姿态。只要是老板和总裁要求做的活，他是万苦不辞，一定要做好，甚至超出老板预期，但对于其他高管要求的工作嘛，他则是能推就推，能赖就赖，根本不买账。时间长了，搞得高管们怨声载道。

我跟逸总的玩法不一样，无论哪个部门需要我，我都鼎力支援。人家要求5天出活，我两天完成。而且谁使唤我都不成问题，哪怕是办公室要给食堂换标语这等不入流的小活，咱都肯接。这主要出于两点考虑。首先，这支团队我刚刚拉起来，必须在实战中尽快提高水平，今后好承接重要任务。其次，帮高管们的忙，其实就是帮自己。我不在老板身边工作，他怎么知道我的能力？只有在基层创出名声，才能让老板和总裁侧目，团队才有出人头地的那天。所以，企划部刚成立，各类设计和策划工作就源源不断涌来。慢慢的，我成为厂里广受欢迎的人了。

我叫手下人别低看了食堂换标语的工作，马虎不得。他们首先在网上搜集标语，然后按门类整理，再精选出200条供食堂甄选。总之，活不分大小，只分做得好与坏。办公室见活做得漂亮，很快跟我亲近许多。主任透露给我一个信息，前段时间总裁曾在无意中抱怨名片不好看，办公室在征求张总意见后，决定给老板和总裁各设计两款名片，其中一款是贴金箔的名片，专为VIP客户预备。因为我有不嫌小活的前传，所以才有后面为老板设计名片的后续，嘿，接到甜活后，我为自己鼓掌叫好。

其实，这是很多成功者惯用的思路，也可以说是养成的好习惯。别嫌活差、钱少而不为，从小活、小钱玩命干起，以后才能逐渐接到甜活挣大钱。李嘉诚曾说："我17岁就开始作推销，更加体会到挣钱不易和生活艰辛。人家做8小时，我就做16小时。"我向李嘉诚的干活劲头致敬，一样也是从周一干到周一，每天苦干16个小时，人称"716铁人"。

榜样的力量无穷。一个人和团队想做点成绩出来，没吃苦的劲头就想成功？算了，还是洗洗睡吧。于是，中午我们能看见小黄宁可吃方便面，也不到食堂浪费时间，问他不至于那么节约时间吧，他却说："企划部的饭碗不好端哦！"晚上发现设计师杨柳趴在键盘上呼呼大睡，当被叫醒后，她眼泪夺眶而出，哭着说："还要干呢！"深夜在宿舍里，睡觉前仍能听到热烈讨论促销方案之声……一句话，大家快成工作偏执狂了。虽然众人来自五湖四海，性格脾气迥异，生活习惯各不相同，但团队正义之气正在形成，玩命工作已是常态，居然到了一天不加班，就感觉浑身少点什么的程度。仅仅不到两个月时间，虎狼之师奉行的"716精神"和出众成绩，也慢慢从厂里传到其他分公司里去了，最后传到了老板耳朵里。嗯，咱要的就是这效果，逸总想埋汰咱这金子？滚，门都没有！

管理团队除了正面鼓励打气，还要背后"严厉管束"，一张一弛，拿捏有度，才是管理王道。我对手下人要求严厉，当我拍桌子发怒时，人人只想赶紧跑路。我的绰号叫"雨爷"。有人在隔壁听到我冲人吼叫时，往往是如下对话："喂，那位北京雨爷又他妈的发火了！今天哪个倒霉蛋被雨浇透了？""靠，操丫大爷的！"

唉，背后骂人总是很难听……

记得有一天晚上，贺平和小黄谎称头疼，说回宿舍休息。可等我下班回去，却发现两人踪迹不见。于是我也不睡了，躺在床上边看书边等他们。半夜，二人偷鸡摸狗般，猫手猫脚潜伏进屋。

我二话不说，喊他们出去，劈头盖脸一顿臭骂："你们说，是不是出去喝酒了？靠，老子还没去耍，就轮到你们潇洒去了？现在企划部刚成立，外部逸总阴险，内部没成绩就被裁撤！难道你们一辈子就想做个策划师，一个月领3 000元工资？就不想一年后做部长，三年后做副总，今后讨个好老婆？成，哥几个不想玩命干活，那只好另请高明！”

我真怒了，有怒发冲冠的意思，围着他们边转悠边骂，骂得二人一身鸡血。无论出于公心还是私心，不为别的，我就想带领虎狼之师在集团杀出一条血路，大家都能博个锦绣前程。要不我放弃北京，跑到人生地不熟的C市来谋生，脑子有毛病啊。等骂够了，气也消了，又开始怀柔他们，苦口婆心讲道理，谈理想，说未来，甚至把还债经历拿来分享，足足折腾到天光见亮这才罢手。响鼓也要用重锤，从此，小黄、贺平二人精神面貌有了莫大变化，真心要求向上，做事风格趋近于我，进步可谓一日千里。道理很简单，解放战争时期，国民党士兵大部分很熊，但为什么加入解放军战斗序列后斗志变顽强了？人没变，但思想变了。政委会做思想工作，把国民党士兵喊到一起开诉苦大会，大家都来讲述自己在家乡如何被地主老财欺凌，如何吃不饱穿不暖，说着说着，大家就鼻涕一把泪一把了。过去是为升官发财打仗，现在加入解放军是为自己打仗，为自己的土地和家人打仗。道理讲通了，思想转变了，心气自然高涨。

我把这套理论活学活用，抓住机会就教育大家……所有人都曾被我狠狠骂过，很多女孩是边流眼泪边挨骂。因为我只谈工作失误和态度，不涉及人身攻击，都是为他们前途着想，大家自然服气。对，我就是要把团队建设成为一起抱团进步、一起抱团发财、一起抱团实现梦想的虎狼之师。

当然，该轻松时就放松。逢年过节啦，同事生日啦，小小庆功会啦，我要么赠送小礼物，要么掏钱请客。这时，大家聚在一起吃饭喝酒，随便开玩笑无所谓，荤段子、恶作剧随便说，我也是其中的活跃分子，张口就恶搞：“一笑，给我10元钱，我就告诉你一个迅速赚100元钱的好主意，而且还不用费力气。”

“啊?!真的呀，老大，你不是蒙我吧？呵呵，天上真能掉银子？”

“废话，当然能！我蒙过你吗？有说话拉抽屉的时候吗？”我说得信誓旦旦。

仰仗平时积累下的威信，还愣把赵一笑给拍住了。他将信将疑递过10元钞票，嘴巴里念念有词：“靠，平时老大好像不太喜欢整蛊，信一回吧。”

我拿着钱又冲小黄晃晃：“哥们儿，谁给钱我立马告诉谁，你丫不想搞点外快花花？”一番张罗，收到60块。

我看桌上也就8个人，俩女孩没给钱，只是抿嘴微笑。我也不好意思一网打尽，于是绷着脸装严肃：“妹妹们，先到外面避一分钟，我要公布答案了哦。”女孩前脚刚走，几头恶狼就扑上来了：“老大，快说吧。”“呵呵，不会给我们变魔术吧？”“老大，在海边不要讲笑话，会引起‘海笑’的哦！”

“嘿，今天总算不用我请客了，谢谢大家赞助捧场，呵呵。搞钱还不简单？找10个像你这样的家伙！”话音刚落，饭桌上一片嬉笑声。

我们边吃边聊，大家推杯换盏，喝得不错。我时不时给大家讲点儿北京风土人情，报社趣闻乐事，当然还有很多历史掌故。一杯酒下肚，又习惯性地转到励志、修身、养性上面来了：“前几天看了一本林则徐的书，林则徐曾把《金刚经》的名句‘无欲则刚，有容乃大’，改成‘海纳百川，有容乃大，壁立千仞，无欲则刚’来自勉……”

小黄脑子就从来不在正道上走，他马上打断我话头，给出了另类说法：“什么？有容无欲，乃大则刚？哈，这话说得有水平！前半句的意思好像是说女孩再漂亮，也不能激发起爷们的欲望，乃大则刚的意思就是……”

没等小黄说完，秘书不干了，娇声骂道：“得了，得了，狗嘴里没好词，后半句省省吧！”众人又是一阵哄笑，唉，本来还想和大家分享一下读书心得，结果被小黄把咱意思全给搞拧巴了。

在A集团工作，我进入一种“魔”的状态——付出也许没回报，但不付出一定没回报！所以我什么事都能和工作挂钩，即便吃夜宵，一样能进入工作状态。

俩月试用期很快到了。在我的转正报告里，张总在用人满意度一栏，郑重写下“非常满意”，在综合打分一栏更是写上了“100分”！他望着我，颇有感触：“雨经理，建厂10年光景，集团试用员工无数，但无人满分，你，开天辟地头一人！恭喜你！呵呵，老板没看错人。武汉会议上，我认为你将来是个人物，也没看错你，很好！这里有本《一万小时天才理论》的书，写得不错，拿回去读读。”我使劲点点头，真要感谢张总，像老大哥在关心咱。

这份人事档案至今仍保留在集团档案库里，上面记录下了我辛勤的汗水、忘我的态度和积极进取的精神。现在回忆起来，可以说，我把自己最美好的时光全都奉献给了A集团！岁月如梭，离开A集团已有6年光景，但我永远忘不了，在A集团工作的艰辛日子和光荣岁月，还有陪伴我一起战斗过的部下兼哥们儿。

人事部带着老板上次和我谈话的笔录，来找我谈转正薪水。根据集团薪酬规定，部门经理级根据岗位重要性不同，薪水从5 000到8 000元不等，总监级从10 000到25 000元不等，总经理级从20 000到40 000元不等。聘我是按总监级，但我所在岗位是部门经理级，所以人事部请示老板后，参照总监级标准给我定的月薪是15 000元。虽然比在K杂志发的薪水少点儿，但我已经彻底喜欢上A集团了，认定在这里能学到真本事！

发薪之日突然想起曾和人事主管聊天，他告诉我老板有一个试人办法。那年集团新聘请一位销售老总——冯总，他负责东北大区。冯总是从××可乐出来的大区经理，颇有能力，其职业素养得到了集团公认。头一年由于业绩突出，冯总受到重用，集团调他负责两个大区的销售工作。但从他上任头天起，工资竟连续半年一个子儿没发！可冯总跟什么事都没发生似的，谁也没找，谁也没问，依然卖命工作。半年后，一天老板告诉冯总：“冯总，你欠我20万啊！”

“啊？不会吧，我没欠您钱啊！”

“你回去查查银行卡吧。”说完老板走了，留下目瞪口呆的冯总。冯总忙查银行卡，乖乖，不得了，卡上不仅有了半年的薪水，另外还多了20万！

人事部主管告诉我，老板喜欢人为给特定的人制造困难和麻烦，拿困难考验人。销售一定要交给嫡系部队做，老板肯定想器重冯总，但又不了解其为人，怕他是为高薪而来。如果公司遇见困难，暂时发不出薪水，他会不会甩下摊子一走了之？这些都需要制造困难来考验，以看看冯总的忠诚度，显然，冯总经受住了考验。而经受住考验的人配得上高额奖励，老板采用一打一拉的策略，彻底收住了冯总的心！主管精辟的分析让我内心更加由衷地敬佩老板：高人！绝顶高人！靠，老板做事，总是叫人眼界大开！

冯总的案例启发了我：咱要没业绩，老板能同意我的薪酬按总监标准发放？这是私营公司，不是大锅饭机构。看来，老板一直在暗中考察我，并没忘记我！嘿，也许老板还不知道我是横跨广告和室内设计的两大高手吧，好，到时候给集团露一手，看看咱真本事吧！

读完张总送的《一万小时天才理论》，颇有感触。书中说了一点：任何领域的专家都要经过一万小时专心致志的练习才能成才。换言之，要想成为人才或天才，就要在长达10年的时间里，每天有效训练3小时，才有可能成功。书中举了无数名人的例子来证明该理论的成立。

哇，我推行的"716精神"不正暗合书中的理论吗？如果企划部每人每天干16小时，则一年有5 840小时得到训练，两年后很多人将成为营销专家。但我为什么要逼迫大家辛苦工作呢？道理很简单。漫漫人生总有辛苦时，年轻时多努力，老了就轻松；反之，苦不堪言。谁愿意一把年纪，还被迫外出奔波？所以，我们要趁着年轻多学、多干、多挣钱啦。

还是那句话，薪水不是要出来的，是干出来的。来自丝宝的贺平刚到部门时未见有过人之处，但他肯跟自己过不去，做事绝不偷奸耍滑，学会了很多我做事的方法和思路，而且事事笨鸟先飞，三年后他不仅精通企划，熟悉营销，更在广告设计方面突飞猛进，成为部门复合型人才的标杆。2004年他升任企划副总监，年薪15万。2006年他回到家乡创业，成为某大牌饼干的经销商，三年后人家已经买下一个黄金商铺和两辆车，事业蒸蒸日上。如果当初他没在企划部锻炼4年，没有脱胎换骨的变化，能有今天的前程？洗洗睡吧。

从建立企划部第一天起，我就梦想"一统"集团所有分公司企划部！现在各大分公司，只成立了C市分公司企划部，发展前景不言而喻。我要是能把团队带成虎狼之师，自然能不断向老板申请添人加枪，完后再逐步将骨干一一调到各大分公司组建新企划部，就像细胞分裂一样，步入旺盛的生命周期。

为了实现梦想，所以我要将平生所学倾囊相授，同时玩命督促大家干活。

当然，人活在社会上，讲究“平等利益交换”，我也并非无偿传授。众人拾柴火焰高，部门业绩显赫，我自然是第一受益人，好比众人为我抬轿上山。同理，大家付出努力，所获的好处不仅是随我升迁而前途大旺，更能学到一身文武艺，本事大涨，眼界大涨，身价看涨，这也是我管理团队所提倡的“三求”中的“求财”。所以，不论坐轿之人还是抬轿之人，最后所有人不都站到山顶上了吗？对，利益均沾，好处共享，眼前就是一幅“我为人人，人人为我”的景象。

这就是俺的小私心：当大家看到自己有望从策划师升职到部门经理时，谁不想玩命干活？好嘛，等他们当上部门经理了，团队近百人，一水儿是咱嫡系部队，那企划总监名号该归谁？他们会听从谁号令？听逸总的？歇菜吧，不符合老板的双轨制竞争原则嘛。嘿嘿，到时就逸总手上的那几杆破枪，去死吧！

把对手逼到死角没好处

这天下午，小杨敲门进来：“老大，孟总说昨天跟你约好了见面时间，现在他在外面等。”

“好，请他进来。”

时间不大会儿，身材高大的孟总笑呵呵地走了进来，他有些富态相，不过头发稀少，但梳理还算整齐。孟总曾是一个房地产商，他发家时，我们老板还在给人打工呢。孟总在事业上曾帮过老板的忙，两人有点儿交情。可孟总发达后不思进取，整天忙于泡妞，结果才几年光景，产业败光了。现在孟总就靠过去一些老关系，挣些广告费讨生活。张总知道孟总与老板的关系，事先打过招呼，说可以适当给他点儿广告。人就是这样，三贫三富不到老，创业难，守业更难。我感慨孟总的遭遇，但更感慨自己的过去，不免见到孟总格外热情。

孟总手上有一条省级国道的户外广告位，不是我感兴趣的擎天柱，而是横跨国道过街桥上面的户外广告，档次明显低了。我一边翻看户外广告资料，一边听他介绍，一边暗自盘算谈判思路。孟总的户外广告位刚拿到不久，肯定急于招商，广告位闲置一天，那就损失一天的钱。也就是说，孟总为招商而急，必然心态失衡。嘿嘿，他心态不好，我心态可好。那咱就利用他心理防线的缺陷，打他个措手不及！

想到这里，我起身对孟总说："孟总，对不住，我上趟卫生间，您先喝茶。"说完，出门直奔小黄办公室。见到小黄劈头就喊："小黄，老孟来了。一会儿短信联络你，收到短信你来办公室当黑脸，按昨天说的，痛批丫价格。"小黄使劲一拍胸脯："放心吧，搞死丫的！"

回到办公室，我不紧不慢地问："孟总，说了半天，您先报个实价吧。"

"雨总啊，我跟您老板那是老熟人啦，一般对外报价都是一块过街牌，一年要10万，少于这数可不干！但对您好说，再打个九折，看，够意思吧。"

我的谈判原则是永远不接受首次报价，而且在开始和对手谈判时，我开的条件一定大大高出对方期望。因为我开的条件越高，最后我得到的越多。这法子屡试不爽。听完报价，我眼睛瞪得溜圆，极为吃惊："啊，啊！不会吧，一块广告牌一年要9万？哇，孟总，您这不是来谈广告，感觉像在打劫银行呢！"

"哈哈，雨总真会开玩笑，已经很便宜的价格啦！要不是看在您老板的面子上，我根本不会报这个价格的啊！"显然，孟总被我的俏皮话逗乐了。

"不，不，还是孟总您更会说笑，9万报上去，张总还不把我给劈了？搞不好集团审计部还要怀疑咱吃了回扣呢！不成，您再考虑考虑，重新报个实在价。"嗯，老子就是不开口还价，先叫他自行降价。等他实在降不动了，再拿菜刀帮他继续往下砍！

孟总不愧是个老江湖，他既不降价，也不在价格上作过多纠缠，而是马上诉苦："雨总，我这可是小本生意，广告费大头都要交国家，每年还有画面维护费，公路巡视费，对，开票还要交税，最后落到兜里根本没几个子了！不像A集团，那是做大生意的，您们还在乎这几个小钱？"

听完他的诉苦，我心里暗自发笑：光谈价格只会越谈越窄，老孟不作过多纠缠，是高手表现！哼，这老哥采用的是谈判中的"诱捕"策略，要将我的注意力从真正的谈判上引开。哼，听他诉苦，老子还一肚子苦水没地方倒呢，老子要集中话题，坚决抵制他的"诱捕"！

"我们老板的生意做得才叫辛苦，费了老半天劲，卖瓶牛奶还赚不到一毛钱，要是投放一条过街桥广告牌，我算算啊，需要公司卖多少奶才能凑齐。"说完，我抄起计算器开始算上了。

记得那年在报社，我去谈麦当劳广告，我说你们麦当劳财大气粗，怎么才做半版广告？为什么不做整版？对建设品牌形象多好呀。可人家广告经理拍着我肩膀，语重心长地诉苦："小雨，我们卖一个汉堡能挣几个钱啊？花8万做个整版，那得卖多少个汉堡呀？来，我算算啊……"靠，当场把我算得够呛。咱吃亏不能白吃，现在正好有样学样。

针锋相对，我开始反诉苦："哇，孟总您看，需要卖100万瓶奶才能凑齐9万呢，100万瓶奶就是4 166箱，那可要两个前8后8的货柜车才能拉走呀！啊，一块广告位要100万瓶奶?!不成，价儿太高了，太高，太高了，您得再降降！"我有意扰乱视听，将"一块牌子广告费需要卖100万瓶奶的集合利润才能冲抵"，故意简化成"一块牌子需要100万瓶奶"！嘿，偷换概念后，连我都感觉自己确实吃了大亏！大家可千万别小看偷换概念的招数，如果再反复说上几遍，谎言像真理，无形中将在谈判对手心中产生影响。

孟总的招数没起啥作用，叫咱硬顶了回去，而且反被我鼻涕眼泪地说得不大落忍起来，他似乎有些郁闷，最后一咬牙，讪讪说道："那最后打个八五折吧！不看在雨总的面子上，我绝对不会报出保本价，这可是最低的价格啦！"

什么？才八五折？还是保本价？嘿，才开始报价吧。我心里一阵好笑："孟总，一般广告人我是不接待的，因为没计划，谈了白谈。按说您这块广告也没计划，但因为您和老板是朋友，有这层关系，我们才建立起谈判基础，可我发现您还没表现出足够的诚意，所以希望大家都能珍惜机会。您说呢？"

"啊？还没诚意？雨总，真是最低的价格啦，我从来也没超低价卖过广告啊！再说，省级公路每天来来往往车辆不下20多万辆，对产品宣传绝对物有所值。实话讲，我才拿下这批广告位，就有包括中国移动在内的很多客户感兴趣呢。"

还在顽强抵抗？哦，还拿其他客户压我？要是别人感兴趣，干吗第一时间来找我？不愿意卖高价就喜欢让我占便宜？哼，没诚意！看来不给点儿压力，孟总是不会吐口的。想到这儿，我拿起手机，面无表情地发了条短信。

很快，小黄推门进来，大家互相寒暄："这位是著名的户外广告公司老板，孟总。这位是小黄，专门负责户外广告业务，他对价格比较熟。"

小黄忙摆手笑道："一般，一般熟。对不起，孟总，刚从外面回来，来晚了，对不起啊。"孟总见谈判中忽然多出一人，知道谈判又要重新开始，刚才的笑容似乎不那么协调了，而我是看在眼里，乐在心里。

早在谈判前，张总已打过招呼，广告可以给他十几万做，但价格要公道。我事先让小黄找广告公司的朋友询问过价，这类户外广告的费用一年大概不超过7万，而我的心理价是一年5万。事先我交代过小黄，只跟他谈价格，不扯闲篇，就是叫他为了谈价而谈价，让他的谈判路子越走越窄！我作为甲方代表，在商言商，管他是谁的朋友，能为公司节约一分钱都是咱的本分。

果然，小黄刚坐下便开始表演了："孟总，您可别怪我说话直啊。实话说，您家的广告价格那是八月十五吃元宵——与众不同哦，呵呵，其实这类户外广告不值啥钱，一年顶多3万。听说有些关系户，比这价钱还低也能拿下来呢。"

话音刚落，孟总好悬没把刚喝下去的茶喷出来。他干笑两声："黄总说话确实直率，但我们不可能3万拿到牌子，绝对不可能！真有这种好事，那还要托黄总的福气，下次帮我介绍介绍？"

很快，小黄和孟总一来一往激烈交锋起来，小黄又是摆事实，又是讲道理，说个不亦乐乎。孟总也不白给，也是兵来将挡，水来土掩。而我是坐在深山观虎斗，趴在桥头看水流。先拿小黄灭灭孟总锐气，最后我再给他使个"红鲱鱼策略"，一把搞定价格！

谈判中采用"红鲱鱼策略"很有效果。鲱鱼晾干腌制时肉会变成红色，英国称为"腌熏鲱鱼"。反猎狐组织发现，只要他们把一条腌熏鲱鱼放在狐狸经过的路上，鲱鱼味道就会盖住狐狸骚味，猎犬就无法追踪到狐狸的踪迹了。这时候，猎手们会大叫："哎呀，浑蛋们又在糊弄猎犬啦。"由此，红鲱鱼就专指那些能够转移对手注意力的事情。

朝鲜战争和谈期间，朝鲜和韩国一致同意，各方应分别选三个中立国作为自己的代表，连同本国的谈判代表一起出席谈判。韩国很快就选定瑞典、瑞士和挪威。而朝鲜选择波兰和捷克，但他们宣称自己暂时选不出来第三个国家，建议双方先开始谈判。谈判很快陷入僵局，这时，朝鲜使用“红鲱鱼策略”，他们宣布第三个国家是苏联。顿时，国际社会群起攻之，因为苏联不是中立国。但朝鲜说，苏联没直接参战，不会抱有偏见。他们坚持了一段时间后，形式变得微妙起来。最后朝鲜同意不邀请苏联，但回报就是允许修建前沿机场。事实上，朝鲜从来没想过请苏联加入谈判，但他们采用“红鲱鱼策略”，硬是捏出一个条件来分散韩国的注意力，并最终交换到了自己想要的东西。

孟总跟小黄死掐半天，谁也说不动谁，他只得转头跟我聊：“雨总，您看看，价格没法谈下去了，照这样谈，生意肯定亏本，我们的合作只能是有缘无分啊。”

“您现在报价8.5万，小黄出3万，要不我稍微加点，干脆4万一块牌子给我们算了。”

“不，不，不行！少于8万就没法做了！”孟总边用手比划数字8，边使劲摇头，情绪有些激动。

哦，又自动降价5 000？那不等于没降价吗？靠，这家伙好顽固！嘿，您老看来是真老了，大概还不知道70后年轻人的手段吧？我心里冷笑一声。

我要给孟总搞点作料出来：“看您也真不容易，辛辛苦苦跑来一趟，要不我来谈个报价，您要觉得合适，我立刻给公司领导上报计划，下周开始发布广告。”见我要亮出底牌，孟总眼睛一亮，嘴里马上连连说好。

“孟总，大家谈了半天，我认为小黄的报价确实比较公道，但考虑到您的特殊身份，所以我提个折中方案。一块过街牌一年5万！可估计公司难认可，所以为了让张总点头，我的意思是实物冲抵广告费，您看行不？”

“啊？实物换广告？我要卖100万瓶奶？这，这万万使不得，让我到哪儿去卖啊？不成，雨总，这种玩笑可开不得！”孟总急了。

“孟总，又不是给您奶牛，是给牛奶，保质期长达一年呢。”小黄嘴巴够贫。

靠，小黄的别称真应该叫“秋高”，看孟总的模样，都成“气爽”了。孟总心态失衡了？急躁了？数字都算错了吧！呵呵，100万瓶奶销售额100多万，毛利9万，您把销售额和毛利给搞混淆了吧，估计是被我刚才报的数据带进笼子里去了。言念及此，我继续装为难样：“唉，我好人做到底，就再让一回，算体谅您的难处。广告费按70%实物冲抵，30%现金支付。孟老大，这可是最后的让步了啊。咱们啥都说啦，行就行，不行只好改日再聊喽。”

什么最后价格，最后让步，这些官话在谈判中是屁话。果然，孟总跟没听见我说话似的，还在硬扛：“雨总，我是真没地方消化这堆产品，估计过期两年还没卖完。您就千万别搞什么实物冲抵啦。还有，价格您也再往上抬抬。”

孟总虽然表面强硬，但我听出点儿玄机来：哈，终于松口了？“红鲱鱼策略”好管用，要不再多给点儿压力试试他的成色？我装作极为难的样子，搓着两手，倒吸一口凉气，苦着脸说：“唉，孟总，最终价格我也报了，还要再抬价？万一公司从啥渠道知道牌子只值3万，没准还叫我赔两万呢。企划部内部有分工，小黄专管户外广告，公司真要问起来，信小黄还是信我？这不叫咱有口难辩吗？不成，这事有风险！唉，要不您回去再考虑考虑？”

小黄真是分忧之人，马上接口说：“孟总，真不巧，今天雨总确实忙，他马上还要开会。这样，请您到我办公室，我们来个开灯聊天——说亮话，干脆把价格的事彻底说透。”

我把3万报价说得跟真的似的，简直是当既定事实来说，这是甲方谈判优势，指鹿为马。叫孟总跟小黄聊一块牌子到底值不值3万？孟总恨不得把他直接钉到户外牌子上去！

孟总见我起身，也勉强跟着站起身来，可等他快走到门口时，忽然一咬牙，神色异常严肃：“好，雨总，啥也别说了，大不了不挣钱，最后给个痛快价，5万一块，但不要实物冲抵！”

“不要实物？这个，这个嘛……孟总，您真叫我好为难！好，既然孟总是个痛快人，那咱也痛快，5万不变，但有俩条件您必须答应。”

嘿，无中生有之计成功了！什么实物冲抵广告，屁话。孟总谈判谈蒙了吧，被小黄把思路祸害乱了吧。谈判最重要有三要素——单价、付款方式和官司上诉地，现在只是敲定单价，付款方式还没开谈，急个啥？到时候孟总不掉层皮，我跟他姓！心事不可挂相，我平静了一下心情，走到办公桌旁，背对孟总端起茶杯喝了口茶，好，下面就看对手如何接招。

“雨总，从谈判开始，我是一让再让，从9万直落到5万，简直卖个杀猪价！您还要提啥条件啊！”孟总见我还有心情喝茶，又开始抱怨上了。

“孟总，您先别急，事情总要谈清楚才好执行吧。我条件不多，5万是含税价，必须开齐发票。广告位得由我们指定，要刚出城过街桥位置。”

“雨总，我们一开发票，马上交7个点税金，您公司要发票，那税金得您公司出，这是广告业行规呀。呵呵，雨总眼光好，刚出城的广告位可要加收10%的位置指定费呢，10%没商量，但我可以安排三个很不错的位置，您随便挑。”

嘿嘿，这孟老大，啥亏都不肯吃啊！好吧，再给他搞点甜头尝：“孟总，刚才我说的是购买一块牌子，要是我想购买两块牌子呢？都快成团购了，那这些条件就不算条件了吧。”

“买两块牌子？唉，那也不成。您现在投得越多，我亏损也越多。税金和位置没得商量。”

哼，早知他不肯低头，但我也不急，站在门口继续劝降：“您说中国移动要投，投了吗？不是还没投吗。就凭您一面之词想‘摇’其他客户，成功概率有多大？您是过来人，招商经验丰富，这道理您该很清楚。事实胜过雄辩，我们可是实打实投放，连著名的A集团都投放了，对您招商那是树了个多大的榜样啊。可现在您又想利用A集团博名声，好招商，又想从A集团获厚利，好挣钱，天下名利双收的事情不多见吧。我认为要么获利，要么获名，二者选其一。如果您想拉A集团第一个入伙，那最好接受俩条件，让点利出来。孟总，这是我的心里话，您还有时间考虑，不如今天就先聊到这儿？”

“等等，等等。”孟总一把拉住我胳膊，这番话说动他了，“每块牌子包税价5.5万！我立刻同意俩条件。”

“这不等于白说吗？一块牌子5万，公司还不一定准奏呢，您又坐地起价，干脆您找张总谈合同算了。”

“张总说广告要找您谈，说归您管，大家都是自己人，您和张总就别互相推啦。还有，您干吗一定要出城位呢？其他地段不也挺好吗？”

“您在考我？大部分坐车的人刚出城时还有心情欣赏窗外的景色，可坐久后，要么睡觉，要么看书，要么看车载视频，谁还有心思往外看啊，广告效果大打折扣，呵呵，孟总，咱说得对吗？”孟总见我一语中的，只好尴尬赔笑。

小黄发现孟总有点笨嘴拙舌，他见机又挤兑上了：“孟总，您这一亩三分地又不是央视广告，强势到还要指定费？您不是说大家朋友一场吗，干脆再让一步，合同不就签下来了？”

“要不这样，我同意每块牌子5.5万，但要赠送半年广告发布期！您看成不？”我是故意开新价码，不是想激怒他，而是想摸清底牌。

“雨总，难怪老板把您从北京请过来，我发现您真是谈判高手！现在价码都谈成地板价了，还要再送半年广告？那不是5万再打6折？不成，不成！别再砍了，叫老大哥少亏点儿行吗？干脆5.5万算了。”孟总边说边冲我挑大拇哥。

我知道他表面夸我，实际心里正在痛骂：这兔崽子，真他妈的能算计！

小黄边鼓敲得响亮：“一块广告牌要5万？呵呵，话糙理不糙，这可是屁股上画眉眼——好大的面子！哼，雨总可真给您面子。实话说，他才来公司，做事难免谨慎，但这次为了您的广告，绝对破例了。就这类高价广告，谁去汇报都要加着小心，孟总，您可不要光顾着赚钱，也替雨总想想他的处境才对呀。”

嗯，才来公司，做事难免谨慎，但这次为了孟总的广告，绝对破例了……这家伙一打一拉，说话绵里藏针啊！听完小黄帮腔，我感觉超爽。

眼看谈判即将成功，孟总当然不想前功尽弃，他的防线又开始松动：“雨总，黄总，真是感谢二位的支持，多的话不讲啦，要不俩条件我们两家各承担一个？”

什么？只承担一个？门都没有！不过在砍杀之前，咱还得好好给他洗洗牌：“对外，如果A集团只发布一块牌子，很多客户会想，是不是孟总拿个免费广告来‘摇’我们？他们会怀疑其中有诈。对内，小黄说白了，广告纯属帮忙，甚至还帮您加了一块！两块牌子的招商效果，绝对顶呱呱，当客户看到A集团两块牌子后，谁都相信您所言非虚。唉，本意是想真心帮忙，看来孟总还是把小雨当成外人了，咱算帮不上您忙啦。”

广告行业里的水很深，尔虞我诈的事多了去了，只有真正做过广告业务的资深广告人才有深刻体会。孟总不是想借A集团的品牌力量，来糊弄其他客户吗？那好办。孙悟空借芭蕉扇，还要三借四请呢，累个半死才蹚过火焰山。想借用我们A集团的品牌归您老使唤，总要付出点代价才能借到吧。我相信孟总从商多年，知道如何叫客户相信A集团是真投广告。没有两块牌子摆在那里，谁会轻易相信？这些道理，会说到他心坎里去的，我就是要利用他的急躁心态，把他特别想得到的东西，当成武器来摧垮他的防线！

7年后，咱的谈判水平又有精进，我再次利用攻心武器，通杀八方，为一家上市公司老板获得了几百万免费广告。对手不一样，说辞不一样，但套路一样。后话暂且不提。

这场谈判从孟总诉苦开始，接着我反诉苦，然后孟总再诉苦，最后我继续诉苦，我们两人简直是轮流在搞诉苦比赛，就看谁诉的苦更苦！果然孟总中招了，他连忙解释：“雨总，误会，纯属误会！要不这样，税金我承担，但您就别再指定位置啦，反正公司只知道发布价，对广告位也就不那么深究了，算给老兄行个方便，行不？”

“谢谢您理解我的难处，这样吧，一块广告牌由我指定位置，另一块位置您选三个地方，我来挑。不过，作为交换条件，要再提个新要求。”

孟总见我又要提新要求，脸色更加难看，眼睛使劲盯着我看，生怕又出啥幺蛾子。我平静地说道：“孟总，刚才您说这条国道上有20多块过街广告牌，我想您一时半会也招不满。要不，我出户外广告喷绘的费用，在招商期间，凡有空白位置全挂A集团广告，如果您招来新客户，随时换下我的广告，看，您没吃啥亏吧。”

这是一个大胆的想法，对孟总来说，具有超前创新意义。他想了一会儿，觉得也确实没吃亏，便点了点头。

“孟总痛快！好，既然您给面子，那如果我再增加一块，总共订三块牌子，您又可以给点儿什么优惠呢？”

“哈哈，雨总啊，每增加一块，就谈一次优惠，三块谈完还有第四块吗？要不一次说完数量，我们再谈。对了，付款方式呢？”孟总边说边笑，看样子被黑红脸战术搞晕了，嗯，离思想崩溃已经不远了。

哦，现在才想起付款方式还没谈？呵呵，晚啦！我心中偷乐。

“别误会，那还是因为您为人爽快嘛，大家说话投缘，所以我刚刚私自做主，才有追加的意思。现在没了，真没了，我们只做三块！”

“那广告付款方式呢？还有，您又想要什么优惠条件？呵呵，一口气都说完吧。”孟总似乎已经开始适应我的谈判风格了，他也咬紧牙关，闭口不谈回报。

“还是您说吧，孟总是谁啊，手上资源多的是，随便给我们点儿，那就很丰厚啦。您在篮子里选选，看还能给点儿啥优惠？”

“呵呵，雨总后生可畏，还是您开条件吧，只要别太为难老大哥就成。对了，还没谈付款条件呢。”

“无预付款，一年广告期发布完后，30天付清全款。孟总，广告先发布，款项后支付，这是张总定下的规矩，我无权更改，要谈您得找张总协调。”

我知道孟总最怕我和张总踢球，踢着踢着就能把球踢飞！所以我故意把最难谈的部分支开。对谈判对手来说，怕什么才要来什么，只有狠拍其痛点才能叫他就范！

果然，孟总说话语速明显加快：“雨总，哪有这样的霸道条款？哦，合着我钱也没拿到，货又卖光了，税还要自己交，还要免费发布20多块广告牌，单价还最低，还要免费指定最好的位置，整整6条好处啊！雨总可以吃肉，但怎么也要剩点肉汤给老大哥吧。啥也别说了，首付50%，半年后再支付50%。这条件谈不拢，合作就没法进行下去了。”

在谈判中无论谈到什么时候，只要对方要求我做一个让步，那咱就一定要索取点儿回报。我的原则是如果我为你做了这个，那你又为我做些什么呢？但我不提具体要求，因为对方开口提的回报也许更好。这场谈判中，我很清楚最终目标就是要拿付款条件换更多免费广告。

见孟总真的生气了，我连忙安慰他："您先消消气。我们不是在商量吗，用不着生气。付款条件是张总定的，我也不好擅自更改，我只是一个传达者。说实话，我觉得张总定的规矩不合理，霸道，欺负人。我曾在报社干过广告，深刻体会到乙方的难处，而且最怕甲方拖欠广告款，追讨好麻烦。您的意见，站在客观角度说，有道理，换作我也一样。但人家是著名的A集团，店大欺客在所难免……这点还要请您多多体谅。"

我的黑红脸策略是"明黑脸"小黄，"暗黑脸"张总，两个黑脸再加上一个红脸，三条大汉还能按不住孟总？果然，孟总见我有些义愤填膺，一个劲儿帮他说话，气色稍有好转，他轻轻叹了口气："唉，付款条件接受不了，我是小本经营，账期拉得太长受不了。要是每家客户都像A集团，这得垫多少款啊。雨总，要不您再跟张总通融通融？"

我假装想了想，故作仗义状："喊我帮忙不难，谁叫您是老板朋友呢，但您不是没跟张总打过交道，人家眼睫毛都是空的，是位精明老总。在商言商，怎么都得出点儿血啊，没给集团一些回报，就叫我拿张嘴去忽悠张总？他能同意吗？"

"好，可以有回报！免费赠送一个月广告发布期。"孟总谈话挂相，他咬牙狠狠说道。

什么？才送一个月？哼，你像地摊上卖的牙膏，不挤不出货！好，既然自己开口能免费赠送发布期，好，我就顺着你的思路往下跑，至少也要跑上半年再说！打定主意，我悄悄瞄了眼小黄。

小黄心领神会，又将黑脸唱起来："孟总，要不您大气一回，干脆送300天免费广告发布期算了，凭这条件，不用雨总出马，我就能找张总批下来。"

"黄总啊，我要真能送300天，不用劳您大驾，我也能说动张总。"孟总没好气地回了一句。

爱的反义词不是恨，是漠不关心。谈判中拒绝并不可怕，漠不关心才最可怕！孟总听完开盘，只是拒绝，不是还没动身走人吗，哼，看来他是嫌赠送时间长了。好，我再给他来个日本人切色拉米香肠——一点点退让，我磨死他！言念及此，我开始抛洒喜糖："孟总有兴趣听不？我有个迅速招商的想法。"看得出，孟总的心理防线已然崩溃，已然没啥表情了。现在到了合同谈判的最后时期，谈判人往往在此时最为脆弱，占便宜也往往在这时发生。

我沉住气，又开始诱惑孟总："这样吧，我们签一个阴阳合同，阳合同是您拿着到其他客户那里展示的，单价、付款、发布数量和时间随便填，然后我们再做个阴合同，这是真合同，同时再否定阳合同。呵呵，您看，双方利益均沾，而且阴阳合同的事我去想办法说服张总。小黄提的条件有点苛刻，不过也不无道理，要不再少20天，呵呵，送280天算了，成不？"

"数字吉利，我看行！"小黄补了一嘴。

"什么？送280天？嘿，少200天还差不多。"孟总气呼呼地随口回道。

他话音刚落，我马上说："哦，您同意送100天啦，但我希望送280天，不如我们两家干脆二一添作五，送190天！好，再让一步，只送180天。孟总，我是冒险同意先付款的条件，这可绝对违反规定。您想啊，钱您拿了，广告没发布，责任在我身上，就算您是老板朋友，那也讲不过去。到时候，瞧我好人当得，八戒照镜子的典型。所以，送半年是封底条件。"

孟总脸色很难看，火气又往上冒："啊，一口气送半年？还是要打6折啊?!不成！坚决不成！雨总，刀下留情，刀下留情！老大哥要赔死去了！最多最多只能送100天，多一天也不送了！再说，我跟老板认识多年，怎么会跑来骗人呢？您尽管放心，我做事从来讲规矩，坏名声的事不干！"

谈判再次陷入僵局。三人挤在门口，谁也不说话。好嘛，从开始往门外走到现在，已经站了快20分钟，事情还没解决，这可如何是好？我马上示意小黄，小黄脑子的反应，那是要有多快就有多快，马上又和孟总扯上了。

趁这当口，我迅速整理思路：孟总同意送100天，是每块牌子各送100天，还是三块牌子合计送100天？靠，管丫的，装傻呗，认定他是三块牌子合计送300天好了，如果我同意两块牌子各送180天，叠加就是360天。好，我们之间的谈判差距缩小到60天，不如我最后退一步，送两块牌子的半年广告，但要指定位置。嗯，谈判不要把对手玩命逼到死角，谈崩对谁都没好处。

想到这儿，我和颜悦色，耐心安抚，再扯了10分钟，孟总终于长出一口气，拍着我的肩膀默然说道："雨总，您谈判像在拉磨，什么玉米啊，大米啊，花生啊，芝麻啊，全能磨成精粉！我原意是三块牌子合计送100天，您理解成各送100天，最后还强说是我的意思，呵呵，今天老哥算开眼了！算了，就这样吧。"

我不好意思地笑笑："呵呵，认识您很高兴，能从您身上学到知识，是我的荣幸。我在其位，也要为公司利益服务，不得已而为之呀，再次感谢孟总的理解和支持。对了，那广告牌的喷绘钱我可不出啊！"……

送走孟总，我立刻给张总挂电话，简单汇报完谈判结果，张总告知，所有广告合同都要传给老板审阅。我立刻撰写《省级公路户外广告发布申请报告》，校对完，小杨马上发给老板秘书。

扮猪吃老虎

企划部下辖三个小组——企划组、竞品情报组和设计组，所有业务会议大家都要参加。我管理部门还有一招——培养复合型人才。对，部门里人人都要学习各类知识。设计组和情报组的人必须参加企划组会议，跟企划人员学习策划，反之亦然。道理很简单。首先，我是不会让底下人牵着鼻子走的。大家互相学专业知识，只要有一年的培训时间，都能成长为一专多能的复合型人才。谁要调皮捣蛋，撂挑子不干，咱根本不怕，因为谁都可以顶岗。其次，大家愿意互相学，长本事的事谁不想干？最后，设计师如果不了解销售，不了解市场，不了解消费者心态，不了解竞品情况，能设计出打动人心的作品？反之，如果企划人员不了解设计精髓和排版规律，撰写促销文案能有效拉动销售吗？这是提高部门业务水平的绝招。

晚上，办公室里灯火通明。我召集所有人过来开会。小黄首先把下午我和孟总的谈判过程讲述了一遍，然后组织大家积极讨论能学到什么谈判技巧，以及谈判中所犯的错误。大家七嘴八舌展开了热烈讨论。说了一会，我的急性子蹿了上来，靠，东一榔头，西一棒子，听不下去了。

“其实，每次谈判，你只要学到一件本事就很了不起啦。总结了半天，大家还没说到点儿上。给大家说个案例。1982年，美国借贷给墨西哥一笔百亿美元贷款，双方就回报条件展开谈判。美国人想出了一个有创意的解决方案，不仅要求墨西哥提供大量石油，而且还要求对方支付给他们1亿美元的谈判经费。墨西哥总统何塞听到后，几乎疯了：‘告诉里根，根本不存在啥谈判经费，叫他死了这条心！一个子儿没有！’但最后，双方达成了5 000万美元的协议。美国人在谈判中无中生有的本事很高明，值得学！大家都看到了，我也采用该策略，同样收到了直降4万的效果。”

大家又讨论了一会儿，认为孟总的失误主要有谈判心态太急躁，太想拿到合同，导致处处被动；而光谈价格越谈越窄等。

我开始总结：“大家说得好。其实无论甲方乙方，都有长处和短板。甲方在谈判中占有主动，但乙方也不是没机会。孟总依仗和老板的关系，想在气势上夺人，迅速拿下合同，可他一味跟着我的谈判节奏走，越走越被动，心态发生扭曲，而且没有反守为攻的思想和手段，甚至没有准备好救急的B方案，在‘红鲱鱼策略’和‘黑红脸策略’的夹攻下，把自己的短板暴露无遗。归根结底，是因为他根本没有做好谈判前的功课，所以大败而归。而我和小黄提前作足了准备，打得孟总丢盔卸甲！在交锋全面被动时，他更应该巧用我所谓要去开会的机会，及时中止谈判，争取下次谈判再扳回来。一正一反俩案例，希望大家引以为鉴。”

小黄又耍开了贫嘴：“我们老大，呵呵，那是掉在油缸里的老鼠——滑头滑脑的。估计孟老大是玩姑娘玩多了，都玩傻了吧。现在商务谈判，早不是他起家时的境况了。”

只有共同参与鲜活的案例，才是最好的培训。大家边记录边讨论，气氛好热烈。当会议进行到一半时，我示意大家安静：“好，现在玩点儿绝活。我来当孟总，小黄作为企划部谈判代表，黑脸红脸你们随便上，我们再来一次谈判攻防战，看看这次假孟总能否从A集团搞一票！”

听说我要当乙方上门挑战甲方，大家情绪像火山喷发般，嗷嗷怪叫，甚至有人大声给小黄鼓劲加油。靠，平时没看出来，一个个装蒜装得不错嘛，现在才发现这帮兔崽子谁不想看老大出丑？我发现小黄眼神中有兴奋雀跃之情，嘴角还挂着一丝笑意，不免冷笑一声：谈判心态要平和，就像武士打擂台一样，沉稳者获胜概率大。小样，浮躁的心态，以为学点皮毛就能占尽谈判优势？以为掌握合同签订的生杀大权就能随意摆弄老子？哼，一会儿有你哭的时候！

会场安静下来，大家屏住呼吸，对我们二人的较量拭目以待。我深呼一口气，拿着本子迈大步，登场了。

二人坐定，中间摆张桌子，周围被一圈椅子围住。我示意小黄，开始吧。小黄装起大爷模样："雨总，省级公路过街牌一年多少钱一块？"

"主要看您下单量。"

"嗯，阶梯报价？好，说来听听。"

"因为大家是朋友，我们不用报公开价码了。实话说，底价是购买1到3块牌子，每块10万；购买4到8块牌子，每块9.5万；10块以上9万。此外，指定黄金位，每块加收10%指定费。市面上的公开价要比底价高50%。"

"什么？一块牌子10万？还要指定费？呵呵，报价不太实在哦。贵，太贵！据我所知，人家也是省级公路，一年不过3万。雨总，您想钱想过头了吧。唉，价码相差悬殊，看来没有再谈下去的必要了。"

"呵呵，黄总，您听我多说一分钟，说得不合适，我立刻走人。我做了5年户外广告，从没听说也没经手过省级公路广告一年3万的报价，这点儿钱连交公路局管理费都不够。我想，您说的3万，可能是误传。公平讲，这次广告投放对您对我都有好处，咱们是双赢呀。"

"哦？对我有好处？哈哈，有意思，雨总真会说笑！好，您说说看，对我有什么好处？"

"首先，下半年是A集团销售旺季，按惯例，总有几个大型促销广告要发布。省级公路广告发布面广，醒目，时效长，价格低，这是宣传促销的一大优势平台。其次，户外广告价格与电视和纸媒比，性价比更合算。再次，A集团在省级公路大巴上都搭载有车载广告，如果和公路户外广告配合，对消费者的心理冲击会成倍增加。消费者会想：‘哟，A集团的活动搞得轰轰烈烈，到处都在宣传，要不哪天也去买点儿他们的产品？’所以我认为，这是A集团传播上的需求。同时，户外广告是做给经销商看的。经销商会想：‘哇，集团在投促销广告，我们得抓紧卖货，回头广告发布完，自己任务还没完成，这不麻烦大了吗？’同时，广告是做给业务员看的。业务员会想：‘哦，企划部策划的广告，是帮我们促销，新来的黄总，像干实事的！’同时，广告是给供应商看的。供应商送货车进城，为了节省过路过桥费，往往走省级公路，当看到户外广告时会想：‘嗨，集团到处投放广告，他好我也好，垫货款不用太担心欠款问题。’所以，该广告是给集团的三类人看的。下面的经销商和销售代表要能为企划部说上几句好话，黄总的功劳……”

嘿嘿，有硬邦邦的客户需求，小黄会不动心？出人意料的说辞，先勾起你的兴趣，我才好干勾当！我一口气说完投放理由，心里暗自得意起来。

“别的不扯了，您报价太高，这要是汇报上去，非叫张总灭了不可。您还是给个诚意价，我们才好往后谈。”

“那黄总这边付款条件呢？”

“呵呵，雨总，一看您就是一位肠子不打弯的直性子人，我们先把单价谈妥，再说付款，条件要一个一个谈，您说是吧？”

这小子学东西蛮快的嘛，知道把最棘手的问题放到后面，好给对手一个回马枪。嘿嘿，路上有雷，难道我会去蹚？小样，看我如何破你！

“呵呵，一看黄总做事就是稳当妥帖的人，老板从北京把您请来坐镇企划部，看来确实是独当一面的大将。但我想，如果您这边付款条件好，单价也不是不可以商量，我认为这二者不可分，大家互惠互利嘛。我和您老板又是朋友，价格自然比对外面客户多优惠一些，这不是问题，您说呢？”

“唉，不瞒您说，关键是企划部没计划，不太好办呀！”

哦，故意转换话题，人为设置障碍？嘿嘿，小样，有两把刷子啊！我暗自好笑。

“呵呵，要我说也好办。计划是企划部制订的吧？年底制订明年广告计划，只是正常程序。但到了来年，就不能修改计划了？难道是‘铁计划’？呵呵，我想只要有好的广告项目，黄总一样可以修改计划。据我所知，A集团每年有10%的机动广告款，不在计划之列，归老板特批。至于这项目是否是好项目，一会儿我来介绍，您来评判。一句话，只要黄总您能认可，就有可操作性。”

忽然贺平给小黄传了一张纸条。小黄看完纸条，接着话题说道：“您说了半天户外广告好，我也认同，但C市户外广告遍地都是，为什么一定要和您合作？”

“呵呵，问题问得好，我简要为您分析一下。C市商业中心的擎天柱广告一年要150万，200平方米楼顶广告也是50万起，这些地方主要是做品牌形象广告，费效比不佳。而A集团品牌宣传的主阵地在央视，并不需要户外广告在品牌方面作支持。二线商业区户外广告虽然便宜一半，但传播面和形象差远了，好像是在暗示消费者，嘿，A集团在中心城区作不起体面广告，只好跑到二线商圈落户……但您看，在其他省级公路上做广告的客户，哪个不是知名品牌？通信、景区、酒店、快销品比比皆是，这里就不存在品牌形象落差。我们不是最好的户外，但也不是一般的。这类户外尤其适合全区域销售的快销品企业作宣传。”

“雨总口才好比是打兔子捉到黄羊——格外好啊，呵呵，领教了。但您说了半天，报价也该给个实在价码吧。”

“那您付款方式呢？”

“无预付款，一年广告期发布完后，30天内付清全款。广告先发布，款项后支付，这是张总定下的规矩，我无权更改。”小黄终于没磨过我，提前吐口了。唉，谈判缺乏耐心就是失败前兆。

“我了解一些A集团付款方式，对待很多客户大都如此。集团采用后付款无非是想抓紧主动权，无可厚非。但我觉得这条并不适合我们。一家广告公司能有多少资本？我们小本经营，垫款实在是恕难从命啊，呵呵，还请您多多体谅呀。”

“不，说反了，要请雨总多多体谅才是。我新来不久，人微言轻，只是传达集团付款规定，要是接受不了，不如您再去和张总聊聊？”

“黄总，如果您一定要执行付款规定，那就把双方合作的大门关上了。我虽然没得到好处，但至少没损失，但您却有实打实的损失呀！”

“雨总，您一会儿说对我有好处，一会儿又说我不下单就有损失，呵呵，您这是夫妻推磨——尽绕圈子啊，直说吧，我的损失在哪儿？”

“做广告必须达到三个目的，那才能皆大欢喜。首先，老板要满意。他不满意，广告没法执行。老板和我是朋友，这次投放不多，既帮企业作宣传，又能帮朋友忙，何乐而不为？其次，销售团队和经销商要满意。他们不满意，您位置坐得稳当？假设同样是10万块，在省级报纸上做广告只能打彩色整版，实效保持两天就over了。销售和经销商一定会摒弃一期纸媒，而拥抱一年户外。因为销售团队要招经销商，经销商要招分销商，分销商要去铺货，都是任务在身。但如何尽快说服招商对象？呵呵，公路上随便一指，看，那是咱广告！这话说来多带劲，底气多足！能让他们高兴，自然捧您。”

屋子里的人，包括小黄，显然被吸引住了，嗯，看到有效果，一股喜悦之情油然而生，我继续说：“最后，消费者要满意。广告没提升销量，您的位置还是坐不稳。过街桥广告既是作品牌推广，又是作促销广告，灵活多变。A集团一年过亿的广告投入，主战场是央视和各地卫视，10万元跟集团广告费相比，好似一滴水，充其量是辅助宣传平台，投放简直是零风险。据交通局统计，一年大概有近千万人次能看到该广告，千人成本很便宜。广告投放三大标准都能满足，您不投，我只是没得到好处而已，但黄总您丧失了一次表现自己眼光的机会，似乎有些可惜呀。再说，过街桥广告位只有20来块，数量有限，其实也不太愁卖……”

一个案例分析，如果能从不同角度帮客户深度剖析，想到客户没想到的，甚至是处处替客户着想，那对手一定有刮目相看之意，有利于后续谈判。利用小黄发愣的空隙，我心里暗暗分析了一下目前的谈判趋势和交手情况：显然，我事先琢磨好的谈判对策起作用了，到目前为止，小黄还是跟着我的思路走，说明我还在控制谈判局势，至少目前看甲方和乙方打了个平手，我基本没落下风。但艰巨的价格谈判才是关键，要乘胜追击，打他个落花流水！

小黄想了一会儿，还没开口，我马上叫了暂停：“小黄，知道为啥你没接上我的话？”小黄摇摇头。

“第一，我打了你一个出其不意，还是那句老话，光谈价格没出路，你是甲方，我是乙方，乙方一味跟甲方谈价格，那是找死！所以我在前面作足铺垫，也就是给你洗脑，等后面再谈价格，我心理上至少不处于劣势。其次，我给你使了点特别的作料。”

“啊，盘外招？”

“对，我们知道，如果两人目光直视，时间稍长两人就会感觉不自在，除非是情侣。这种不自在会反映在眼神、面颊和大脑里。谈判中需要在气势上压住对方。如何压制？拿眼睛盯人猛看？既没礼貌又不容易实现。”

众人安静地听我点评。“从一进门开始，我用双眼集中目光，只看小黄一只眼睛。记住，当他是独眼龙，仅看他一只眼，可不是看他双眼啊。这样，无论看多久，你都轻松自在。因为你看的只是一只眼睛罢了，而不是眼光。但小黄却受不了了，他刚开始还能迎着我的目光对视，但没过一会儿，他的目光不由自主地开始游弋，没到谈判关键处，气势上便先败一阵。现在的局面是我想怎么看他就怎么看他。而他呢？眼光跟游击队似的，游而不击，所以他的思绪开始有些紊乱，说话出现打磕情况。”

“老大，你说是用眼光首先取得气势上的优势？”小黄问道。

“对，如果我们气势占优，那么对手在心理上会受到无形的压制，这是心理暗示作用，在内心会慢慢发酵，迟早有副作用。和老孟谈判时，我就是始终盯着他左眼看，他被我的眼光一直压制着，后来也是目光躲躲闪闪的，所以他跟我说话不舒服。提醒一点，如果你目光够平和，动作熟练，对方根本察觉不到你的举止，还以为你出奇地自信呢。”

“哦，这可是跟着英雄学好样，跟着巫师做神汉，以后照眼泡妞！我指定表现得出奇地自信！来，小杨，叫我看看你眼睛。”小黄马上联想起来。

“说什么呢，这招只对男性管用，对女性另有办法。”

“啊？分得那么细啊，老大，快说！快说！”几个家伙恨不得冲我吼叫。

“也是用双眼，不过要看她……”我故意拉长声音，左右扫扫大家。

“老大，明白了，晚上我负责买花生米。”“我买啤酒。”“我管小吃。”“冰激凌我包了。”……

“好，既然大家求学若渴，又有夜宵陪伴，咱们就分享分享吧。记住，看女性要看她双眼中间的位置，也就是鼻梁上缘。女性会觉得你眼光柔和中带点儿男性特有的霸气，更觉得你是个自信心很强的家伙。你呢，又不看她眼光，怕什么，只管看得她低头脸红，芳心乱跳为止。”

“哦，原来如此，小杨过来，叫你家黄哥哥瞧瞧。”会场笑声一片。

我示意谈判继续开始。小黄接着发问：“雨总，我想听听您的付款方式。”

“首付50%，广告发布第六个月再支付剩余50%。”

“哦，叫我们先付广告款，您再发布？呵呵，不瞒您说，我们是海豹上山——没法办。A集团投放广告，除了央视以及江苏、山东、浙江、东方等大牌地方卫视，再加上《人民日报》、《参考消息》、《环球时报》、《南方周末》等主流大报先打款后发布外，其他媒体都按集团规矩办。您说得再天花乱坠，到了张总那块，哼，那也是火车扎进高粱地——没辙！”

这小子哪来这么多歇后语？话到他嘴巴里又贫又损，一会儿叫他搬起石头砸自己的脚！言念及此，我平静地回道：“如果广告牌单价不变，付款方式也还可以商量。”

“不，不，您报价太高，我确实想帮您的忙，但这价没得谈啊。”

“黄总，我认为大家是互帮，有啥不好谈的？”

“对呀，既然您想做成这笔生意，就要给足诚意。您想，连著名的A集团都投放了，对您招商那是树个多大的榜样啊。可现在您又想利用A集团博名声，好招商；又想从A集团获厚利，好挣钱，天下名利双收的事情不多见吧。我认为要么获利，要么获名，二者选其一。如果你想拉A集团第一个入伙，那最好是付款按集团规定，单价再大幅度让利。雨总，这可是实话，您是过来人，招商经验丰富，这道理该很清楚吧。”

“黄总，光谈价也没啥意思，我又不是卖小菜的。投放广告关键在于值不值，针对消费群效果如何，性价比如何。正好我给您准备了一份关于4 000辆不同汽车的资料，是我们连续三天在省级公路上拍摄的照片，统计时间是从早7点到晚7点，每天大概有1 300辆价值15万以上的轿车通过户外广告牌底下，有照片为证。您看，这里有宝马、奔驰、路虎、奥迪、捷豹、凯迪拉克、别克、丰田、广本、海马、大众等轿车，4 000辆汽车牌子张张都不一样，照片自动标注时间，绝无掺假。”

我递过资料，胸有成竹：“我们再作个简单匡算，假设每辆车有俩乘客看到牌子，按照有50%的车辆能有效看到广告牌算，那一年就有1 300辆/天×365天×2名乘客×50%=48万人次。换句话说，我们投放10万元，换来的是一年内至少有48万人次的百万富翁级的人看到广告，这些富人是消费群中的意见领袖和潮流领导者，影响他们，就能带动中产和蓝领消费群。比如，摩托罗拉手机请王石做形象代言人，王石是老板，底下人看了广告会想，哇，连大老板都在用摩托罗拉手机，我也想用。这类心理暗示的作用在广告学中，已被证明无数次了，即品牌形象要高于产品形象一个档次。中产和白领一旦大量购买摩托罗拉手机，则该手机就是中产身份象征，蓝领们也会心生羡慕，也跟着想搞一个身份象征，于是市场占有率再次提高。而如果想影响王石这类老板，LV和宝玑表就会请到王室贵族这个级别的人物。现在咱们谈每天看到广告的富人数量，就是出于上述目的。当然这个统计还不包括每年能看到广告的几百万普通消费群。呵呵，您说，我们价格贵吗？便宜得很啊！”

“呵呵，资料准备充分，雨总是井底下看书——学问不浅啊。不过，从您进门开始，聊了半个小时，我发现您还是一分不降，付款条件仍在顶牛，这可不成。现在就谈您的最终报价，当然，谈不拢也没关系，要不我们下次再继续？”

哈哈，小黄被我侃晕了，脑子转不过来了吧。打我出道以来，凡是谈客户，必然准备充分的数字材料。没有数字说话，谁信？这是咱的谈判窍门，今天给你显摆一手，再打你一个手忙脚乱！哼，好戏在后头！我看着小黄的样子，发现这小子学乖了，居然也拿双眼扫我。

“黄总，我觉得现在合作最大的障碍是对付款还有些分歧。好，我提个想法，您看合适不？”

“请说。”

“我就麻烦点儿，A集团可以按季度付款。这可是绝对显诚意的让步，真是看在老板和黄总的面子才有的优惠，别的客户们都没有。”

“季度付款？那是先付还是后付？”

“黄总您同意报价了？”

“不，不，雨总，我们还是一个问题一个问题解决的好，价格和付款搅和在一起，好像是聋子打翻哑巴的油——说不清楚。”

小黄这说法好，先咬紧牙关，看对方有何变化，谈判有进步。我暗自叫好。“黄总，既然大家是互相帮忙，我在付款方式上大幅让步，您就别在报价上玩命砍啦，这样才是双赢！集团拉动销售获大利，您得到公司上下称赞获小利，我获名而不得利是保本。可如果付款按规矩办，报价又超低，我肯定赔本。还是那句话，我没得到好处没关系，关键是您名利皆有损，也放弃了一次为部门建功立业的好机会。这点请您还要多多考虑才是呀。”

“好，雨总，我说个数，您同意我就打申请报告。”

“好，您说。”

“一块牌子一年5万，以实物冲抵广告方式付款。也就是说，5万块的牛奶产品冲抵一块牌子的广告费。”

哈哈，终于等到你出招了，估计是贺平纸条上写的吧，把实物冲抵当绝招使？唉，不动脑子要吃亏哦，看咱的手段！我心里暗自冷笑。

“黄总，咱们先不谈每块牌子的最终成交价，实物冲抵广告费没问题，但我有俩条件。首先冲抵数量上，我们是5块牌子起；其次，只要酒店渠道特供奶。”

“为什么要那么多？”

“量少了不好卖。我们小本经营，一个萝卜一个坑，抽不出人手去卖货。如果货多，我们能指派专人卖货，至少在人工这块不亏钱呀。而且整车整车往外批，牛奶价格、安全性和运费也合算些。”

这是我故意设置的障碍，你给我无中生有，大玩红鲱鱼策略，就不允许我以牙还牙，以眼还眼？你再帮老板的朋友，也不能帮过了头吧，你有权利申请5块牌子？老板非痛斥不可？嘿嘿，我们面对各自的难题谁也不敢答应，最后必然是不了了之。

"您为什么只要酒店奶？"

"当然是好卖一些啦。"

"不对吧，因为酒店奶利润高吧。"

"呵呵，好卖当然也包含利润啦。黄总眼光好准，啥也瞒不过您。"

"您提的要求总是有点过呀，那不成，我们只能提供零批渠道产品。"

"说实话，黄总啊，换货对您个人真没啥好处，您只是表面上帮公司占了点儿便宜，实则有百害而无一利。"

"哦，为什么？"

"如果真给牛奶，您说我如何消化？整批数量不够，那只好将业务员提成兑换成牛奶产品，他们为了尽快回笼资金，自然是到农批市场四处窜货，这个我控制不住。他们破坏市场批发价格，冲击正常销售渠道，经销商要找公司麻烦，因为他们正愁没机会向集团申请市场费。而业务员也不是省油的灯，他们也要找公司要说辞，先把过去销售不利的责任推干净再说。到时候，张总怎么办？他会替您扛事？现在A集团网络健全，市场监管机制严格，一旦发生窜货事件，立刻就能查出货源，集团处罚不着我呀，但您脱得了干系？"

老子一番话，当场把小黄拍住了，他半天没回过味儿来。半晌，小黄尴尬地笑了笑："呵呵，雨总您也太能说了，不愧是天上云中拍巴掌——高手。好，话题回来，5万一块牌子，这没问题吧。"

"您准备订几块广告牌？税金和喷绘费归谁？"

"这些费用跟我没关系，当然归您管。至于订的数量嘛，当然是越便宜我订得越多啦。"

"那是，我们也是按数量阶梯来报价，但您要给个准数。"

"按两块牌子报吧。"

"好，5块牌子以下的底价都一样，9.5万一块。您出5万我们肯定赔本。要是都按这价码做，也许等不到您付款，我们就得关门大吉。牌子空着，可能还不至于倒闭，但做了就关门，那还不如不做，您说是这理吧。"

"既然5万不乐意，那您再说个数听听。"

"黄总啊，还是您嘴大，我说了没用。再说，税金和喷绘费都归我了，您说什么也得再抬抬价。”

“5.5万，多一分钱我也不加！这是最后报价。”

“唉！黄总，恕我直言，您这是买小菜呢，5万块钱能做什么？省级报纸打个半版彩色版，只管一天用；印刷宣传单页，一毛钱一张，印50万张，一个城市的促销活动就搞完了；做促销品，一个水杯一块钱，一箱牛奶赠送一个水杯，也就促销5万箱，折合不到180万的销量，相当于3%的促销费，这还不算广告费、人工费和其他物料，算下来公司也没占啥便宜。这点钱真不够买一块牌子……”

“呵呵，没想到雨总对销售还满在行嘛。”

“我要揣着5.5万的招商价去谈客户，那还不如在过街桥上打出‘速招广告，全城最低赔本价’的广告，多干脆。黄总，咱们都是痛快人，干脆二一添作五，我报9.5万，您报5.5万，各家让一步，最后7.5万成交。您看，我们对外报价是15万，现在打对折，按广告折扣成交惯例讲，打5折的谈判水平，绝对没得说！就算在张总面前，您把广告统计数据和折扣成交价一摆，他也得认可！”

“呵呵，您报价总是高得离谱啊，7.5万？依我看5. 7万还差不多。”

“黄总，7.5万折合每天还不到200块钱的投入，就能得到1 300人次的富人看您家的广告，上哪儿找这等好买卖？还是那话，集团获大利，您得小利，我保本。您一口咬准5.7万，这是逼老大哥连本都保不住啊。”

“7.5万真不成！再降降！”

“这样吧，您要是一次性订5块牌子，看在老板和您的面子上，我今年不过了，咱舍命陪君子，再让5 000，7万整数成交。黄总，您要是还在价格上纠缠，那咱们的合作是有缘无分，想帮您都帮不上，唉，多可惜。”

“这……这，老大，谈不下去了！有点半夜里捉迷藏——摸不着的感觉，他妈的搞不定你。”小黄被我一顿反驳，似乎真欠了我什么似的，没词了。

“笨蛋，我最怕什么？怕你拖延时间啊。一拖就可能被拖黄，我自然最担心这个。只要你说，我再考虑考虑，或者要请示张总，我就很被动了。”

“好，雨总，今天我们就先谈到这里吧，我还要请示张总。”

“滚！”我冲小黄吼道。

见面有礼，刺刀见红

谈判演习刚结束，发现大家还在兴奋中，我趁机喘口气，喝口水，别露了败相。说句实话，实战演习很考功夫，经常是一场演习下来，浑身湿透。喘了一会儿气，我才开口："先说一个动作。请大家注意，对待客户，我伸出的手永远是手心冲上。比如让黄总看资料，我手心一直向上。为什么？心理学分析，如果你在说谎，你的手会有意无意地手背冲上，因为手心代表内心，代表真实感知，而手背代表外在，可以掩饰自己的情感。客户也许没注意你是手心冲上还是手背冲上，但心理上有感觉，次数多了，你就能持续暗示对方：'喂，我说的都是实话，请相信我。'还有，大家是否注意到，我在谈判时始终胳膊支在桌子上，双手手掌虚对，保持十根手指轻轻相碰，为什么？这是有信心的肢体语言，给对方一个暗示，我自信心很强哦。对方表面没感受，但内心一定会受到冲击。"

众人听得津津有味，有人喊了一句："老大，还有吗？"

"黄总提问时，我一般眉头微皱，似乎我在专注倾听问题；当回答问题时，我的眉头又舒展开来，还露出一丝微笑，接着再侃侃而谈。为什么要这么做？这可是美国前总统小布什的形象专家给布什支的招。这类高级肢体语言既能展现小布什过人的才智，又不让人觉得他在自鸣得意；既表现出他的同情心，又不显得低三下四。我是从书上看来的，经常运用后，发现效果不错，大家也可以学一学。"据说后来美国总统奥巴马的形象顾问专家邓恩在奥巴马竞选美国总统时，也给出了类似建议！

"老大，还有吗？"又有人喊了一句。

"'二战'时英军攻入比利时，抓到了一个嫌疑犯，平托上校凭多年的经验，怀疑这个人是德国间谍。嫌疑犯自称是比利时北部农民，因为战争妻离子散，回答得滴水不漏。但平托想，一个德国人法语再厉害，德语毕竟是母语，特殊情况下也许会露馅。于是平托决定进行侦讯。首先数豆子，当嫌疑犯数到'72'的时候，当地法语特殊发音脱口而出，平托点点头。第二天深夜，嫌疑犯的住宿地突然起火，有人在门外用德语告诉嫌疑犯快跑，但嫌疑犯醒来后没反应，又有人用法语告诉嫌疑犯，他才慌张往外跑，测试过关。最后，平托在释放文件上签字，然后用德语告诉嫌疑犯：‘你现在自由了。’嫌疑犯马上面露喜色，起身就往外走……结果呢？不用多说了。讲这个小故事是想告诉大家，谈判时要认真观察对手的各种反应。比如孟总进来时，我发现他神态忧郁急躁。为啥忧郁？为何急躁？如何利用他的急躁情绪？他急我们不能急，放缓谈判节奏，磨死丫的……”

最后，我建议大家学习丘吉尔的谈判策略：先同意，再反驳。千万不要在谈判刚开始的时候就和对方争辩，那样只会导致对抗，可以使用“感知、感受、发现”的方法来扭转对抗局面。刚开始，我并没有和甲方争论价格、付款方式，而是打着帮他的旗号，谈一些他感兴趣的话题，等说完话后，如果能说到他心坎里，则我们就能以朋友身份再谈敏感的价格与付款问题，那时，我这个乙方还是纯粹的乙方吗？不是啦，我已经变成了乙方兼甲方朋友的身份了。

会议开到晚上11点多，差不多收摊时，我又补了一句：“我在谈判中还有后手没发，比如小黄要两块牌子，我就把一年拆分成半年发布期，这样两块牌子变成4块，倍增投放密度，更有利于提升传播效果，而且给人感觉费用下降许多。我不担心A集团不续约，因为半年广告期并没横跨春节，呵呵，他们会在春节销售旺季失去宣传阵地？总之，在谈判前充分作好准备，你就已经获胜一半！”

曾经创业失败，有过深刻反思，使我带团队的水平大涨。这场反串乙方的实战培训，不拘一格，生动活泼，就是希望团队能在“求快乐”的氛围下“求知识”。看着大家喜悦之情上脸，我更是喜悦。

第二天，请示报告的批示传来了，我看完批示不禁大吃一惊，呆若木鸡，心里哇凉哇凉的：唉，真是螳螂捕蝉，黄雀在后啊！逸总只用50个字就给我上了一堂谈判课。强中自有强中手，看来我的努力还没达到企业要求，还没养成甲方广告人的思路，仍按乙方的思路在操作。而且还不了解企业文化和广告运作规律……

正在反思感慨呢，小黄拿过批示念了起来：“哦，有两段批示，逸总的意见是：第一，该广告可上可不上；第二，既然对方同意免费发布半年广告，是否能先免费发布半年，效果好后再签订合同，请老板批示。老板的批示是：同意逸总意见，请企划部雨经理督办。

“嘿嘿，逸总真够阴的啊，把谈判结果最好的部分挖出来吃了，渣滓扔给人家，天底下哪有这等美事？以为我们是买咸鱼放生——尽做傻事？妈的，整天想什么呢？”小黄有些愤愤不平。

“小黄，知道为啥要天天上培训课吗？如果你们能挑起大梁，孟总首先会跟你们谈，等谈个大概，我再出马砍杀一阵，获利自然更好。现在是我第一个冲出去，后面没退身步，逸总当然可以有机会摘果子啦。靠，还是人家更了解企业，更能为集团节约资金。”

话是这么说，但我并不服气。没有前面的铺垫，后面他能有果子吃？逸总的建议比“摘樱桃策略”更狠10倍！摘樱桃谈判策略，是一种买家用来对付卖家的策略。用得得当，可能会给卖家带来毁灭性打击。比如卖汽车，卖方提出总价10万，首付20%，余款10年付清，年息10%。买家打算一次性付全款，但希望卖家给出最低价，卖家重新报价说可降到9万。然后你再问卖家，如果首次付款50%，余款年息多少？卖家说年息7%。然后买家用摘樱桃策略，挑出俩方案中最有利的条件重新组合，从而达到利益最大化。也就是说买家可以选择总价9万，首付20%，余款年息7%等条件，将好处一网打尽。嗯，人家摘樱桃，至少还给点银子，合着逸总只摘樱桃不给钱?!

……

夹生饭合同没法谈，请孟总再谈，不谈崩才怪呢。但冷静下来，我也不得不佩服逸总的精明：看来是我谈判思路错了——为什么不先打免费广告？效果好追加，效果不好要么按质砍价，要么及时撤退，自己进退自如……那天谈判即使到了收尾关头，如果我脑子好使，一样可以把合同再掰过来，要求先赠广告后谈合作，估计孟总也会就范……逸总是高手啊，叫人开眼。

要长记性呀，我自以为谈判牛皮哄哄，但其实是俗手。我要及时适应集团企业文化，遵循老板思路，否则节拍不吻合，就得走人。从此，我调整谈判思路，管他是哪路神仙，都要为集团争取利益最大化。企业发展到今天历尽艰难，不帮老板省钱，难道还要帮乙方挣钱？天下哪有这般道理！后来在总结日记中，我明确了谈判和做事法则：第一，清正廉洁，搬出虎头闸，扮演黑脸包公；第二，为集团争取利益最大化，同时照顾乙方核心利益，争取做到“双赢”；第三，尽快提高自己和团队的谈判水平。

嗯，从失败中吸取教训。在第二年的一场谈判对决中，我带领团队，采取“见面有礼，刺刀见红”的策略，最后完全实现了甲乙“双赢”结果，同时为集团一举节约上百万资金，这场谈判被集团四号人物赞誉为“一场经典谈判”！此为后话，暂且不提。

后来，经张总点拨，我才知道老板的真实意图。老板站的高度跟我和逸总截然不同。如果C市分公司新增省级公路广告费，那其他分公司自然也想投本地路牌，累计起来不是一笔小钱。大家年底看业绩拿奖金，如果有的分公司有额外广告支持，有的没有，必然会引起争议。老板为了平衡大家的心态，所以同意逸总的思路，想先看看效果再说，一旦有效则集团推广。靠，本来是一个很好的推广策划，还顺带帮了孟总的忙，结果被我谈砸了，真郁闷！

跟牛人比，跟高人学

一个月后，集团传达了一个重要文件。原来销售总部提请老板，为了应对日益激烈的市场竞争，产品包装设计必须尽快升级换代，要求集团广告部和企划部联手设计产品新包装。老板批示同意，并特别注明俩月后由集团30位高管和销售总部代表一起参加评选会，对入选作品重奖。好呀，这是企划部第一次和广告总部正面较量，老子巴不得呢。逸总，看我这次如何完胜你！

逸总个人能力很强，但由于他嫉贤妒能，容不下能人，所以他的广告总部只配备了两名设计师、两名媒体主管、1名文案和3名策划，他的团队虽然熟悉企业，但我和他们打过几次交道，发现也没啥高手出没，整体并不占优。

我来A集团已经4个月，企划部有业绩作支撑，部门又扩编了3名策划师，总共有13人在编，可说兵强马壮。逸总个人再厉害，他是球场上的马拉多拉？战场上的赵子龙？赌场上的高进？情场上的徐志摩？嘿，别逗了。

包装研讨会上我慷慨陈词：“今天产品包装升级设计的批示，你们都清楚吧。这次集团选定了商场超市线、酒店线和零售批发线，每条销售线上有两到四大系列产品，再加上春节城市促销装，一共12大类产品的包装要重新设计，至于每类别下面的100ml、180ml、300ml、500ml、1 000ml的不同规格包装，自然都是跟随大类中标而中标，不必太过关注。嘿嘿，咱目标没别的，打了逸总一个12：0……韩国总统李明博，大家都知道吧，他在现代集团工作20年，从业务员荣升至总裁，有人问他是否凭亲属关系才创造升迁奇迹，他说：'我跟老板没血缘关系。谁说我在现代集团只做了20年？不，我做了40年！因为我每天工作16小时，相当于别人的两倍。'从李明博个人成功的奋斗史中，我们能看到'716'铁血精神。好，我们向他学，现在情报、企划和设计组，都把手头上的事情放放，从今天起，忘记休息！"

"好，明白，这回是老山羊顶恶狼——拼了！"小黄带头喊道。

因为我有室内设计的学习经验，对借鉴和模仿高手设计作品颇有心得，当前用来正是时候："情报组三大任务，由小辉负责：第一，搜集整理竞品包装，到市场上把能买到的竞品都买回来，但不是买所有规格，同系列挑两个规格买；第二，在网上搜集所有包装图，分类整理；第三，搜集国外出版的包装设计图书，选性价比高的购买。小辉，你负责筹备资料，这是一条快速成为高手之路，咱们作品的参照对象都是国外大牌设计，所以我们是站在高手肩膀上作设计。综合等于创造，博采众家之长，最后作出来的设计必然也是经典。你是情报组的头，知道怎么做了吗？"

"好，明白！"

安排完情报组，我又对小黄说："哥们儿，把现有产品分门类打印成画册，再做一份市场调研表，完后带人、带画册去作市场调研，20天内，必须拿到3 000+1 000份有效问卷。记住，没有奖品也要把问卷拿到手，办法自己去想。还有，上次有个调查，发现消费者购买牛奶时，60%的人是因为口感而购买，20%看价格，20%看包装。好，这次要摸清消费者喜欢啥样的包装设计元素，为比稿提供实际参考依据。"

"3 000+1 000份？什么意思？"

"A集团消费群中有75%是女性，3 000份问卷是针对女性调研。"

“老大，张总以抠门著称，不可能给我们批奖品，没奖品怎么作市场调研？现在的人都不傻啊！”

“嘿，我看是你傻，被困难吓唬住了？算了，兄弟好人做到底，给你出5招，听好了啊。第一，企划部每月能领5箱福利奶，你不会一次性先申请半年？老子不过了，把福利当奖品发下去。第二，有无数广告公司找咱们要广告，你带人找他们啊，谁不配合？第三，三鹿正在商场超市作买整箱奶送杯子的堆头促销，你看哪家商场超市没促销员，冒充他们员工，调查不就能搞了吗？第四，到小卖店去问老板娘，凡是销售我们产品不错的小卖店都是调查对象。第五，在厂门口举办牛奶知识讲座，再搞点免费品尝活动，底下人可以趁机作调查嘛……”说完，我伸出5根手指。

“OK，老大，明白了，还有啥事要做？”

这时，秘书小杨忽然递来一张传真，是广告部制定的下个月在央视发布广告的栏目和单价表，老板批示企划部暗审单价。嗯，双轨制的优势就在于互相监督。据行业内风传，脑白金广告投放量巨大，他们广告部前脚刚和媒体签订合同，后脚便有审计部门出马，俗称“小脚侦缉队”。据说有一次，广告部在河北某报投放广告，结果被小脚侦缉队查出问题。哦，叫我做小脚侦缉队？好呀，这次老子就看看逸总屁股是否干净，数一数狼尾巴上到底有多少根狼毛！想到这儿，我扑哧乐出声来。

广告圈有句名言，甲方的广告总监，不是老板亲戚就是红人，这跟岗位特殊性大有关联，因为猫腻太多。随便举个例子，假设A集团要在央视投5个栏目。谁是主打栏目？谁是配合栏目？只要广告总监存有私心，笔头一晃，有的栏目就能多分几万，甚至上百万，外人不得而知。我看着这表，看着看着，忽然想起在报社的岁月。对呀，猫腻也许就在其中！当然，我是头次看到电视投放表，呵呵，看不大懂！不过没关系，咱有的是招数，怕什么！最后我决定自己审查，因为当前的头等工作是打赢设计擂台赛！我做事喜欢抓住一件主要事情玩命干，而不管其他。老板如何记住下属业绩？对不起，他日理万机，只能记得主要事件，其他细枝末节还关注吗？只要把最重要的事彻底做透，自然就有出人头地的那一天。

我又扫了一眼订单，然后轻轻放下，转头对小黄说：“好，我们接着说。上次有个深圳的广告公司找来过，你联络一下，深圳离香港很近，请他们帮忙到香港买一批国外产品，费用控制在5 000元以内。我们有图片，又有实物，相互对照效果更好。还有，最近有不少设计公司找我们接洽，你要充分利用资源，先在部门内举办一个包装升级设计研讨会，请他们的设计总监过来，大家畅所欲言，对我们也许有启发。借外力是企划部绝招，别把事情做砸了啊。”

“好，马上安排。”小黄点头称是。

“啊，马上安排？呵呵，非也非也。取经前先落实三项工作。拿到调查表，收集实物产品和图片，有了思路，然后再请他们。在开会前，你亲自把调查总结表、竞品包装汇总图册、A集团设计任务书等资料送到他们手上，至少请他们先了解市场和竞品情况后，我们再谈构思，不然开会时现想现说，没用！还有，一次只喊两家，分几次喊，私下你再给点儿口头许诺，勾勒合作前景。靠，毛驴脑袋前没有胡萝卜，毛驴肯跑？”

“明白！如果我许诺有合作，可他们现场一瞧，一堆同行挤在一起，晕菜，谁都不会相信有合作。而只来两家就是双轨制竞争，谁都会卖命，那才叫俏媳妇戴凤冠——好上加好呢！呵呵，老大想得够细的哦。”

“嗯，你小子一语道破天机！说开了就是这么一回事。你任务很重，抓紧干，随时汇报进展。”分派完小黄的活计后，接着又安排设计部任务：“橙子，设计组任务可是重中之重，你有什么想法？”

“老大啊，为什么不委托专业设计公司做呢？思路好土。俩月出12款产品包装，真强人所难呀！你看美国拍《狮子王》，动画设计团队到非洲采风半年，实地学习，这才有精品问世。LV的大牌设计师，更是花半年时间到世界各地采风，剩下半年才作设计。我们呢，整天关在屋里想创意，能憋出啥玩意啊！”橙子颇为无奈，发起牢骚了。

本来想听橙子的建议，没想到招来一顿抱怨。我没发怒，因为我理解。在国内，君不见众多装修公司延揽业务时，大都是免费设计吗？不是装修公司不想收钱，而是根本收不到钱。而在国外，设计是设计事务所的事，装修是施工队的活，楚河汉界，泾渭分明。一些从美国、德国回来的汽车设计“海龟”，成立汽车设计机构，心高气傲的他们跑遍国产品牌，可有几个延揽到了业务？大部分人两手空空。不奇怪，很多企业跟过去一样，不重视设计。它们的观念是如果花费几十万请外面人作设计，那是在抽风，在乱烧钱！所以国产汽车外观总比不过国际大牌设计，总给人低档货的感觉，道理正是如此。

当今大部分企业都养着设计部，自己作设计，名为节约开支。具体到A集团的设计任务，一样不可能花费十几万或几十万请专业公司做，这跟社会整体认识和观念有关，所以脱离实情的抱怨不值得同情。我更不能抱怨，唉，耐着性子解释吧："橙子，我能理解你的看法，但刀架在脖子上，咱们怎么办？大家去学美国人的做法？等大家走出非洲，部门早就被裁啦，不过，可以给你们设计组放风一周，天天站到商场超市和小卖店里，专看奶制品货架陈列。这次设计有两大要求：一是突出产品卖点，二是在货架上我们产品最醒目。"

"老大，唉，我信心不足啊。"

"听说老板是豪爽人，如果我们的产品设计获胜，老板不会亏待大家。看，来得早不如来得巧，比稿正好赶上过年，还怕年底奖金少拿？再说，你可以把设计组看成是自己的公司，现在公司外接一个重要客户的设计任务，客户要求俩月完成12款产品设计，虽然做好才有钱拿，但只有另外一家破公司竞争，难道你不想接这活？既磨砺能力，又锻炼管理水平，失败了还不用担心公司倒闭。靠，外围还有无数人免费给你打工，你丫还不满意？哼，做不好，老子叫你戒烟！"

真应了那句话，火车不推不走，话不说不透，连夸奖带解释，橙子乐了："老大，好说，好说，明天就带人去超市。"

最后，我对小辉又补充了一句："当今社会，任何牛人如果想取得成就，不跟高人学习，很难想象他能取得啥成就，这是颠扑不破的真理。李小龙武功盖世，除了他的勤奋和天赋外，一个极其重要的原因是，他有9位师傅：父亲李海泉教太极，精通太极、形意、鹰爪功的武林高手梁子鹏是第二位，咏春掌门叶问教咏春拳，广东陈师傅教蔡李佛拳，精通罗汉、螳螂、潭腿的北派功夫大师邵汉生是第五位，'美国空手道之父'帕克教空手道，武术大师严镜海教铁砂掌和肌肉训练法，'柔术之父'拉贝尔教柔术，'美国跆拳道之父'李峻九教跆拳道，此外他还学过洪拳、虎鹤双形拳、拳击等。他博采众流派之长，内外兼修，招数精妙实用，动作迅捷，从而开创了新门派——截拳道！据说有一次李小龙表演结束后，曾有日本十大空手道高手齐袭他，可结果是主角无恙，配角3人骨折。我们海量搜集国外高手的设计作品，借鉴模仿，就相当于在拜师学艺，有无数高手教我们速成，咱们能不成功吗？小辉，你能明白身上的责任了吗？”

“老大，这回彻底明白了，四个字，责任重大！”小辉忙点头。

总算安排完部门工作，但我仍不放心，感觉事情还没做透。嗯，看来还要再动番脑子，才能打赢这场设计比稿赛。

傍晚，我开始暗审总价的工作。我给两家电视媒体代理公司打去电话，请教后发现了问题。其他栏目没啥问题，但有个D栏目很可疑，不仅时间是晚上非黄金时段，而且收视率不到0.2%。可气的是，D栏目所投资金无缘无故占到本次投放的15%；更可气的是，在逸总计划中该栏目价格就是对外公开报价，一个子没变！要知道媒体无论强弱，对外报价都是含水价——0.5折到8折不等。我马上明白了逸总的猫腻，看来他为人精明谨慎，不是所有钱都去拿，而只拿稳妥钱。好，本着对企业负责，对老板负责，逸总，对不住，咱只能实话实说啦……但后来，没想到老板用一种特殊方式解决了这个问题，我又学了一招，这是后话。

魔鬼细节才是绝招

坐在椅子上，对于设计的事，我心里又开始犯嘀咕：任务是布置下去了，但在包装比稿中，企划部就一定能获胜？虽然战略上咱蔑视广告总部，但战术上还得重视他们，毕竟人家长期为A集团服务，熟悉了解企业，不可大意。但什么特殊策略才是获胜的双保险呢？

中午吃完饭，呆呆望着桌上的明星台历，忽然灵感来了，不禁暗自叫起好来：中国历史上曾涌现过无数美女，但只要四大美女一出场，群芳顿时黯然，啥道理？那不就是说好东西在于对比吗？如果在评选现场，企划部的新包装能把竞品比下去，不用高管天马行空发言了，眼见为实的对比证据足矣，硬邦邦的评判标准，谁还能再说啥闲话？对，超级好主意！

我赶紧把贺平喊进来："我想了个绝招，这招要不把逸总给拍住，老子去裸奔！给你一项特殊任务，部门人多嘴杂，要严加保密！"

"好。"贺平使劲点点头。

"你先联络一家货架租赁公司，租5个超市货架摆在办公室里，我们新品和竞品全部摆上架，完全模拟商场环境。然后请设计公司老总们点评，看看是否在设计上突出了产品卖点，是否在同类产品中最醒目，等他们提出修改意见后，我们再改进，连续搞几轮点评，最后效果要达到货架上的所有产品不论如何摆放，咱们都最打眼！"

"老大，这些动作不值得保密啊。"

"听我说完。等产品定型后，你把产品重新摆放。第一，确保咱们最醒目，尤其是靠在我们产品左右和上下两排的竞品，颜色不能有冲突。第二，你头天晚上悄悄把货架所有产品用502胶全部粘牢！别人想拔下来？妈的，想都别想！除非把瓶子锯掉！"

"啊，老大，这是为什么？"

"方便展示啊，现在会场还没定下来，包括竞品在内，好几百款的产品依次码上，如果再摆放整齐，至少需要20分钟，老总没耐心看我们表演。"

"那也不用固定那么牢啊！提前摆好不就结了？"

"听说逸总心胸狭隘，几个同仁都被丫赶跑了。打我进公司头天起，他就知道刺头来了，早就戒备有加。这次老板叫企划部核查逸总，我问心无愧，实话实说的结果就是彻底得罪他！从审核内容看，这家伙屁股有屎，以后俩部门肯定互相审核价格，岂不断了这丫财路？如果他每年搞几十万回扣，他会容我？他敢容我？哼，搁谁也是怀恨在心，不除不快！而且我判断光凭这份报告，暂时扳不倒他，老板还会继续重用。加上企划部刚成立，没根基，没表现，没人信任，我们不做点儿业绩出来，迟早会被兼并。所以这次比稿只许获胜，哪怕歪招迭出，老子也在所不惜！嘿嘿，小贺，难道你想叫逸总沾咱们的光？白使唤我创意？靠，丫的破设计甭想挤进货架，根本不给机会！广告部的包装最好孤零零地蹲到桌上，而企划部产品兵分两路，一路桌上静态展示，另一路货架上动态演示，相得益彰……”

“好，人不犯我，我不犯人，企划部也不是孬种！可是如果老板提出换位置，那就有些棘手呀。”

“好办，咱们有5个货架，1货架我们在第一层放产品，2货架上产品放第二层，3货架上产品放三层，依此类推，所有在商场超市里可能出现的摆放位置，全有表现，谁还有话说？记住，贺岁装和酒店产品不上架。如果在商场超市货架上我们的产品打眼，对于零售批发线上的小卖店，更不在话下。这一点在开会时，能解释清楚。如此一来，我们至少有把握先拿下7款设计，剩下的包装再一款款去比。”

“好，明白了！但如果有老总问，为什么粘这么牢，怎么连广告部产品都挤不进去，怎么答？”

“唉，推给货架公司嘛，他们怕不牢固，可能胶水抹多了些。”

“老大，万一自己都撬不动，怎么还回去啊？”

“502胶是树脂胶，用溶解树脂的有机溶剂就能除掉，倒些丙酮或绝缘油上去，等10分钟，嘿嘿，哥们儿，只需你两根手指，轻松一拔……”我边说边夸张地做了个向上拔的动作。

“哦，呵呵，明白了，你以前干过装修，自然门儿清。”

“这点难不倒咱。不过，还有几个细节要注意。第一，所有产品在层板上要尽量靠前站，产品前面不许留空位，否则我们的工作全白干；第二，提前两天，把竞品的商场超市价格都抄回来，再买点价格牌，对应贴在每款产品在货架的位置上，增强真实性和现场感；第三，我们产品前要摆放跳跳卡和吊牌，突出自己产品没罪！都明白了吗？”

“老大，等上胶前，你再看看哪里需要调整吧。对了，什么时候货架进场？”

“我在报社工作时，有个做视频音响工程的朋友是我客户。那天我们闲聊，我问他投标有啥绝活教我，他说出一招。做标书时，他故意在业绩一栏写得笼统，专等投标会上各厂家陈述自己报价和优势时再突然报号。小贺，知道这是为什么吗？”

贺平想了一会儿，忽然醒悟：“哦，标书上即使写了很多很牛的案例，给甲方造成了一些震撼，但时间拖到投标那天，也会洗掉了震撼感。所以你朋友在投标当天，当面陈述案例，侃侃而谈，随时还能回答提问，有效互动，这种面对面的震撼，才能带来真正的震撼感，从而造成忽略对手、突出自己形象的局面。至于纸面震撼嘛，假的。”

“聪明！分析得蛮好，你就没点儿想法？”

“老大，你是说等会议开始后，我们再突然搬进会场？一字排开的货架，加上琳琅满目的商品，给他们强烈的视觉冲击，然后顺势拿下比稿赛？”

“嘿嘿，一箭双雕。到开会那天，我给你发短信，你带人把宝贝搬进来，把握好进场时机，肯定全场轰动。你想，如果货架先进会场，几十位老总陆续进来，大家看完宝贝后，有人称奇叫好，有人批评质疑，还有人不置可否，估计是鸡一嘴、鸭一嘴，我可不想听到嘈杂评论。但在正式会议上，有老板坐镇，看在企划部如此费心的分上，谁敢马上开口胡说？谁敢立刻横加指责我们的创意？10秒钟内，我保证一点，除了被震撼还能有什么？哼，还没人在A集团干过这等事呢。”

“对呀，好比人饿了，赶紧大碗牛肉面招呼啊。呵呵，老大，属你猾！唉，我一个老实孩子，被你带坏了。”贺平坏笑着说。

“此外，解释粘胶的事也能自圆其说，时间仓促赶活啊，不得已粘起来。对了，先把货架上的竞品牛奶分给大家做福利，统统喝光，免得最后搬不动。记得李嘉诚曾说：‘即使本来有一百的力量足以成事，但我要储足二百的力量去攻，而不是随便去赌一赌。’靠，我做事照他那套学，就是要把这事彻底做透、做扎实！”

看着贺平的背影，我心里爽快、敞亮：嗯，不走寻常路，顺利的话，月底能做好几款初稿，然后再用30天时间提炼和修改，准能打逸总一个12：0！可是等到晚上加完班往宿舍走时，一阵冷风扑面而来，瞬间又吹醒我了：哎哟，不对，光凭货架展示就一定能取得成功？未必，未必吧……不行，还要想点儿绝招出来！念头一闪而过，好嘛，晚上我睡不着了。

第二天一上班，我又忙召集大家开会："现在是10月，我们务必在11月1日前完成初稿设计。然后请20位本地经销商、分销商和销售经理开评审会，请他们根据市场经验提修改意见。等二稿出笼后，拿到附近三个市场，再找一批经销商开会。小黄负责组织会议，小杨负责记录和拍照存档。我的想法很简单，在集团评选会上，企划部拿出50位经销商的评审报告，哼，咱们的设计作品不是无源之水，是经过市场检验的，我们做在老总们的想法前面，自然能增加说服力。"

"啊，这么多活！老大，贺平好像还不忙，要不……"小黄哭丧着脸说。

"陈东，你负责酒店线评审，方法自定，反正你要找C市10个酒楼，带上酒店线包装设计稿，请他们楼面经理、客服主管、资深服务员提修改意见，并拍照存档。一稿和二稿各来一遍。

"还有，小黄，你负责请C市分公司老总、大区销售总监、人力总监、财务总监、生产总监提修改意见。大家想，如果他们参与设计，到开会那天，他们是投我们的票还是逸总的？从人性角度分析，他们总不会一上来就否定自己吧。占个先机再说。小贺，你负责制作PPT设计说明文件，内容分为：第一，设计思路；第二，4 000份市场调研报告的结论及总结；第三，逐项罗列所有设计研讨会，比如有公司老总、专业设计公司、经销商参加过的会议，并配上会议图片。还有，从今天起，设计组重地，严禁外人擅入，尤其是广告部过来出差的人。橙子，你负责部门保密工作。同时严禁外泄创意，都把嘴巴给老子管严实喽。"

话音刚落，小黄又开口了："活太重，咱们是二两铁打大刀——不够料啊！"

"哼，那是你的事。嫌人手不够？没关系，我替你打工成不？你尽管敞开来使唤我！"对付这类刺头，说话要狠，免得他马上跳脚。

小黄见我没给好脸色，连忙解释起来："不，不，不是那意思，呵呵，我是怕耽误事，提前打声招呼。"

"叫你组织经销商开会，你打算挨个拜码头？人家既不认你，又没得好处，会给你面子？做事要苦干加巧干，你傻啊，打着总裁旗号行事嘛，你跟负责

C市的销售经理说，总裁请他组织20位本地经销商和分销商配合企划部工作，必须参加评审会。他喊人举手之劳，只会对经销商说：‘嗨，总裁重视我们市场，现在集团要推新包装，请大家帮忙提建议，这是对你们的信任，可别辜负集团的期望哦。’哼，经销商们一定是受宠若惊，谁会不出力？人家还指望我们多美言几句呢。当然，销售经理也不例外，只有缺心眼的人才会跟总裁去核实。”还是那句话，骂完人再教本事，谁都心悦诚服。

一番话深入浅出，听得小黄频频点头。小黄这家伙天生就不安分，人不到30岁，已经结婚两次，现二婚刚离，净身出户。离婚是因为常年在外，家里照顾不周，矛盾难调和。他到企划部报到时，一贫如洗，我给他开3 000元月薪，在部门已是一等一的高薪，但瞧样子他似乎不太服管，因为我像20岁出头的毛头小伙，更有一身花里胡哨的打扮，还以为咱凭关系进来的，不足挂齿，但钱压奴婢手，艺压当行人，等做完俩策划方案后，他没二话了。

为了降服小黄，我煞费苦心。他聪明勤奋，工作比谁都玩命，骨子里也有股桀骜不驯的劲头，夸他要夸奖到天上，骂他要往死里骂。总之，要采取极端手法管束，否则就是捣蛋分子。现在回想起来，包括经历这次包装设计比稿在内的大大小小战役，我都算手把手地教，他跟海绵般，把这套做事的本事全学了去，最后一跃成为部门头号战将，为企划部发展立下了汗马功劳。2005年，小黄凭本事坐上分公司总经理宝座，不仅跟张总同级，而且业绩斐然。2010年他到山东一家大公司就职总经理，年薪40万起。嗯，能在企划部苦熬三年多时光，可见此人毅力惊人，是职业经理人的典范。

给小黄出完主意，我转头又问：“小辉，搜图进展怎么样了？”

“网上好像没啥好货，快搜完了，大概有500张吧。”

“啊？才500张？靠，要是没搜到5 000张图，老子把你直接扔到生产线上去，搞个人肉罐头出来！不用问，你是按‘牛奶包装’搜的吧？”

小辉脸一红，点点头不言语了。我训斥道：“唉，小辉，下次干活多动脑子，做事要做透，彻底做扎实！如果你没干好，我还得干第二遍，那公司为啥还要给你发薪水？干脆给我双薪得了！现在，我来说如何搜到5 000张图，大家听好，这可是别处听不到的好货色，绝活来的！”工作中我说话向来不客套，如果领头人软绵绵，只会害了手下。

“第一，常规做法是换名搜，因为任何名字都不能将图片一网打尽！比如，用牛奶、奶牛、牛奶制品、奶制品、国外牛奶包装、饮料、奶饮料、包装设计、国际包装设计、新包装、日本包装设计、欧美包装设计、韩国包装设计、包装设计欣赏、包装盒设计、经典牛奶包装设计、获奖牛奶包装设计、经典包装大赛等关键词。第二，非常规做法是设想牛奶包装在哪儿出现最多，与啥产品或场景关联。大家发挥想象力，儿童营养餐有不？冰箱？餐桌？牛奶海报？牛奶广告片……

“好，再跟你说个魔鬼细节。‘包装设计’和‘设计包装’表面意思相同，但只要关键词略有不同，搜图结果便有差别。也许大部分图一样，但只要能找到一张好图那就值得去做。还有，你应该先找到所有的搜索引擎，拿这些引擎挨个搜关键词，完后拿英文关键词再搜一遍。牛的就再搞点儿日文关键词来搜搜。还有，喝牛奶的时间往往在早晚，搜‘早餐图’是不是能搞点图？咖啡伴侣是牛奶，那搜搜‘牛奶与咖啡’如何？说了半天，是叫你触类旁通。小辉，没划拉到5 000张好图，就算失败。明白吗？”

“明白，明白！”小辉颇受启发，兴趣立刻高涨。

“呵呵，你觉得事情做完了？”

“是啊，5 000张图交设计部，完啦。”

“别扯淡了！设想一下，如果你是设计师，我把图交给你，你会高兴？第一，图集乱七八糟，没有整理归档；第二，图片质量不一，还有重复图。你会抱怨：‘这么忙，哪有时间整理图集，使起来不顺手。所以，即使你做完图库，设计组照样不开心，因为工作还没做到家。整理标准如下——分成盒装、瓶装、创意设计和普图4个文件夹，而且图库要删小图留大图，无重复。”

我做事情有个心得，就是首先保证方向正确，其次格外关注细节。篮球能投进篮筐，决定性因素是投篮方向和力度。做事也一样，首先是方向，其次是力度，而力度就是执行力和关注细节。安排完搜图，我总结发言：“小辉，提醒一句，你建立的是动态图库，买来光盘后，还要把光盘图片再整理出来。前段时间你到设计组实习，学了Photoshop吧，现在能派上用场不？”

小辉连忙点头。企划部一大培训宗旨就是各岗位互学，希望每人都能成为复合型人才。小辉就是在那时候掌握了绘图技术。大家都是一专多能，工作效率自然提高不少，使起来顺手许多。

好设计必须能“秒杀”

周末，座机山响，我拿起话筒，听到一阵急促的声音传来：“老大，我家里有急事，今天得回老家一趟，估计要请20天假……老大，你放心，包装设计等我回来，就是不睡觉也保证完成任务……”橙子有责任心，事情不到万分火急，他是不会在关键时刻请假的。还能说啥？只好说些保重的话。

放下电话，还没回过味儿来，令人崩溃的事又发生了。小杨苦着脸递过一张调令，原来集团为筹备春节大型促销活动，将在10月开展全国铺市大行动，总裁要求企划部8名策划师第二天动身下市场，协助经销商扫街、铺货和培训，我也要随张总跑销售大区，为期30天。

“靠，这不是釜底抽薪吗?!大家一走，部门不就空了吗？没有市场调研和图库，能作啥设计啊？叫我们闭门造车？”

还没回过神来，小杨又撇嘴递过一份报告，靠，当头闷棍！前天，我给张总打了一个《关于包装设计的费用申请说明》的报告，希望申请15 000元项目经费，结果张总手好黑，直接把前面的“1”抹了，只批了5 000元。就这点儿钱，买什么都没了指望。“简直是又让马儿玩命跑，又不给马儿吃草，活儿还做个屁！”我狠狠对着批示骂了起来。据说后来，此话流传甚广，甚至成为众多高管拿我打哈哈的典故。当然，后来情况好转，集团几位老大为了照顾我工作情绪，还是给马儿吃了夜草的。

眼看局势不妙，我不禁心乱如麻，手足无措。小杨这丫头，今天专门跟我拧着干，每半小时报个坏消息。果然工夫不大，她又跑进来：“老大，两件事儿，刚接到张总电话，他让您再带一个设计师下市场，说是为了服务经销商，现场做宣传设计。还有，我跟广告部秘书小林前段时间打过交道，刚才短信联络了一下，她回信说广告总部归老板管，这次不下市场。”

我的天啊！原来的人员优势眨眼变劣势，策划组和设计组全空了，设计时间又比人家短一半，对产品还没人家熟，这，这……这可如何是好？唉，胳膊拧不过大腿，集团命令不可违背，可老板任务又在眼前，逸总还拿着“屠刀”步步逼近……尤其令人痛心的是精心策划的流程，瞬间一文不值！唉，我高调跨入集团，没曾想，首次正面交锋即全军覆没?!靠，这次要是败北，后面还谈什么梦想？我只感觉自己的心被掏空了，脑袋像正在蹦极的路上，彻底蒙了！

中午饭根本没心思吃，关上门谁也不见，掐掉电话，谁的也不接，脑子乱哄哄，啥也想不清。没办法，我只好强迫自己冷静，冷静，再冷静，接着自己给自己玩命打气。一个小时候后，情绪开始好转。我想了想，先找张总求援，电话里好说歹说，我可以三天后和张总出发，其余人后天动身。好，现在不就是缺人吗，只要明天能拼凑出一支队伍给老子顶上去，不就妥当了吗？可队伍……靠，又被憋住了。

集团汤总裁是军人出身，以严厉著称，很多人怕跟他汇报工作，我一个分公司经理去求通融，隔了三级，他会卖面子？企划部下市场，天经地义，不配合销售工作，整天窝在家里算什么？唉，我这点儿事跟总裁提出的全民皆兵的销售策略比起来，没法游说啊，犯难……对，想起来了，头次见汤总，大家握手寒暄，不曾想他手掌硕大，手劲奇大，当场我眼泪差点被握出来，后来才得知这是他给每位男性新人的特别见面礼，啥含义大家心知肚明。算了，此路不通。可队伍到哪里找呢？或者没有队伍，到哪里求助外援呢？队伍……唉，真犯难了！

忽然脑海里灵光一闪：前天的想法是设计组提包装设计思路，我来评判，然后再借外力修改设计。对呀，为啥不是自己先提思路，然后再找人执行呢？这样我能充分利用出差时间，完成所有包装构思，等下个月再集中力量突击设计。想当初，我入门室内设计，也不过15天，现在既有设计基础，又在报社学过广告设计，入行包装设计该不会比当初学习还难吧。想到这里，我使劲一拍大腿，靠，思路豁然开朗！但没有市场调研数据和图库，我根据什么来作设计？没枪炮如何跟鬼子玩命？搞枪支弹药似乎有三条路可选——抢、借、偷……

傍晚，在会上，就听我一人慷慨陈词："发动你们所有的亲戚朋友，看看谁大学毕业还没找到工作，都可以来实习，只要面试通过就成。他们先负责买书、搜图、作市场调研，等大家回来后，作为奖励，可实行'一带一'工作制，部门负责教他们本事。记住，包吃包住但没薪水啊。虽然无薪和岗位，但他们能获得4项好处：第一，简历随便填，可以说在A集团企划部实习一年；第二，我给他们写证明材料，增强应聘竞争力；第三，得到宝贵的锻炼机会；第四，试用优秀者有机会转正。"

"老大，你这法子绝了，不仅免薪，还白使唤人，而且最后还能叫人家说出感谢二字！哈哈，看来不光是小贺、小黄被你带坏了，连我也被你带坏了喽。"陈东打趣道。

"我说的是实话，很多没工作的毕业生，对拥有A集团履历都感兴趣。靠，谁不想履历镀金？做事不走寻常路。给大家说俩小故事，希望对大家有所启发。"有故事听，众人更是兴奋。

"德军元帅隆美尔擅长奇袭作战，被称为'沙漠之狐'。1941年，他指挥德军在北非战场上长驱直入，打得英军退守托布鲁克要塞。但他的部队燃料不足，于是想夺取附近的英法联军石油，但联军阵容强大，正面突击非敌手。隆美尔突发奇想，将少量坦克集中起来，坦克后面拖棵大树，在沙漠里横冲直撞，卷起漫天黄沙，然后迅速向英法联军推进，摆出正面强攻阵势。联军远见沙尘遮天蔽日，疑是大批德军来袭，匆忙间掉头就跑，结果隆美尔发了笔横财。而远在1800年前，张飞单人独骑挡在当阳桥头，不也摆过疑兵阵吗？他叫士兵在马尾上拴上树枝，在树林里拖着跑，卷起漫天尘土，把追击上来的曹军给唬住了。商场如战场，玩些兵不厌诈的策略，没啥了不起的。"会场好安静，嗯，入迷了。

"好，再说个故事。英国剑桥大学德诺教授是横向思维的积极倡导者。他认为碰到问题时，应该经常用到横向思维方式，换个角度来思考问题是解决之道。某集团新修了一栋办公楼，搬进去后发现电梯不够用，员工们怨声载道。于是老总开会研究问题，大家一番讨论后提出了4个解决方案：A.高峰期电梯只停在人多楼层；B.各部门上下班时间错开；C.电梯门旁边装镜子；D.加装一部电梯。后来该公司采用了安装镜子的办法，一举改变了被动局面，因为员工在镜子前时间消磨快。德诺教授认为，选择A、B和D项的人，思维方式属垂直型或传统型，视野狭窄；而选择C项的人，则属于水平型的横向思维，能抛开思维定式，打开一片新的思维空间。说这个案例，是希望大家今后逐渐养成横向思维模式，千万别被某些定式思维框住了，比如解决这次人荒问题。”

听完故事，大家频频点头称是。我想出这个策略是有根据的。回想之前参加A集团现场招聘大会，场面好大，里三层外三层，跟人粥相仿。谁不想鲤鱼跳龙门，跻身民营500强？当时我人五人六地端坐在桌子后面，不禁百感交集。想当初，我跟这些刚毕业的大学生一样，也曾在人海里飘来荡去，怯生生地挤在中间，可人家扫一眼简历，马上原物返还，甚至还有白眼待遇。一晃六七年，我也人模狗样地开始检视人潮了。除了感慨天道酬勤、越挫越勇是王道以外，主要是感叹A集团名声在外，以及无数人想跻身大集团的热情。现在我有实习名额，当然会受追捧。既然大家都赞同，还犹豫什么？马上联络呗。只一顿饭工夫，便有八九人打算过来看看。我心里大喜：哈哈，只要能见面，就凭咱这张嘴皮子，咸鱼都能说翻身，鼓动他们易如反掌！

瞧我这性子急的，根本等不到第二天。晚上，毕业生齐坐一堂。还是老套路，我出考题：“大家听好，有三道考题。第一题：热气球上有3位世界级科学家——环保专家的研究可使人类免于环境污染；核科学家有能力使核弹失灵；粮食专家能在不毛之地种植粮食，使人类摆脱饥荒。此刻热气球不断漏气即将坠毁，必须丢下一人减重，请问丢下谁？第二题：假设你是街边卖瓜子的商贩，卖的瓜子跟桌上那包一样，我是顾客，你采用啥策略，能打动我让我买瓜子？第三题：如何在网上搜集更多的牛奶包装图？好，给大家10分钟，封笔后按顺序到办公室谈话。”

答案上来了。第一题有三人回答正确：“把最胖的家伙扔下去！”第二题有一人说：“老板，看您事业操心的，都有白头发了，现在秋天正好买袋瓜子嗑嗑吧，瓜子利于头发生长。”第三道题有两人说：“多换关键词搜。”

三道题各有侧重，第一题考核的是能否不被表面现象所迷惑，而有能力直指核心。第二题考销售技巧，有才之人则有希望培养成策划专员。第三题是为了应付眼前的困局。对这些刚从大学出来的天之骄子们，也别太难为人家了，三道题只要有一道答对或靠边，就算首轮过关。

很快，筛选后有6人过关。但我对卖瓜子的家伙格外有兴趣："小伙子，你怎么知道瓜子利于头发生长？"

"蒙的！呵呵，见您有白发联想的。"

"小伙子，有点儿意思啊，你叫什么？"

"王伟，专业是计算机。"

"假设你和另外一人是大学同学，大学刚毕业，你陪同学来面试，机缘巧合，你被录取而同学落榜，回去后你该如何向他解释呢？"我若无其事又问道。

"雨总，您说过，我们有市场调研和搜图两项工作，我回去就实说呗，他面试搜图，而我面试市场调研，工种不同，结果有可能不同，也许是我运气好些吧。"出人意料的回答，靠，这家伙比我反应快……

其他人的回答平淡，但都说要给落榜同学打气，至少心里有善良的一面。而被淘汰的人，答案有道德缺陷，大意是自己挺牛，然后就完了。嗯，以自我为中心的心思很重嘛，没团队精神，不可留！

实习生王伟个不高，朴素，表面不起眼，但实为富二代，只是不爱张扬而已。他有想法，不愿意做木偶人被长辈们摆来摆去，于是大学毕业后，自力更生，打算本事上身后，再回家族做事。虽然王伟一直说自己是家境贫困生，但我没嫌贫爱富的毛病，像知心大哥，而他脑袋灵光，又肯学，自然进步快，两年后成为我的左右手，大家处得像兄弟。凭此友谊，我二次创业时，有些生意是跟他家族做的，轻松赚笔钱，哈，他就是俺贵人！可见不要轻视任何人，也许那人未来就是贵人！

聘齐4个实习生，搜图、买书有了着落，但设计师又该如何解决？设计要专业知识，这招对高手不管用，我又一筹莫展了。和大家商讨到半夜，无果，苦恼！找设计团队无非还是偷、抢和借三途径，看来还是要在借人这条道儿上下功夫。问题是谁肯借人呢？借……借……想着想着，"坏水"不由自主又冒了出来。

第二天，我一早来到办公室，操起电话先给H广告公司的胡总挂过去："胡总，您好啊，我是A集团小雨。"

"哎哟，是雨总啊，您好，您好，这么早打电话，不会是有单子下吧，哈哈！"电话那头，胡总笑声爽朗。

"单子啊，快了，快了，胡总公司的设计水平向来有保证，只要我们有活，自然会想到您啦，呵呵，您最近生意不错吧？"

"咳，也就是混口饭吃啦。"

开场白说完，我进入主题："对了，胡总，有件事还请您帮忙。老板责成企划部为产品包装作升级设计，但部门明天要下市场作销售，最后企划部即使想突击，都不一定能赶完稿。所以等到下个月，我有个不情之请呀，想请胡总派一位设计主管到企划部来，到这边上两天班，帮我做点儿包装设计。我们负责提供设计思路、创意和参考图，您的设计师只是负责执行创意即可，工作量不大。不管最后是否设计完成，我都只借两天，您看成不？"

"这个嘛，行，雨总的面子要给，好说，好说。"

"呵呵，胡总是痛快人，谢谢支持啊。对了，您的忙也不白帮，对您公司来说，能及时了解A集团的设计思路，方便今后合作；对设计师来说，市面上啥牌子的牛奶这边都有，随便喝，管够，而且还为他提供午餐、晚餐和打的费。"

"哎呀，雨总想得好周到，我先替设计师谢谢。"

"胡总就别再客套啦，好，那咱们说好了，我提前3天通知您，不过，到时候您可别派新瓜蛋子过来呀，哈哈，那就不太好玩了哦。"

"呵呵，不会，不会，我丢不起那人，一定派骨干！"胡总马上坚决表态。

一个多小时候后，我一共邀约到8家广告公司的设计师，嗯，今天收获大。我算过，因为有参考图和创意说明，8名设计师不需要构思太久，每人花两天时间准能完成一款设计，那就凭空多8款设计，嗯，如虎添翼。

其实，跟广告公司借人，他们必借。道理很简单，因为市场供求关系严重失衡，无数广告公司为了抢夺有限的大客户资源，只能是肝脑涂地地干活。在广告公司眼里，A集团是大金主，巴不得早发生业务关联呢。一旦双方有了合作，钱也挣了，名也出了，谁不喜欢？不借就是不开面儿，还想有合作不？洗洗睡吧。老子免费借个把人使使，又没借钱，毛毛雨而已。对，这就叫“甲方快感”！

正在得意中，忽然想起：剩下俩设计师刘欣和杨柳，带谁去呢？刘欣有经验，通过复合人才培训，关键时刻能顶一阵，而杨柳不济，要不带她走？

最后我大胆决定，俩人全带走！这有三方面考虑：首先，下市场能锻炼人，设计师面对面服务经销商，充分了解市场和销售，能为今后设计好作品打基础；其次，单留一人有啥用？设计不能做，去干市场调研和搜图又浪费资源，得不偿失；最后，一起下市场，可以帮我干些杂事，我的创意她们也能当面执行，有利于我不断调整思路。好，就这么定了！

想到后来，我又开始打张总的主意了。哈，把心里的小盘算盘算好后，马上给张总挂电话：“张总，我是小雨，企划部坚决响应集团号召，我想多带一位设计师，我们三人陪您下市场，能为经销商提供更优质的服务，您看成不？”

“呵呵，好呀，早该这样了。”

“不过，有个小问题，还要请示您。”

“说吧，你小子，又要整什么花花肠子？”

“哇，张总，还没开口就被您看穿了。呵呵，那我就实话实说了啊。俩设计师都是女孩，她们下市场不可能整天都背着台式机走吧，一则不方便，天天搬运还容易坏机器，二则给经销商感觉不好，人家会想：‘哟，A集团整天叫女娃子扛着台式机跑来跑去，连笔记本电脑都不配？’集团今年实行全民皆兵销售政策，大家都要和区域市场挂靠，今后部门下市场是常态，为了更好地配合销售，所以特请您批两台笔记本电脑……”

“你小子可真会找机会伸手，都是在北京学来的吧？呵呵，行吧，这次算特批。”

“呵呵，不过说谢谢之前，我还有一个小问题要请示。”

“又有什么幺蛾子？”

“唉，设计师都有‘本’了，当头的还扛着机器乱窜，似乎有点儿那个，呵呵，您说是不？”

“他妈的，再没条件了吧？”

“真谢谢您！不过，再耽误您一分钟时间，还有个不情之请。我请采购部帮忙采购，您也知道他们事多，我怕今天买不回来，耽误明天的行程，所以还请您稍微过问一下。”

A集团实施二线员工收入与市场任务挂钩制度。二线员工薪水分成两块，基本工资占薪水总额的30%，剩下70%是绩效工资，要和挂靠市场的销售任务挂钩。例如我挂靠南京，如果南京市场只完成80%的月度销售额，那我只能拿56%×80%的绩效工资。通过挂靠制度，集团能调动大家的积极性，充分配合各自所挂靠市场的销售工作。比如，我为了拿全额工资，就要经常帮南京销售经理出谋划策，或调动手上的资源帮他做出业绩。这次下市场，就包括我和张总二人的挂靠市场，自然不可怠慢。我抓住了张总所想，为了更好地服务他的挂靠市场，他做个顺水人情，何乐而不为?

俗话说，人善被人欺，马善被人骑，自己不替自己说话，难道还指望别人帮你？洗洗睡吧。我喜欢动点儿歪脑筋，为部门捞些好处回来，这是在大企业做事养成的习惯。要是刚才不张嘴，哪能凭空多三台笔记本电脑？要知道，在集团只有总监级领导，公司才免费配笔记本电脑呢。嘿嘿，抓机会搞装备，我从来都是一把好手。到了后来，搞几台笔记本算什么，设计院配备有工作站式的专业设计电脑，价值大概4万多块一台，咱照样抓住机会跟老板申请了两台。

放下电话，心满意足！哈，凭空多出三台电脑，一举解决了实习生没电脑用的问题，下市场也方便了。嗯，馒头一口口吃，如果企划部赢下比稿赛，我就再申购一台苹果机。嘿嘿，张总您先别急啊，精彩故事还在后头。我马上喊来赵一笑：“一笑，我刚跟张总申请到三台笔记本电脑，今天你就给老子盯在采购部，督促他们务必买回来，这次下市场要带走，遇见问题，直接给我打电话，我找张总协调。”

印象中，A集团的采购部出门，身上从不带钱！头一次跟他们出去办事，算把我惊了。他们到商场购物，照样一个子不带。上门直接喊来经理，递上名片，报完名头就开始采购，最后签完合同说：“把货送到集团采购部办公室，验收完，你们凭合同与验货收据到财务部结账。”话说得轻松，但乙方至少还少说了两个签字程序。

“咱们不交点儿订金，国美肯送货？”我有些惶恐。

“订金？屁！A集团的名头就是订金！除非他们不想做生意！”采购部的喽啰也是牛气冲天，回答得很干脆。

从他们身上，我看到了“大牌表现”。我学啥像啥，也就过了半年，咱“大牌表现”的本事已超采购部，因为集团是真大牌呀。后来我转岗到工程总部，面对众多乙方时，身上的霸气和大牌气质真的发挥了作用，这，需要感谢采购部那帮爷们。一句话，原来进A集团时，觉得自己纯洁得像个小男生，简单而幼稚，可等从A集团离开，不纯了。

眼看第二天大家就要动身，得抓紧时间布置一些事情：“……策划组要随时做好市场调研工作。现在明确任务，每个人周末把市场调研汇总后，发到公共邮箱。杨柳，你负责数据统计，谁没发邮件，你就拿最难听的话招呼他们！30天内，8个人每人必须带回来500份市场调研问卷，还有，出门在外一切按部门规矩办，尤其要做好当日销售笔记，把经销商遇见的市场问题登记造册，不管你是否已经解决问题，都要把案例拿回来，我们再开会讨论解决对策。如果问题具有普遍性，今后我们能推而广之，提高策划效率。”

开完短会后，我接着开始培训实习生：“开会说事之前，先给大家讲个欧洲有名的历史典故。在中世纪的欧洲，基督教会势力雄厚，在各国都拥有1/3土地，居民收入的1/10上交教会。文学、艺术、哲学、法律等都为神学服务。每个人从生到死皆受教会管控，开除教籍则失去一切社会地位。由于诸侯割据，王权衰弱，因此教皇成了各国国王共同的太上皇，神权高于王权。教皇配称太阳，皇帝只是月亮。德意志帝国国王亨利与教皇格列高利争权夺利，亨利想要更多独立，教皇则想加强控制，在双方矛盾不可调和后，亨利率先发难，宣布废掉格列高利，而格列高利则召开基督教大会，宣布开除亨利教籍！天下顿时震动，德国境内各大诸侯纷纷兴兵造反，由于战局不利，国王亨利只得被迫妥协。1077年，他身穿破衣，冒着严寒，骑着一头毛驴，孤身一人千里迢迢前往罗马向教皇忏悔。到了卡诺莎行宫后，教皇紧闭大门。当时大雪纷纷，但为了王位，亨利不得不屈膝脱帽，忍辱跪在城堡前的雪地上。整整跪了三天三夜，教皇这才宽恕他。国王亨利恢复教籍保住王位后，卧薪尝胆，励精图治，南征北战一统德国。随后他发兵攻打罗马，格列高利弃城而逃，最后客死他乡……”

头一天晚上我就在想，如果第二天讲个什么越王勾践和吴王夫差的故事，估计下面的人都得跑光。好，咱们就讲一个国王亨利卡诺莎之行的历史故事，换汤不换药，这是欧洲版的越王勾践，对所有人都有启发吧，果然，故事讲完，会场上一片安静。

我趁热打铁：“大家前期找工作不顺，那是因为没经验等客观原因造成的，谁都有被打击的时候，但这并不屈辱，也不代表以后没发展前景。连国王亨利都能委曲求全下跪，那么大家到A集团做几个月实习生，也不算委屈。我想，以大家现有水平很难直接进入A集团，那不如采用‘以迂为直’的间接加盟方式，虽然辛苦，但总比没盼头好。这一点希望大家理解。再提醒一句，大家要把心态调整好，有很好的发展平台摆在面前，好好干就有机会留任企划部！当然，不愿留下的现在走人也不晚，企划部从来不强留任何人。”

拿故事结合现实给人洗脑，是咱的专长之一。众人听完都默默点头。

小黄帮腔道：“你们几个现在可是财神爷摸脑壳——好事临头啊！可要珍惜机会。”说完转头问了一句：“老大，能再讲一个不？”

“滚！”对付这家伙，所谓打一巴掌揉三揉根本不好使，对他，打就打了呗，不用给好脸。果然，小黄见我面若冰霜，马上闭嘴。

“好，下面分配任务，答对搜图题的小张和小钱，你们负责搜图，只搜国外设计。大家想，东郭先生即使是滥竽充数，那也是给国王吹奏，怎么也是混迹于皇家乐队。我们的包装设计起点高，那是跟国际设计大师队伍待在一起，不会差到哪里去。你们待会儿跟小辉主管走，他会详细讲解搜图方法。阿伟和小江负责市场调研，小黄负责教。你们4人每周把数据和图整理完发给杨柳。杨清，你拿张总批示，先到财务部领5 000备用金，明天我再给8 000，你负责购买所有竞品、图书和光盘，记得开发票啊，晚上再把光盘图拷贝出来，一并发给杨柳。大家好好干，这8 000块是老子私房钱，可别打了水漂……”

秘书杨清除了打杂外，一样要学Photoshop、PPT等软件，这回果然派上了用场了。张总之所以不批15 000，我私下认为，一是他对企划部设计水准吃不准，二是控制费用。集团稽查总部对各分公司每笔费用的申报与运用，年底都有审核，超标过多，要上报老板和总裁，严重者会通报批评。估计张总在审批咱费用时，多少有些谨慎。

到后来我才知道，关于个人为集团垫款，不管是出于公心还是私心，其实在A集团屡见不鲜。由于部门申请费用的审批流程耗时长，有一批想做实事的干部，怕耽误工作，所以擅自做主，先行自己垫款做事，完后再申报。有的人能拿回全部费用，有的只能拿回一部分，还有的就算白垫了。

为了在比稿赛上摘头牌，必要投入是先决条件，出点儿血，值。因为把事做透了我心里才踏实。不就是半月薪水吗，老子豁出去了！嘿嘿，真要获胜，咱的钱还能白出？说什么张总也得还给咱！我当时以为这是个多么大的壮举呢，以为自己多么无私呢，其实，这种行为在国内很多集团里很稀松平常。

我进A集团后，还没有正儿八经地和经销商交流过，以前在企划部做过一些市场策划，拿到下面市场，据说是毁誉参半，水平亟待提高。好，这次下市场，正好跟张总学习实战销售。在快销品集团上班，不懂销售，那就是银样镴枪头。所以，出发前我便暗下决心，发扬好学精神，力争在最短时间内成为合格的销售经理。在陪同张总跑了几天后，我慢慢摸到了一些门道。经销商和分销商也是人，一样有七情六欲，一样适用报社那套销售技巧，戳破神秘感，一颗紧张蹦跳的心算安定下来了。一路市场走访调查，我听到很多，见到很多，也想到很多，可谓眼界大开。外面的世界果然很精彩！通过这次亲身实践，嗯，促销本事疯长。

白天大家在外疯跑，晚上关起门来，我又开始琢磨包装设计这档子事儿。杨柳经常联络各个小组，很快，第一、第二批图和数据汇总过来，但看着数据和大量参考图，感觉困难像刺猬，无从下手。过去作室内设计，只要说服业主就算成功，但当前包装升级设计，是要让众多消费者、经销商和集团都满意，难度不可同日而语。那怎么做才能5天入门、15天成长为包装设计高手……憋了半天，想起一句话，《孙子兵法》曾说：凡战者以正合，以奇胜，故善出奇者，无穷如天地，不竭如江河！对，不走寻常路！我又开始动起了歪脑筋。

记得刚学室内设计时，我先跟业内高手学了几天，摸清门道后才单飞……好，这次依葫芦画瓢，先跟高手学，叫高手先领着咱入门再说！但身边没高手啊，高手，高手……高手都在哪儿猫着呢？不大会儿，“坏水”出来了：广告公司既然答应借设计师了，那我再请教他们设计总监或老板，这些人该不会有啥反感吧。反正都是借，不如先借思想后再借设计师！主意拿定，立刻行动。

我抄起电话：“常总您好，我是小雨，这么晚还给您电话，不好意思啊。”

“哦，雨总啊，您好，有事儿吗？”

“早听人讲，常总您是广告圈大拿，所以想请教您一个问题。”

“呵呵，雨总，您又在开玩笑了，我哪里是什么大拿啊，您说吧，想问什么？”被甲方恭维，谁不是好为人师？

“还是产品包装升级设计的事，想问您对包装设计有啥看法，还有，A集团包装设计升级要注意哪几项？”

“哦，那我就班门弄斧说上几句，可别见笑啊。我认为产品包装通过有效的差异化设计，能在瞬间激发消费者共鸣，引发购买动机，就是一款好作品。你知道，在拥有15 000款产品的K/A[①]里，消费者每分钟浏览300件产品，平均下来，停留在每款产品上的时间只有5秒！5秒之内产品能不能抓人眼球，这是评判包装设计的一大标准。我记得雀巢咖啡刚进市场时，好像是蓝色包装，销量平平，后来改成红色包装，销量已成龙头。”

“您认为A集团的产品包装，关键是差异化设计？”

“对！现在已进入个性化购物时代，包装应该具有物质和精神双重功能属性，需要差异化设计，这点您要特别突出。”

“哦，明白了，常总强调的是与竞品包装形成有效差异化。”我马上在本子上记录谈话重点。好，挂上电话接着骚扰下一位。

还是那套词，周总也没有拒绝：“我认为包装设计是先有策略后有创意，必须强调传播主题，要突显产品销售主张，表达清楚针对目标消费群的利益点。现在的包装已经从静态贮存发展为流通媒体，既然是媒体，那就可以创造流行、

① K/A指国际性的连锁超市和大卖场，以及跨区域发展的连锁零售企业。——编者注

创造市场。我觉得首先要强化产品在消费者心目中的定位，明确销售主张。其次是力求与消费心理吻合，创造一种流行文化。”

“周总，您能说得再细点吗？比如，执行包装策划要注意哪些方面？”

“注意三点：第一，包装是消费者的第一感觉，设计应遵守由内而外，把产品内涵展现在包装上，为消费者明确利益点；第二，A集团每款产品都有定位，差异化的包装设计只要强化该品类定位，就能在同类品中卓尔不群；第三，包装设计要有文化内涵，让每款包装都会自己说话。”

“哦，明白了，周总说了三个重点：第一是先策划后创意；第二是差异化设计，明确产品利益点；第三是由内而外的设计，与产品定位紧密相连。”好，心里感觉颇有收获。哈，继续电话求教……

秦总认为食品包装应该给消费群带来的是视觉和心理双重感受，也就是“味觉感”。国外食品包装设计，大都是提炼出产品卖点的精华部分，再辅以艺术设计，具有强烈的味觉感，也就是看见一款食品包装，马上联想到美味，接着唾液腺分泌唾液，瞬间抓住消费者的购买心理，值得借鉴。

杜总认为食品包装的设计，最醒目的方式是通过线条、色块搭配与组合，给消费者留下深刻印象。比如百事可乐是蓝与红搭配，形成独有的风格，摆在K/A极醒目。他建议A集团的产品包装可采用大色块搭配设计，比如采用食品行业大都采用的红、黄、蓝、白4色，快速让消费者认知产品，类似百事风格。

谢总认为好包装设计具有“秒杀”力量，让消费者一见钟情。商场超市陈列是多件产品一字排开摆放，要考虑包装连续排列的效果，目前大部分竞品没注意到这一点，这是设计的一个突破口，容易形成差异化。

几通电话打完，我基本听了个云山雾罩！眼界不同，思路不同，经验不同，本事不同，众多说法掺杂在一起，好似一锅东北乱炖。本来想博采众家之长，但我目前没这本事。唉，太累了，睡吧，有啥问题明天再议。

5天后，我把所思所想，又跟几位老总们再次沟通，经过几次讨论，最后大家提出了设计四大标准：第一，美观大方，做到形象、构图、文字和色彩完美统一，简洁明快；第二，产品卖点和商标摆放在最醒目的位置；第三，强调味觉感设计，作品3秒内抓人眼球，勾人食欲；第四，充分考虑货架陈列需求，与竞品有区别，形成有效差异化。

思路已然清晰。事情正按照我的思路一步步地发展，感觉很开心。我要求杨柳首先把竞品包装图汇总，按照四大标准要求，一张张研判，找出设计优缺点，然后再把优点图合成优点文件夹。合成完后，再返过头来研究。对于竞品的设计优点，本着借鉴、发挥和改造的精神，有用则用，典型的拿来主义。对于缺点，坚决摒弃。

看完竞品设计，我又开始研究国外的优秀包装设计，方法大同小异，对于有启发意义的作品直接进行改造。这就好比孙悟空在成长路上，先后有菩提老祖传授七十二变和筋斗云等法术，东海龙王“赠”如意金箍棒，王母娘娘“给”蟠桃，太上老君“递”金丹，五庄观镇元大仙“送”人参果，观音菩萨赐三根救命毫毛，这些灵丹妙药外加无边法力，也算是博了众家之长，再加上大圣百折不回的毅力和大无畏的精神，这才成长为斗战胜佛。

我没本事原创出一款很牛的包装——一没这才，二没那时间，但我却有本事把这些来自五湖四海、出自各路名家手笔的“经典设计稿”捏合在一起，博采各家之长，创造性地整合出包装设计思路。需要作多少款包装设计，就有多少个设计思路与之对应，而且都是符合四大标准的设计思路。

我没能耐成为某风格开山立派的人物，我只想把每个项目做得出色、出位，获得老板肯定。目标小，任务纯，更易实现。可以说，从产品包装到平面海报，从别墅外观到室内装饰，从灯光照明到园林景观，我所有设计思想全出自这个套路，学得快，用得妙，效果好，屡试不爽。当然，捏合成章的本事非一天练就，是经年累月的磨砺，吃了大苦头才炼成真身。说白了，我的设计就是野路子，不讲究门规宗派，不按套路出牌。这跟还债经历有关，跟残酷的现实有关。

分布在各地的调查数据和搜集的图片滚滚而来，我和杨柳、刘欣一起学习研读了2 000多款国际大师级的包装设计，仔细观摩体会。大家互相讨论，学习更加神速。有了设计标准、参考图、竞品分析和数据库，对于每款产品的创意我也逐渐清晰起来。顺道，我还为设计大赛喊出一句口号：“产品内涵外表展现，为集团创造超额利润！”对，把这句直接写到PPT标题篇上，告诉高管们，我们不是为设计而设计，而是要为集团创造超额利润！哇，一出场，气势夺人。

好消息传来，橙子已回企划部。我马上把创意和参考图通过邮件发给他，并打电话告诉橙子："……我构思了40多款创意设计，就在这些创意基础上，再提炼修改。两天来封邮件，告知阶段性劳动成果，加强互动。"

因为是张总带队下市场，经销商会做人情，送来不少土特产。但我还嫌少，走一路买一路，因为送礼对象太多。车队要送，出厂办事想坐车不？关系不佳，永远无车可派。财务部要送，想尽快上账不？想尽快拿到报账不？没她们同意，洗洗睡吧。采购部要送，想采购办公设备不？没他们配合，叫你望穿秋水。厂部办公室要送，没他们通风报信，碰到张总怒气勃发时，傻呵呵跑去汇报工作？去死吧。后勤部要送，没他们点头，想多要点儿牛奶补助？歇菜吧。广告公司要送，人家在帮我们，礼轻情义重嘛。

在复杂的人事斗争中，我以"和平共处，即使不是朋友，也不要变成敌人"为座右铭，在A集团混得体面，属喜庆类同事，走到哪儿都有人照应，因为咱表现非宝里宝气[①]。出差回来，不光有零食伺候，还搭配一张"超甜"的嘴巴，总是哥哥、姐姐、妹妹、兄弟叫个不停，人见人喜。当然，掐准机会给他们看手相啦，说点儿办公室风水啦，讲点儿广告趣闻啦，提示穿衣品位啦，都是咱强项。物质满足了，精神也享受了，那帮家伙还想要什么？嗯，我已经和很多人勾肩搭背说上话了。当然，碰见同事有事相求，我是能帮则帮。记得那年一位高管的公子从国外回来，很想去央视春晚现场看演出。高管旁敲侧击提了好几次，我抹不开面子，于是硬着头皮找广告公司帮忙，运气不错，搞到两张彩排门票。那位高管后来对我热情似火，工作中帮忙不少。

真要感谢汤总，现实情况比计划安排得更好！一碗水叫上帝给端平了。哈，时间没耽误，设计没耽误，市场调研甚至扩大到五省二十八市，自己一不留神竟学到一身新本事，而且还经历了实战考验。嗯，祸兮福所倚，福兮祸所伏，此话不假。再次见到部下，高兴，大家边吃各地风味零食，边聊所遇新闻，其

① 宝里宝气是湖南方言，形容人或者事有点神经、愚蠢，贵州一些地方也用。——编者注

中小黄讲的故事格外有意思。

“我是去四川自贡，当地销售经理姓蔡，他的招商故事有意思。刚招商时不顺，因为前几年市场不认我们品牌，刚进门就被轰出来。但老蔡发现当地人爱洗脚，于是就请一个曹姓的经销商洗脚。曹总的脚丫子伸进盆里，算给定住了，于是老蔡开始大谈经销我们产品的好处，90分钟嘚啵后，经销商被洗脑了，但他想做又怕做，于是老蔡请曹总到C公司参观。在商业街上，老蔡随便一指一座五星级酒店：‘嗨，曹总，您看这座酒店，A集团是股东，您再看周围的门脸，很多铺位产权也都是我们家的。’嚯，这下可把曹总唬住了……现在曹总生意做的，那是斗篷烂边——顶好！”小黄说到高兴处，扯开破锣嗓子喊开了。

我边听边点头：“老蔡名为请客户洗脚，实则是拴住客户听他大讲特讲，啥市场分析不透？啥产品说不清楚？啥政策讲不明白？靠，明修栈道，暗度陈仓的高手！还有在马路上指指戳戳的招数，绝对是长期历练出来的功夫。”

聊着聊着，我感觉比稿的事似乎还没做透，憋了半天又想一策：把策划和设计组打散，重新分成三个执行小组，每个小组只负责一条线的产品，全力管好自己的事！据说这次集团最看中的是商场超市线的包装设计，好，干脆派最厉害的俩人领军商场超市线！先剁掉逸总骄傲的大尾巴再说！

主意一定，马上在宿舍里分派任务：“橙子和小黄担当商场超市线领队；陈东熟悉酒店线产品；贺平刚刚去过县级城市，了解三线市场，正好负责零售批发线。每条产品线指派一人做管理人。我再穿插到各小组分别讨论，既能统控全局，又能深入一线，一举两得。”一番议论后，部门决定拿出3天时间，小组先开会讨论，在我的创意基础上，3条线各提意见，再汇拢集体研讨。呵呵，我心中的小九九是：调动所有人的参与热情，都给我使出看家本领！有竞争就有效率，有效率就有结果，大家赶紧抬轿子冲到山顶上再说吧！

半个月后初稿设计完毕。接着就是分别请经销商、分销商、商场超市线、酒店线和广告公司参与修改研讨，外面谈论完，再到公司内部请各部门一把手参与进来讨论。4天后，第二轮修改又紧锣密鼓地展开，接着又是第二轮研讨。那段时间把我给累得，白发渐多，心力交瘁，恨不得抱着枕头上班。

离评审会的日子越来越近，连老板和总裁都亲自打电话过问此事。终于，所有包装设计全部截稿，彩色打印机打完一款设计稿，我们就裁切粘贴到成品包装瓶或包装盒上。虽然为每品类包装搞出了多款设计稿，但为了避免分散高管的视线，经投票表决，每品类最终只出两稿，并把最好的设计放到货架上。望着一款款凝聚无数人心血的作品，大家不禁百感交集。

“小黄，去，搞几瓶‘小二’过来！”我大喊道。

办公室里欢声笑语，大家一边小口喝酒，一边欣赏佳作，那份美滋滋的心情，与抱得美人归相仿。当然，贺平没忘记我给他交代的秘密任务。

气场的力量

集团高层会议如期在C公司会议室举行。30多位集团高层和销售总部老总、大区总监、省级总代、重点城市经理齐聚一堂，足足有80多人。两天会议日程安排超密。头天上午召开当年销售工作总结会，下午是各分公司工作汇报会和重要人事任免会，晚上召开第二年销售任务和销售政策研讨会。第二天上午举办销售费用预算分配方案和集团广告传播策略研讨会，下午讨论薪酬体系调整方案和包装升级设计评审，晚上是董事局会议。整个会议日程紧密，内容不仅重要，而且涉及各公司的核心利益，从参会人员的紧张神情即可看出。

晚上等会议散了，我在办公室苦练陈述，为的是避免紧张而影响宣讲效果，做到万无一失后这才放心。至于宣讲方式，那是跟高手学来的。有些性格外向的4A客户总监给客户作创意陈述时，在演讲台上又蹦又跳，挥拳踢腿，表情夸张，这类情景式表演很能抓人眼球，叫客户们跟着他的思路转、创意走，往往能在陈述环节取得不错反响。我借鉴他们的套路，虽然不必边跳边说，但我将一个思路阐述和数据分析的PPT竟给说成了评书样！最后决战，关注所有细节，老子豁出去了！

在销售公司的总结报告会上，众多一线销售大佬们的发言，把我雷住了。“我在山东，今年市场形势不错，通过帮经销商密集招分销商等措施，打开了众多分销渠道，销售额一举提升了120%……”“我在河北，通过送货下乡，大力拓展县级市场等举措，销售额提升160%……”“我在辽宁，在集团的大力支持下，销售额提升110%……”“今年我们在北京全面打入K/A系统，开展走进千家酒楼大行动，销售额提升280%……”绝大部分省级销售区域当年销售比去年平均增长100%以上，更有300%增幅数据现身。

刚开始听到咋舌数据，还感觉各个像销售超人，但听到后来，咂摸点儿滋味儿出来：唉，不是他们有多牛，都是市场推动的结果。当初我弃外资啤酒公司不去，舍近求远加盟A集团，不就是因为看好国内牛奶市场的井喷前景吗？欧美年人均牛奶消费量是100公斤，而国内人均才8公斤，可见市场需求之旺盛，简直是肥猪拱门。销售大佬们只不过借风出海而已，跟能力无关，跟市场有关。嘿嘿，看来当初的分析颇有道理。一句话，大河里有水，小河里自然有水，咱也能跟着市场发展潮流多分点儿糖吃啦。言念及此，不禁心里偷偷给自己奖励了一朵大红花！

人事任免会叫我充分领略了老板的强势，只要他一发言，会场寂静无声：“我们这次请窦总担任审计总监，因为他一身正气。他严格审查费用支出，按规章办，硬是把一些高管的出差报销砍掉一半还多，而且他顶住了很多外部压力，铁面无私，为此他得罪了某些权贵。有人在我跟前拐弯抹角讲窦总的不是，有用吗？如果窦总不触犯个人利益，你们会讲坏话吗？我不听一面之词，你们越是反对，反对的人越多，我就越要给窦总升职，集团就是要弘扬这股正气……”

一番话听得我频频点头，老板善用逆向思维考虑问题，新颖，巧妙，独特，今后咱也该运用到工作中。

晚上讨论薪酬体系，老板建议人力资源部重新制定薪酬体系，主要是建立项目重奖机制。奖励金额从1万到100万不等，分10级，只要符合要求，即可重奖项目负责人。对于10万以上的奖励，由董事会决定；10万以下的奖励，由各分公司一把手、销售总部和人力资源总部三方签字认可决定。其中，侧重一线有功销售代表，这部分人要占到获奖总人数的70%，获奖金额占总奖金80%以上。

关于A集团老板对员工的豪气，早就被办公室主任批发式地讲给我听了，所以无数来自天南地北的销售豪杰们愿意追随老板，一起创业，一起打拼，因为这也是在给自己的前途奋斗，而且前途之大所有人都看得见，摸得着，绝非海市蜃楼。通过这次会议我算再次领教了老板的豪爽，对我也是莫大的鼓舞，虽然不奢望当年年底能拿到啥奖，但谁能说明年不会有呢？

新规矩出笼了，集团所有部门都要制定第二年的工作目标，经董事会批准，年底核查，并以此作为部门奖励的重要依据。当然，高级别会议还轮不到企划部发言，唉，也只有给张总汇报的份儿啦。我好想冲上讲台，可惜连自己都觉得做的几件破事上不了台面。“好，老子有的是时间，再奋斗一年，明年无论如何也要冲上去说几句！”在台下看着高管们发言，眼热，好眼热，我不免心中暗自发誓。

印象深刻的是，法务总部在展望第二年工作计划时，狮子大开口：“今年通过全国打假运动，起诉了20多家造假企业，追回赔偿款360多万，明年我们将加大工作力度，争取索赔回款600万。”法务部的发言有启发性，有拨云见日之神奇功效，就像缺油的汽车远远看见了中石化。人家汇报的精华全是为集团创造出多少效益，凭数据说话，切中问题要害。所以，今后我要做的大事，一定是为集团创造了多少效益，是能度量出来的财富。从此，我所有的汇报文件都尽量用数据开口说话。

关于A集团广告传播策略及费用安排的报告，是逸总做的。足足讲了120分钟有余。第一部分是总结A集团当年投放广告成效，第二部分是制定第二年广告传播策略，第三部分是第二年费用安排说明，第四部分是媒体组合投放计划。显然，关于第一部分，逸总吸取了我的一些建议，下半年投放时，作了修改和补充，这点咱清楚。第二部分让我颇为心动，毕竟没给大集团系统做过全年广告传播策略，正是学习的好机会。方案中的“以品牌竞争为导向”、“以消费者为中心”、“以数据库为驱动力量”的再造强势品牌活动，说得在理，思路清晰，感觉不错。

这份报告刺痛了我的神经：内容好庞大啊，包括了制定差异化竞争策略，品牌规划与塑造，公关及新闻策划传播，年度媒体传播整合，新品上市及招商全案策划……嗯，就搞明白了一点，树立品牌是充分利用央视平台，辅助强势地方卫视，以空中轰炸为主。做促销活动，则以纸媒和广播为主。报告涉及广告学的很多分支学科，而我仅仅掌握了纸媒，看来这厮现在比我厉害啊……行，咱们走着瞧吧，一年后定输赢！

也难怪我大发感慨，光是常用媒体就包括电视、报纸、杂志、广播、户外、网络、车载、DM[①]、短信等十大种类，其中介绍任何一种媒体都能单独成书。没有专业知识想做好广告？嗯，套用小黄的口头禅，那是闭着眼睛卖布——瞎扯。我不学行吗？不学明白就得被企业淘汰出局！逸总的报告得到了大会一致通过，除了专业性强，能唬住很多外行，主要是因为报告由老板制定大方略，逸总只是完成撰写而已。所以，大会上老板带头说好，大家自然无异议。但当时，我并不知道这些，只是心里既不爽也不服气：逸总旗开得胜，算你厉害。不过，说虚的没用，等下午评审会，再看老子的手段吧！我就这习惯，越在困境中，越是斗志昂扬。

包装升级设计评审会终于开始了。首先是广告总部汇报，就见他们的人从纸箱里拿出各款新包装，一字排开摆到会议桌上。跟我们一样，广告部也是将包装设计稿打印好，裁剪贴到瓶子上，以增加包装的真实感。逸总的助手负责PPT宣讲，而逸总负责在会议桌旁单独给老板和几位重量级老总讲解，看样子是扮演答疑解惑的角色。

客观地说，广告部或许也有设计高手助拳，设计稿有高明之处，从老板和几位大佬的面部表情能察觉，大家对逸总的包装设计还是比较满意的，更有些性格外向的老总当场便提出表扬。我坐在会议室最外排，会场内看得一清二楚，望着广告部几个人脸上浮现出来扬扬得意的神色，我的心瞬间收紧了。这时陈东悄悄走来，趴在我耳边焦急地说道："老大，看样子他们也下了狠手，高管们反响不错呀。我们还能干过他们吗？"

我鼻子哼了哼，冷笑一声："在我眼里，广告部设计没啥过人之处，况且

① DM指直接邮寄广告，即通过邮寄、赠送等形式，将宣传品送达消费者。——编者注

说到现在，也没见他们有市场调研报告。没数据支持，设计就是假的。哼，有啥好怕？”

嘴上虽然强硬，但我心里还是有些五味杂陈：广告部来者不善，善者不来，瞧这架势，天时、地利、人和他们全占了。哎哟，企划部吉凶如何？就在焦躁、犹豫、忐忑、纠结、自信和冲动的情绪交杂中，我灵光电闪，发现了一个问题，马上冲小黄招招手。在广告部宣讲PPT时，高管看到新设计作品后，都在交头接耳，根本不听台上宣讲。也难怪，人家看到设计稿，哪还有心思听分析？我趴在小黄耳边说：“快，快把资料袋里的设计稿摘出来，等我讲设计思路时再发。”

不为别的，跟着我的创意走下去，在市场调研数据、研讨会和缜密分析的夹击下，洗完脑再看作品，那才能真正体会到企划部的设计思路！我要学古龙笔下的剑客，一招致命！凭什么先给他们看作品？老子一出手，就是震撼作品！

广告部的汇报刚结束，汤总笑着率先发言：“首先我代表集团公司领导、代表全体销售员工感谢广告部所做的工作。你们的作品无论策划还是创意，都比老款大大提高了一截，我相信大家也是同感。原先老板、宋总和我也想是否邀请专业设计机构参与到新包装设计竞标中来，但逸总主动请战，并打下包票，今天看来，逸总的建议是对的，不仅为集团节约了设计费，而且任务完成圆满。这种主动要求工作的精神值得学习，值得集团推广！”

负责酒店线销售的一把手林总接过汤总的话发言：“真没想到，广告部能把包装设计做得如此到位，开天辟地头一回啊，哈哈。确实像汤总所讲，新款设计稿比老款设计强，我尤其满意酒店线产品设计，有视觉冲击力！老板、汤总、宋总，我建议马上换掉酒店老包装，现在这几款新包装看起来多舒服，一看就是大牌产品，设计得好，很好！”

见汤总、林总纷纷发言，大家也开始跟风唱喜歌，逸总那张大脸早就眉飞色舞，一个劲左右逢源打着招呼。更有嘴巴肉麻者，甚至开始拍上汤总英明决策的马屁，好像广告部作品已经完全得到大会认可，全都是铁定的设计稿了。靠，瞧这架势和众人的反映，不用老子登场，会议就散啦？

听完汤总和林总的话，我想明白了：哪是什么逸总主动请战啊，连林总都说逸总以前从未主动过，哼，这厮不过是想借包装比稿狠狠打击企划部的上升势头，趁我们败北之际，好将企划部兼并！难怪他们不用下市场呢，原来包藏祸心呀！也太小瞧企划部了吧。言念及此，我真急眼了，也不知身上从哪儿冒出一股邪气，直撞顶梁门，我腾地站起来，冲老板大喊道："老板，该企划部汇报包装设计了！"

乱糟糟的会场被我一嗓子给惊住了，瞬间安静下来，几十双眼睛齐刷刷看过来，我没管别人，只对身边的小黄说了句："把资料袋分送给各位领导。"说完我拿着U盘径直走上宣讲台。橙子和杨柳很快把资料袋发到高管们面前。资料袋文件包括：第一，横跨五省二十八市的消费者市场调研汇总表；第二，近300位经销商、分销商、酒店主管、K/A主管的市场调研表；第三，10次研讨会的会议纪要总结表，附开会照片；第四，主要竞品包装设计分析表。而这些资料广告部一毛都没有，大佬们都是识货之人，一些人忍不住交头接耳起来。

没等老板开口，张总笑着对老板说："企划部设计稿我看过了，别具一格，设计得也很大气。"

"好呀，好呀，我们再看看企划部的设计。"老板轻轻点点头。

头一次站在宣讲台上，在众多高管面前汇报工作，不紧张？假话。简直是在蒸桑拿！稳稳心神，暗自掐把虎口，我开始朗声说道："老板、汤总，各位老总、同事们好。刚才广告部的设计汇报很精彩，企划部也深受鼓舞。好，下面由我汇报企划部工作。在做具体设计稿之前，我们认为应该首先开展市场调研，现在大家手里拿到的市场调研表，是由企划部12名策划师耗时30天、横跨五省二十八市做的，而且还包括近300位经销商、分销商、酒店和K/A主管等市场方的调查表，合计大概有1万份报告。我们将关键数据作了精确统计，然后再根据市场调研数据作策划和创意，因为我们认为没有数据支撑的设计是无根之水，是经不起市场检验的。此外，企划部还搜集到世界5 000多款包装设计图，并作了详细分解和研究，这对产品包装设计起到了很好的借鉴意义……"

在我宣讲前言时，小黄把原始调查表和世界包装设计图集放在会议桌上，堆了厚厚一垛，尤其是包装图集，我们用105克铜版纸打印成的，分为欧美包装集、亚洲包装集、竞品包装集三大本，足足几百页厚。嘿，看来开篇不错，大家的注意力都被吸引过来，我信心大涨。当讲到企划部分别组织两轮经销商、酒店主管、K/A主管、广告公司和高管参加研讨会时，我发现老板微微点了点头。

众人目不转睛，我在台上越讲越带劲，在马上讲完设计思路篇时，我抬头冲小黄轻轻点点头，小黄看到暗号后立刻行动，给贺平挂电话，俩女孩向高管分发包装设计平面创意稿。会场有些躁动，从大家的第一反应看，大都有吃惊神色。一环扣一环，当我作结尾陈述时，见习生抬纸箱进会议室，企划部设计的瓶子、利乐包和利乐枕实物纷纷摆到桌上，在大家看实物包装时，贺平领着一群棒小伙，抬着五组货架开始进场，哇，包括竞品在内的几百款产品一字排开，气势逼人，太有销售现场的真实感了，会场顿时开始炸锅！

嘿，老子要的就是这效果！高管首先是被市场调研数据吸引，然后PPT研讨了竞品优缺点，分析了国外奶制品包装设计潮流和特点，着重阐述了A集团新款包装的策划思路和四大设计标准……大家跟随企划部创意往下走，一环环推进，开始接受我们的设计理念，当最后看到A集团和竞品包装摆放在一起时，嗯，洗脑完毕。对了，我发现逸总那张大脸被洗绿了。

A集团新包装和主要竞品摆放在一个货架上，谁更抢眼？产品5秒广告效果有没有？大家一目了然，还有比这更有说服力的展示吗？逸总看局势不妙，马上带人拿上自己的包装，也想往货架上挤。去他二大爷的吧，老子不给机会！

"喂，哥们儿，瓶子怎么粘上了？取不下来啊。"广告部刚才讲PPT的同事皱着眉头问道。

"哦，我们的设计稿昨天才赶完，货架公司怕耽误展示，也怕搬运和摆放产品麻烦，刚才送来时，瓶子底粘了胶水。嘿，谁知他们胶水用得那么猛，一个个笨死去，我才刚刚骂完他们。"贺平轻描淡写，把责任推得干干净净。

其实广告部作品摆不摆上去，已经不重要，因为老板发言了："企划部的工作出乎我的意料，包装设计很好，执行思路清晰，很了不起！第一，企划部有详尽市场调研，说明不是闭门造车。第二，和来自一线的销售互动频繁，捆绑在一起做事，说明作品贴近市场，不是绣花枕头。第三，通过搜集大量参考图，尽量为我所用，说明设计不是盲人摸象，知道自己的作品处在一个什么样的水准上。第四，建立了一套设计准则，说明作品不是天马行空。逸总的功劳是建议集团自己也能做好，这个建议好，雨经理的功劳是实现了逸总建议，你们俩部门配合不错嘛，哈哈。”说完，老板爽朗地笑了起来。

张总马上跟进：“企划部干活狼性十足，据厂部保卫科讲，最近一个月他们晚上巡查发现企划部天天晚上干到半夜，这股干劲很像当年老板带着大家创业那样，都有拼命精神。我认为雨经理做事扎实，部门带得好，光他们手上的1万多份市场调研报告，就值得夸奖。”听完张总发言，我快泪奔了，能听到他公正客观的评价，有种士为知己者死，女为悦己者容的冲动……

人力资源部马总也来搭话：“据我们了解，在汤总责成企划部下市场期间，雨经理临时招了4个大学生进部门实习，他们负责市场调研和搜图，看来业绩不错。受企划部启发，现在已经有其他部门申请要求招聘毕业生，老板，我看企划部用人思路值得推广，而且经过考核的优秀实习生可以留用。”马总既夸了我，又借机请示工作，时机抓得妙不可言。

老板看了眼汤总和马总，笑道：“汤总说得对，我们确实要给下面的部门负责人放权，他们都是能独当一面的，干具体事的时候，有时比我们还要优秀。你看，企划部作包装设计，我们就没下指导棋嘛，他们的作品放在超市货架上多醒目，模拟现场销售实景的思路很好，大家评选起来直观明了，很好，值得以后推广。马总的提议我同意，可以看成是招聘辅助手段，你们再研究研究，制定出招聘和考核办法，但要注意两点：实习生不能与公司的人沾亲带故，招聘前要向上级主管与人力资源部报计划。在这里，特别提出表扬，企划部做事不拘一格，很好。雨经理，这次你招的实习生表现都不错，我建议留用……”

“谢谢老板表扬。”我站在宣讲台上马上答谢。这是真心感谢，老板多有智慧呀，我在背后下了多大力气，他眼睛一扫便能明白，还用我再多嘴表功吗？1万份市场调研报告值多少钱？12款包装设计又值多少钱？没有十几万甭想拿下。空手套白狼想法虽好，但哪家广告公司肯花费大力气做义工？企划部和广告部既实现了集团制定的任务，又实打实节约了成本，老板自然高兴。嗯，从老板和主要高管的发言看，企划部风头似乎盖过了广告部。成败在此一举，过会儿就看投票结果了！带着既兴奋又焦急的心情，我紧盯着评审会的进展，靠，手心里全是汗。

来自一线的销售大佬们精明过人，对比两方设计作品，当然能区分好坏，尤其是面对熟悉的商场超市货架时，备感亲切。大家纷纷发言，普遍认可企划部作品更贴近市场，更符合消费群审美，尤其是参与过企划部研讨会的那帮销售，更是带头叫好。这时，谁还再谈广告部的作品？喂，过时了。

正在众人热烈评点时，销售总部一把手宋总发言了："原来以为广告部的作品很好了，没想到一山更比一山高！呵呵，总的说来，企划部和广告部设计各有千秋，甚至不分伯仲，我代表销售部向逸总和雨经理表示感谢。但从整体上看包装比稿，企划部从动手开始到完稿，始终是各环节与市场紧密互动，所以他们的作品更有说服力，即使马上试生产一部分产品，也未尝不可。广告部作品虽然也很好，但缺乏调研和论证……"

汤总转头对老板说："今后开展工作，就要像广告部与企划部，采取双轨制竞争，有竞争工作成效才有对比，大家工作才有热情。今天比稿会开得很成功，我认为广告部和企划部做得都很好……现在就让大家投票表决，选出各品类设计终稿出来？"

令人窒息的时刻到了，老板看完统计表，郑重说道："春节促销装采用广告部设计。酒店线、商场超市线和零售批发线的产品采用企划部设计，但是，企划部要注意了，有70%的一线销售代表提出了修改意见，需要你们继续修改完善……"

宣布的结果一直在我耳边回荡，脑子空白。激动？平静？澎湃？心酸？牛？委屈？好像都不是，只是很久没回过味儿来，估计逸总跟我感受一样。直到小黄重重拍了拍我肩膀，我才从惊愕中苏醒过来。真没想到，靠，真赢了广告部？再次确认企划部赢了广告部后，我面朝大海，春暖花开……很多高管跑来和我握手，狠说了一些夸奖话，甚至连老板和汤总都走到货架前，和我一起讨论起新包装。

头一次近距离和老板详细谈工作，感觉他身上气场超强，简直把我彻底笼罩在其中！直到现在，我仿佛仍然能感受到他身上的气场，带着一股叫人非常崇敬、具有非凡吸引力的气场。我受宠若惊了，甚至健谈的口才都变得语无伦次起来。我自认为也是个不大不小的人物，从来没有被什么老板给震撼，但A集团老板的人格魅力不同凡响，一句普通的话经他说出来，感觉就是“圣经”，叫人崇拜！唉，自此，我才知道真正的大老板是如何有魅力，领教了。

我的大奖

几天后，我从另外的渠道获知，其实企划部真打了广告部一个12：0，席卷了所有奖项，把逸总打得灰头土脸，狼狈不堪！老板是故意把春节促销装让给广告部中标。我猜测老板用意是为了不叫企划部骄傲，同时给广告部留面子，好让俩部门今后更好地相互制衡。但不管怎么说，企划部大获全胜，不仅让部门在全集团高管面前抖了一回，而且所有人都开始重视起这支新生力量！

事后，我召集部门开会：“逸总是个厉害角色，据说他写的公关文章和报纸广告，老板可以一字不改原文刊发，张总也曾评价我的文笔，说比逸总差个层次。靠，老子可是在报社编辑部受过熏陶的，怎么比不过一个野路子出身的家伙？可见，逸总这厮既是全才，又是大才，但他这次为什么大败而归？来，大家说说看。”

众人开始畅所欲言：“逸总是单枪匹马跟企划部斗，双拳敌不过四手，恶虎还怕群狼，何况是他？咱们策划师和设计师比他们整整多出10个人呢！光是人海这一条，就奠定了胜利基础！”“我认为还是我们老大的策划好，那是巴掌上摊煎饼——好手！连老板都说企划部思路清晰，一环扣一环。老板评价企划部有三个优势：有数据做设计依据，有各方代表参与研讨会，有海量设计图做参考。依我看，老板的评价切中要害。”“我认为是借力有方。大家想，即使咱们手里有图、数据、标准，但没有8家广告公司加班加点工作，照样没戏。他们就是画龙点睛！”“我认为注重细节才是获胜根本。别的不说，老大讲完PPT思路篇后，我们马上展示新品打印稿，等高管们刚对设计稿有初步印象，贺平又带人抬着货架冲进来，立刻引爆会场气氛！货架前后挤满人，很多人被企划部的展示流程给震住了。老大对细节把握得好，如果货架先进会场，被高管看一溜够，还有后面的好评如潮吗？”“我也补充个细节。老大干过装修，深谙灯光作用。大家都看到货架摆放处的吊顶新装有一排射灯，这是老大请工程部特意安上去的，为的是货架上亮如白昼！大家想想，要是我们忽略这个细节，即使货架摆进去，黑不溜秋的环境，不至于引起那么大的轰动吧。”……

听着众人发言，我颇有感触。作为部门领头人，不能自夸，而是要抓住机会，把心里话说出来：“感谢大家，这次部门扬眉吐气，完全有赖于精诚团结，枪口一致对外，这是获胜根本。其他获胜理由都是细枝末节，不足挂齿。我年底还要给老板打报告，请求企划部扩编10名策划和设计师。明年开春后，先在H市和F市分公司分别成立企划部，正副部长从我们企划部抽调……”

“老大，我想去H市，听说姑娘个个漂亮哟，我要是到了那里，哈，准是包子咧嘴——美出馅了。”小黄嬉皮笑脸地插了一嘴。

对于小黄的插科打诨，我早已习惯，装作没听见，继续讲：“逸总的偶像是彭大将军，也想在集团横刀立马，可见他雄心勃勃。这场论剑算是和广告总部结下梁子了，这厮能善罢甘休？我不稀罕和他单打独斗，因为咱们有虎狼之师！A集团搞双轨制竞争，那是在跑马拉松，今后老子就是要累死丫挺的，所以企划部必须快速发展，壮大实力，以求自保。”

“怎么个自保法？老大，能说细致点儿不？”贺平问道。

“我的目标是到明年年底，在A集团所有分公司都建立企划部。大家跟着我受了那么多委屈，吃了那么多苦，自然要给晋升机会。我们企划部就是培训孵化基地，培训成才一个，我就负责推荐一个，只要是合格人才都能当部长。大家发挥想象吧，至少还有10多个正副部长的岗位空着呢，只要上位成功，工资待遇马上翻倍！独当一面的干将，前途自然是一片光明。”

一番前景勾勒，把大伙说得群情亢奋。看着大家兴奋的面孔，咱也有些陶醉。其实，我心里算过一笔账：明年年底，企划总部将是近百人的编制，不仅能深度耕耘一线市场，而且还能贴身服务所有分公司老总，但更重要的是，所有部长都是从这间宿舍里走出去的好兄弟，他们都是拼命三郎，在今后的战斗中，完全能相互帮助支援。到时候，哈，企划部百人团队大战广告部10人团队，哼，别说农村包围城市，也别讲大人欺负小孩……

春节前，集团在××大饭店召开先进集体和优秀个人表彰大会。来自一线的销售代表足足400多人，黑压压坐满会议大厅，那排场令人印象深刻。代表们在春节前再次聚会，征尘洗尽，分享着成功的喜悦，无不欢心。人人脸上都是阳光灿烂，三一群，五一伙，凑在一起有说不完的话。我也游刃其中，体会着在大集团工作的独有魅力。一些跟企划部有过合作的销售代表见到我们时，更是热情有加，拉着手欢笑不断，大家曾经在一线市场并肩作战，那份在战斗中结下的友谊在年终表彰会上得到了延续，感情很淳朴，很真挚。

会议流程包括每个省级销售代表上台发言，每人8分钟讲述如何开拓市场，说白了就是销售经验交流大会。但由于会议比较隆重，大部分人讲话都是官样文章和数据罗列，收获不大。但老板发言却振聋发聩："中央现在的政策是保护重点企业，而其他国有企业则被推向市场，几千万就能控制10倍以上的固定资产，在全国各地这样的企业有很多。所以外电评论这是中国企业最后一次暴富机会。我们集团一定要继续发扬奋斗精神，齐心协力壮大企业实力，争取加入到这次收购浪潮……等我们有实力收购一些有前途的公司，在座诸位老总，就有可能要分赴各公司一线担任重要职务了……"

A集团有没有收购成功并不重要，重要的是老板拥有的敏锐商业思路、商战信息，他的高瞻远瞩、雄心壮志值得称道。听君一席话，真是感慨当初的选择是何等正确！要是没加入A集团，根本不了解生意场上的风云变幻。咱要不及时从工地上抽身，也许现在还蹲着检查业主家里的下水道为什么堵住了呢——MD，会不会是瓦工干活时，不小心把地上的水泥给冲进去了？我暗自庆幸跟对老板了。

等到第二天会议后半程，当总裁宣布团队和个人获奖名单时，人人神情趋于严肃，都期盼跃上光荣榜。嗯，咱也不例外。据说会上张总提议奖励我个人

10万，团队奖励3万。嚯，可捅了超级马蜂窝，反对之声骤起。反对派理由是虽然我业绩突出，带队有方，但加入A集团时间太短，很多5年、10年级元老还没得过10万元重奖，凭什么后来人有这等资格获此殊荣？一句话，不服气！风言风语传来，对10万元不动心？假话。虽然对10万元奖金咱没抱希望，但咱对拿下5万元奖金还是充满期待之情。对，这叫坐5望10！

逸总拿走三等奖20万元。头等奖重奖百万元，由销售总经理宋总获得，获奖理由是圆满完成了公司年度销售任务。二等奖重奖50万，两人获奖：生产总监阚总因大力进行技术改造，挖掘生产潜能，满足了销量需求，为集团节约近600万元的生产成本而获殊荣；研发总监许总因开发出两款颇受市场欢迎的新品，为销售额翻倍作出了突出贡献而拿到大奖。台下人羡慕不？我就知道自己使劲咽了口吐沫，啥时咱也能得到……

四等奖10万元的个人获奖名单不长，包括张总在内只有15人。另外，企划部获团队三等奖。作为A集团新人，我在部门所获奖金最高且评价最好。嗯，足矣。会后小道消息传来，据说是老板力排众议，破格给我重奖。看来老板并没忘记咱，也许他真是故意把我扔到分公司小部门去做事，故意考验咱耐心，只要坚持努力，受到重用那是迟早的事。

奖金超想象，但我是拿什么换回来的？在结束打工生涯后，我心态20岁，模样30岁，年龄近40岁，阅历50岁，头发60岁。这就是成长的代价，凭半头白发换回来的。当然，逸总得三等奖，那也是凭硬邦邦的业绩换来的，人家统管集团全年6 000多万广告费、央视的VIP……好吧，明年我再打你一个12 : 0！哼，庆功宴上，叫你给老子敬酒！嗯，心里下了200遍决心。

表彰大会期间，我递交上去的《关于C市分公司企划部申请扩编的报告》老板批示下来："第一，同意企划部新聘10人，请人力资源部协助，由雨经理统管。第二，春节后立刻在H和F市组建企划部，正副部长从C市企划部抽调，其余人员当地招聘，业务由雨经理负全责。"

很好，一变三，开年好兆头！马上喊小黄和贺平过来："恭喜你们二位，老板同意再成立俩部门。我推荐你们去做H和F市企划部部长，可别给我丢脸啊。副部长先空下，等我这边有人选再调岗。你们复制咱们的运作模式，首期招3名策划、两名设计、1名文员兼情报，以后再凭业绩扩大队伍……刚才我跟H和F市公司老大打过招呼了，他们表示会协助你们……遇事多商量，别出门就杳无音讯了。还有，升任部长不是你们职业道路上的终点，是起点，身上责任……”

小黄、贺平二人听完喜悦之色跃然脸上。之所以副部长要从C市企划部调，实话说俺有私心。所有分公司企划部我必须全面掌控，即使是副部长，也得出自我门下。一则防止个别部长野心膨胀拉山头，二则防止部长升迁调任后，部门悬空于外，不好掌控。我又跟贺平与小黄推心置腹一番，建议他们多跟销售系统勾通，今后借分公司部长职位打入销售总部，谋一个销售大区总监的岗位干干。二人欣然向往。

“老大，我想去H市！那里的姑娘，哈哈。”出门前，小黄还是那套词。

“滚！”我也还是这回答。

同事们兴高采烈拿到5万奖金，我又从自己奖金中拍出3万，凑齐8万，按功劳大小论功行赏。可刚发完奖金，没过两天，张总喊我进他办公室，一顿劈头盖脸臭骂：“雨经理，谁叫你私自发部门奖金的？嗯？谁给你这个权利？集团给你奖励，是肯定你工作，给部门奖励也是一种肯定。用你再费心思额外奖励吗？哦，显你大方？笼络人心？屁！”

从张总办公室出来，很委屈。咱做错了什么？我可没想什么笼络人心的事，只想更好地调动大家的积极性，同时也叫手下人别太眼红我。多朴素的想法啊，怎么到了张总那块就成了恩笼部下的韬略？后来想明白了，站在集团经营角度考虑问题，张总的批评也对，头儿可以走，但人得给公司留下，集团也怕部门一把手将手下一锅端，带大家出走到竞品企业，防微杜渐嘛。唉，在大集团做事，果然与众不同，领教了。

过年临回北京之前，我抓紧时间又跟大家开了一个小会。小辉负责情报组，在他的带领下，A集团企业报办得不错。当初老板招我进来，首先是叫我办一份企业报。嗯，手到擒来。常规企业报的内容由四大部分组成：第一，集团新闻；第二，报道先进人物；第三，竞品情报；第四，行业动态。第三和第四项都是从网上扒下来的公开消息，实用价值不高，但我不打算炒冷饭。在竞品情报栏目中，我新加入全国竞品报价动态表。我和销售总部合作，初步在全国建起竞品价格采集系统，分布各地的销售代表负责采集竞品的商场超市和零售批发价格，以及促销活动等各类信息，通过传真或邮件每周汇总到企划部，小辉整理编辑成一份具有实战价值的情报表，为各区域一线销售提供重要参考依据。很快，这张表就为企业报收获了掌声，没说的，使用价值高。

光这样就够了？靠，够了就不是咱的做事风格啦。情报组还要负责定期做某个竞品的专题报告，不是堆积网络文章，而是重新编排，做成一张超级图表，通过理清营销发展脉络，划分各种层次架构，利用图表箭头、照片和文字说明等工具，直观表现竞品的最新动作和策略，一目了然。为什么张总能给我转正打满分？没捧出真家伙，谁会捧咱的场？

当然，企业报也问题多多，我开会就是要解决问题："企划部人头不熟，只能央求销售部帮忙，遇见他们工作不到位时，重话还不能讲，再加上产品是全国销售，采集渠道时好时坏，严重影响情报动态表的质量。现在情报组放到C市公司，仍归小辉管。小黄、贺平，你们要和当地销售部处成兄弟，把信息采集工作抓好。"

"老大，放心吧，我保证开春就建起50个采集渠道！"贺平胸脯一挺，大声回道。

"小黄，H市公司明年开春后，二期工程即将完工，产能跃居集团首位。老板在年底表彰大会上宣布把生产总部设在H市，而H公司一把手廖总可不是一般人，据说跟老板关系莫逆，在公司说一不二，能力强、脾气暴，你在他手下做事可要多加小心，低调，少要小心眼，知道不？"

"呵呵，老大，你是我们的米饭班主，有事会跟你商量。我过去上班，那是老太太吃豆腐——不必担心！"小黄又是胸脯一挺。

"对了，不许泡公司的妞，想泡到外面去！千万别利用职务之便随意泡客户，小心睡出事，自毁前程。到时收不了场就得滚蛋，咱救不了你，听见没？"

"知道了！"小黄没敢正视我，心怀鬼胎敷衍了一句。

我反感公司内部谈情交友，工作生活应分开，便于管理。我招聘的女孩那是一个赛一个丑，连张总到部门视察后都直摇头：“雨经理，怎么不招几个好看点儿的姑娘来呀，公司有接待任务时，还能从你部门抽调点儿人手顶上去。唉，现在看起来，没人能摆上台面！”

谁不想招美眉？看得多养眼。这是咱故意留的心眼。但凡有三分姿色的姑娘，又在大集团做事，一般是心高气傲，再加上外面诱惑大，要是她们不服管，部门工作还怎么干？我希望招的都是跑不死的驴子，而不是招蜂引蝶的花瓶。再说，美眉放进部门，准能勾出这帮家伙的花花肠子，再整些争风吃醋的事儿，纯属添乱。小黄这家伙当面一套，背后一套，天高皇帝远的，嘱托等于白说。后来他利用工作关系，泡上H公司的财务部副部长，廖总侄女。呵呵，多好的黄花大闺女啊，竟被这家伙花言巧语掳走了，现在胖小子都快4岁啦。

分别前，吃顿庆功宴，席间大家抒怀壮志，憧憬着在集团的未来，说了许多肝胆相照的话，不知不觉中喝得酩酊大醉。依依惜别，我坐在回北京的火车上，半醉中望着窗外飞驰而过的大山和田野，耳畔忽然传来了一段轻柔的音乐，正是我非常喜欢的齐豫的《回家》。不禁思绪纷杂，感慨万千。一年前对A集团的认识如同雾里看花，加盟半年后已打开局面，本事、见识提高不说，还被各级领导赏识，最重要的是美妙前程已经触手可及，对，还有，集团里能人辈出，纵横捭阖，让我好不欢喜。真是赚了个盆满钵满。青春好像是奔流的江河，我要让这条江河奔腾得更波澜壮阔些，因为我有一颗奔腾的心。

敞开心扉

我在企划部门，从来都把部门看成自己开的一个企划公司。老板和高管都是大客户，客户下单，企划部接单，完全按商业模式运作，报价和服务都要有竞争力。我要拿出乙方服务甲方的认真劲头好好“伺候”着他们，否则就可能遭到甲方申斥、罚款、丢单……在竞争中，我的企划部越开越大，服务越来越好，我的能力也水涨船高，好嘛，在A集团打多少年的工，我就预演开了多少年的企划公司，今后再次创业，是不是本事已然上身？前途一片光明？况且，对待薪酬的态度，我不苟同于某些人想法（老板给我多少钱，我就给公司创造多少价值），我做法简单，先主动为公司创造更大的价值，才有机会获得更高薪资。

嗯，思维、立场、角度不同，做事心态、方式也不同，效果、收获自然更不同，这就是“以创业心态去打工”的内涵所在。我在A集团虽然辛苦，但总是充满收获的喜悦与无比的幸福，感谢集团和老板给了我一个学本事和接受锻炼的平台，感谢那帮一起奋斗的兄弟们。

打仗亲兄弟，上阵父子兵

春节除了看电视、吃饭、放鞭炮和睡大觉以外，主要是跟我弟弟小洋耗上了。小洋比我小8岁，也是顶级销售高手。他电子通信专业毕业后，在摩托罗拉公司当售后工程师，负责亚太地区产品售后服务和技术支持工作，月薪12 000。嗯，看起来挺美。

我们哥俩感情甚好，而且在创业方面有四点完全相同，都是骨子里满怀激情，日日梦想创业大计；都爱读书看报；都是勤奋之人，吃得起苦，舍得洒汗水；都是超级乐观派，不会被困难击倒。正因为他有创业理想，所以即使在跨国公司拿高薪，他也不觉得给力。

这天，我们坐在咖啡馆里闲聊。小洋说：“哥啊，我琢磨着在摩托罗拉干得再好，未来人生轨迹无非是职位步步升，买个两居室，再添辆桑塔纳，然后结婚生子。靠，我现在像神仙，都能预测未来结果了，虽然也有车有房，但我感觉一成不变的生活挺无聊，而且纯做技术没前途。前段时间我在琢磨，如果想创业，就必须从销售起步！懂销售才能当老板！”小洋想在春节后从公司辞职，到深圳去打工。这念头在他心头已经萦绕很久，想征求我的意见和看法。

我能理解小洋的迫切心情，只不过做大哥的，不免有些担心，有必要把我过去8年的人生经历再系统给他盘点一遍，梳理目的有两点：第一，吸取我工作上的经验教训；第二，先到外面跟高人学习，磨砺精神、提升本事才是创业王道。小洋认真做着笔记，看得出，他是下定了决心。

最后，我把自己思维的惯用招数再次详尽给小洋讲起来：“我有6年商战经历，我发现了一个很好的解决问题的思维模式，使用起来屡试不爽，你小子自然清楚是啥模式吧？”

“不就是提出问题、分析问题和解决问题的模式嘛。”

“对，我们中学读书时，都知道这是毛主席提到的解决问题的思维模式，但很多人不会用。创业成功的定律成千上万，摆在书店供人顶礼膜拜地学习着，但由此成功的人还是寥寥无几，这是为啥？道理很简单，多数人只记住了成功公式或口号，却没有深入学习，也没养成一个成功者必备的好习惯。就拿毛主席的这套思维模式来说，小洋，你真明白怎么用吗？”

见小洋没吭气，我接着说：“模式运用的关键在于‘写’！从提出问题开始，你就该把所有问题写在纸上，等把所有问题罗列清楚后，再进入分析问题阶段，你在分析每个问题时，更要把分析内容和想法全写到纸上去！写分析稿有三大好处。第一，集中精力只想一个问题，避免空想时想东想西。第二，写的过程也是激发灵感的过程。写作文时不是奇思妙想纷纷涌上心头吗？这跟写作文是异曲同工。第三，写下分析过程，方便下次思考时有案可查，不会忘记过去所想。好，分析完，最后进入解决问题阶段，只需把分析过程梳理一遍，提炼精华，反复比较后总结出应对之策，结论就是解决问题的金钥匙。这次南下打工前，你该拿这套思维模式，好好分析分析前途，包括所遇困难与机遇。”

第二天晚上，小洋老老实实在纸上写下8个问题，接着边写、边分析、边琢磨，最后提出对策。瞧那架势，挺认真。足足折腾了俩晚上，算是勉强完稿。我看完摇摇头，指出了一些不足："你一口气写下8个问题，但没分出主次。毛主席说过，主要矛盾解决完，次要矛盾才上升为主要矛盾。所以要先分析最重要的问题，只有解决完最重要问题后，才能琢磨次重要问题。在这所列的8个问题中，我认为最重要的问题是'为什么一定要南下去深圳打工创业？北京不行吗'。"

"哦，对，把这茬儿忘了。"小洋不好意思地笑了笑。

"你回答得还不错，找出了三大理由：深圳是创业者的乐园、年轻人奋斗的天堂；电子行业全国领先，符合创业行业选择，而北京创业文化不理想；在深圳能建立起很多业内人脉关系，同时找到志同道合的创业朋友。好，赞一个！第二个主要问题我认为是'你到深圳后要去干什么'，你的分析有所欠缺。我认为你首先该投身大公司，由基层销售起步，不论薪水，只在乎销售实践，算是拿青春换本事。在大公司做销售，能培养销售大牌气质，眼界、机会和人脉更宽广。现在你身上还有摩托罗拉的光环，进大公司不难……"

经我进一步分析，小洋南下决心更加坚定。我一再叮嘱，这套思维模式初学易，上手快，但熟练难，非得反复实践才能彻底掌握。小洋连连点头。

老妈听说后，心里着实难过了一阵。慈母手中线，游子身上衣；临行密密缝，意恐迟迟归。老人家的心情我们能理解，俩儿子都不在身边，不难受才怪，但好男儿志在四方，拦也拦不住啊。

前几年，美国人做了一个70岁以上老人的调查，调查内容是问他们这辈子最遗憾的事情是什么，答案出人意料，绝大部分老人没说这辈子因为没有赚到钱而后悔不迭，而是强调这辈子经历太少，工作生活单调枯燥。仔细回味调查结果，可以说虽在意料之外，却在情理之中。其实，人这一辈子，基本生活都是三饱一倒，但有的人叱咤纵横成功道，天地同以为傲；有的人整天两点一线，30年雷打不动；有的人浑浑噩噩，得过且过。为什么人和人之间的生活如此不同？一句话，每人心目中的追求不同，梦想不同，对自己的要求不同。

我和弟弟都怀有梦想，而且梦想生生不息，想创业做一番业绩，把生活过得精彩纷呈，等到了晚年回忆起来，嗯，不枉活此生。

提出问题、分析问题、解决问题，是我常用的思考套路。我的面试技巧、招人策略、重归传媒谋划、策动离京求职等需要动脑筋的事，都是拜该法子所赐。一些攻伐谋略和人生规划的思维过程，绝不是凭空所得，或是所谓灵机一动。灵机一动不靠谱，万一灵机了，可没“一动”，怎么办？咱办事没那么不靠谱。

减少因考虑不周而导致失败的概率是该模式的一大优点，但刚开始尝试会感觉很费脑筋，恨不得把纸撕烂，有时甚至是越分析思路越乱。没关系，这只能说明你还没掌握好思维模型，用多了自然能体会到其中的奥妙。

每当遇见难题时，我都会按照该模式来思考解决问题，拿出一笔一纸，边想边写，思想极其集中。时间久了，不用像当初刚学会这法子那样从头写到尾写个没完，熟能生巧，巧能生精，现在简写几笔就成。但每次想完事，脑子肯定累得不成，靠，想吃螃蟹，还想吃龙虾。

春节刚过，小洋踏上了南下之路。他面试华为集团被录取，但要他常驻南亚某国三年，月薪1万起，弟弟犹豫半晌拒绝了。后来他在夏新集团谋到一份销售差事，负责销售夏新电子产品，月薪1 800元外加提成。弃高薪就低薪，汇报给母亲后，被好好数落了一顿。呵呵，可以理解母亲的心情。但我支持弟弟的决定，因为1万月薪就算高薪？钱赚得完吗？趁着年轻学本事才是王道。

小洋能接受1 800元的底薪？呵呵，我看有些够呛。他是一个有小资情调的家伙，打篮球要去篮球馆，喝红酒要申请加入红酒俱乐部，经常和朋友推杯换盏，一身酒气回家睡觉。摩托罗拉的上万月薪，没到月底便光光。简而言之，兜里就算只剩一张大团结，吃饭时照样不能叫自己委屈了。

现在他每月只拿1 800元，能挺住吗？可不是，刚过一个月，求援电话来了：“哥呀，天天5块钱盒饭，吃得快吐了。饭不好吃倒不是大问题，关键是啤酒也喝不上啊！房租、吃饭、交通和手机费加一起，怎么省都不够花！才顶半个月用。妈的，这边白天好像头上顶着俩太阳，把我给热的，跟狗一样，恨不得吐着舌头散热。唉，做销售太苦了……”

没等弟弟抱怨完，就已经点燃我心中的怒火了，这时候他需要被骂，而不是同情和关爱。我把自己还债的经历又唠叨了一遍，边说边骂，基本拣最难听的词儿招呼他，等骂够了，骂痛快了，电话才挂上。

小洋属于糖果罐子里长大的，名校毕业，跨国公司出道，头上顶着光环南下，没曾想，当头一棒被打得晕头转向，一时招架不住也情有可原。第二天，我叫秘书帮忙汇去2 000元。不是不能多汇，而是钱多害人！这点儿苦也算苦？现在就感觉很热？一副心浮气躁的状态。实话说，这家伙还没爬进八卦炉里锻炼过呢，刚去个把月，就叫苦连天，连声抱怨？对他的折磨才刚刚开始，还不知道业绩要考核吧？干不好就得卷铺盖卷滚蛋！还不知道要坚持几年吧？能力要逐步提高，不是一蹴而就的事！还不知道一个子要掰成两半花的痛苦吧？过去奢侈的享受就在梦中回忆吧！哼，这小子不在苦水里泡泡，就想出来创业？算了，洗洗睡吧。

当然，小洋不是㞞包，在深圳扎下营盘后，两年后他开始了首次创业。